Argamasilla: Don Quijote y Sancho Panza

SPANISH TEXTS

GENERAL EDITOR: J. W. REES

Azorín

LA RUTA DE
DON QUIJOTE

EDITED

WITH INTRODUCTION,

NOTES AND CRITICAL STUDY

BY

H. RAMSDEN

Professor of Spanish
Language and Literature
in the University of Manchester

MANCHESTER
UNIVERSITY PRESS

© 1966
Published by the University of Manchester at
THE UNIVERSITY PRESS
316–324, Oxford Road, Manchester, 13

Printed and bound in Great Britain by Butler & Tanner Ltd, Frome and London

THE EDITOR'S DEDICATION

To Don Juan Alfonso, Don Francisco and Don Pedro, *académicos* and grandsons of Azorín's *académicos*; to Don Pascual Beño, teacher, local historian and poet, enthusiastic defender of Argamasilla's claims; to Don José Pérez Archidona, *practicante*, photographer and poet, author of the delightful *Viñetas de Puerto Lápice* (*La venta legendaria*)—alas, unpublished; to Don Florencio Pérez Carrión, *mercero*, *pañero*, *hidalgo*, poet, guardian of Don José Antonio's private newspaper; to Don Jaime Olmo, president of the Cervantes Society of El Toboso; to Don Pablo Guzmán Cebrián, inspector of primary education in the province of Ciudad Real, adoptive Manchegan, an excellent friend and companion in travels through La Mancha.

H. R.

CONTENTS

ILLUSTRATIONS

PREFACE

In presenting Azorín's *La ruta de Don Quijote* for school and university use, I have placed my material in the order that I believe will best help the student to an appreciation of the text as literature: first the Introduction, which contains the small amount of information that I believe may usefully precede the reading of the text; then the text itself, which should be read in conjunction with the Notes; and thirdly a section entitled Guidance to Critical Reading and Commentary in which I have attempted, chapter by chapter and with a different emphasis in each, to reproduce one side of a university seminar on the text, posing problems, suggesting solutions and trying always to prompt search, thought and class discussion. It is at this stage that the teacher's own contribution will be especially valuable, and by the collaboration here of student, teacher and notes, self-projection on to the text (one of the recurring evils of first-year university essays) and the projection of manual-of-literature ideas about movements and generations—and about Azorín—(another recurring evil) should be virtually eliminated, and the student have a firm basis for his own subsequent generalizations and for a critical approach to studies on the text and the author. Moreover, it is hoped that by the time the student has worked through this section he will have arrived at a truly appreciative reading of *La ruta de Don Quijote* and, since Azorín's style is so characteristically his own, that he will thereby have prepared himself for a more informed and more immediately enjoyable reading of Azorín's other writings.

Finally, for the student or teacher who wishes to probe further the editor's own ideas on the text, I conclude with a Critical Study. Of course, like all critical studies, it selects, simplifies and intellectualizes, and the student is urged not to concern himself with this study until he has worked thoroughly through the text itself and formed his own opinions. The editor's study may then serve both to supplement the student's findings and to prompt his objections.

This, then, is the progression proposed. It is the progression that I have found most successful with my own students and it appears to be the one that they themselves have most enjoyed. *La ruta de Don Quijote* is a text that really can be enjoyed.

H. R.

1965

INTRODUCTION

1905 was the tercentenary of the first edition of Cervantes' *Don Quixote*, Part I. In Spain it was commemorated as an event of outstanding national importance. Writers good and bad devoted their best energies that year to the *manco* of Lepanto, doctors and economists addressed Quixotic societies with unaccustomed lyricism, and politicians made stirring, patriotic references to the 'immortal work'. In March, April and May especially, column after column was devoted in the press to announcing and reporting Cervantine celebrations: lectures, exhibitions, poetry readings, competitions, the opening of a Cervantes bibliographical centre, the unveiling of plaques and statues, processions and battles of flowers.

The editors of the *Guardian*-size *El Imparcial*—'Diario de más autoridad no se habrá publicado jamás en España' (Azorín, *Obras completas*, VI, 226)—were especially active. During the spring months there was hardly a number without columns on Cervantes and the celebrations, and in several numbers over a quarter of the total news space (that is, discounting only advertisements) was devoted to them. Nor were the editors content merely to report the contributions of others; something more positive was needed; the paper had to make its own particular contribution to the occasion. Special articles were commissioned, studies on Cervantes and his writings were reviewed extensively, a newly completed biography by Francisco Navarro Ledesma was serialized at length prior to its publication in book form, and at the beginning of March 1905 a young writer who had recently taken the pen-name Azorín was sent off, armed by the chief editor with a small revolver 'just in case', to explore and report on Don Quixote's La Mancha (Azorín, *OC* VI, 193). The fifteen articles that resulted from his trip appeared from 4 to 25 March under the general title *La ruta de Don Quijote*. Later in the year they were published in book form with the addition of a final chapter.

JOSÉ MARTÍNEZ RUIZ

At the time of his Manchegan journey Azorín was thirty-one. Born on 8 June 1873 into a wealthy and influential family in the small agricultural town of Monóvar (Alicante), José Martínez Ruiz had received an education typical of his social class: local school to the age of eight, boarding-school from eight to fifteen, university thereafter to study law as his father had done before him.

But at the University of Valencia Martínez Ruiz did not confine himself to the study of law. He read extensively: Spanish writers and non-Spanish writers; 'novelas, sociología, crítica, viajes, historia, teatro, teología, versos' (*OC* I, 832). 'El no tiene criterio fijo: lo ama todo, lo busca todo. Es un espíritu ávido y curioso' (*OC* I, 833).[1] And the avid reader is complemented soon by the impassioned writer: angry, ironic, scornful, abusive, iconoclastic; against the Church, against the Monarchy, against the army, against politicians, against timid traditionalist writers and critics and scholars, against revolutionaries who have lost their ideals and their fervour, against old men who oppress and young men who fail to rebel, against the frivolous reading public; in short, against all those who, by their tyranny or their apathy, uphold the detestable 'gloriosas y venerandas tradiciones' (*OC* I, 76) that have made Spain perhaps the most backward country in Europe (*OC* I, 61). There are indeed, says Martínez Ruiz, a few 'espíritus fuertes que se ocupan en dar batalla a lo falso' (*OC* I, 108), 'escritores honrados que tienen el valor de escribir cuanto sienten y como lo sienten, sin atenerse a ridículas tradiciones

[1] Both quotations are from the autobiographical novel, *La voluntad* (1902).

ni temer los rayos vengadores de los falsos dioses' (*OC* I, 156), but many more are needed. Spaniards must be educated to the modern world of science; they must know what is happening beyond their own national frontiers; they must overcome that 'escepticismo desconsolador' that is the scourge of our modern age (*OC* I, 103), 'el hastío temprano, que atrofiando la voluntad y aplanando el espíritu, agosta los más entusiastas ideales y derrueca los caracteres más bien templados' (*OC* I, 71); they must find new ideals and they must pursue them with vigour, like those young followers of Nietzsche, Stirner and Bakunin in Germany, '[que] practican la crítica áspera, despiadada, inflexible, de sus maestros, y minan alegremente los cimientos de la vida moral y de la sociedad' (*OC* I, 195).[1] It is in the advance of socialism, and more especially of anarchism, that Martínez Ruiz places his hopes for the future of Spain (*OC* I, 199, 208–9).

No wonder his father, 'conservador de por vida' (Angel Cruz Rueda, in *OC* I, xvii), disapproved of these extracurricular activities. And when in 1896, at the age of twenty-three, Martínez Ruiz moved to Madrid—without having completed his law degree—it was apparently against his father's wishes and without his father's financial backing (*OC* I, 294–6; VI, 158). But amidst hardship, frustrations and disappointments he continues to express his 'independencia *integral* [...], radical, lo mismo en religión, que en política, que en filosofía' (*OC* I, 294), shocks readers with his '*escandalosos* artículos' (ibid and *OC* I, 264), angers men of letters by his indiscreet revelation in print of what they have been saying behind one another's backs (in *Charivari: Crítica discordante*, *OC* I, 241–87),

---

[1] Stirner (1806–56), Bakunin (1814–76) and Nietzsche (1844–1900), so different from one another in many ways, were nevertheless alike in their dissatisfaction with the society in which they lived and in their appeals to individual energy—and ruthlessness—as the means of destroying that society. As Martínez Ruiz himself indicates, their ideas enjoyed enthusiastic followings during the later decades of the nineteenth century. Significantly, perhaps, Martínez Ruiz overrides chronology to place Nietzsche, the most aristocratic of the three and the one for whom he himself felt special enthusiasm, at the head of the list.

and receives, with gratitude, an occasional word of encouragement from a known writer and from unknown readers (*OC* I,
256, 264–5, 333). The tone of intellectual and artistic life in the
Spanish capital repels him. How different, he believes, from
the stimulating intellectual atmosphere of Paris (*OC* I, 285)!
But his disillusion is not confined to contemporary Madrid.
Charivari (1897) ends with the following significant words:

Cada vez voy sintiendo más hastío, repugnancia más profunda,
hacia este ambiente de rencores, envidias, falsedad . . . Me canso
de esta lucha estéril . . . Y aunque venciera, ¿qué? ¡Vanidad de
vanidades! (*OC* I, 287).

Martínez Ruiz is disillusioned by the backbiting and the
hypocrisy that he has found in Madrid, but in the last words
of the quotation he reveals also a more general disillusion,
and in his books published 1897–8 he gives this more general
disillusion a correspondingly wider range of expression, sup-
plementing his own personal chronicle of anger and dis-
appointment with evidence of a distasteful Spanish past and
with bitter fictional sketches inspired in the Spanish present.
And as his disillusion becomes more general, so also the cure
becomes more difficult. A revolutionary ideology, he pro-
claims in *Pecuchet, demagogo* (1898), can no longer satisfy:

Han pasado los tiempos de los sacrificios por una idea. . . . Lo
esencial es vivir todas las ideas, conocer hombres diversos, gozar de
sensaciones desconocidas . . ., *vivir, vivir todo lo que se puede en
extensión y en intensidad* (*OC* I, 394).

Pecuchet has spent his life in single-minded devotion to the
idea of revolution, but was he right? Has it been worth it?
'Un pueblo que pide un día la guerra y clama al siguiente por
las consecuencias de la guerra, es un pueblo inconsciente. No
tiene derecho a ser libre el que no piensa' (*OC* I, 395). The
book ends, like *Charivari*, with a reflection on the vanity of
human strivings (*OC* I, 395).

But amidst growing disillusion Martínez Ruiz continues to
hope and continues to work. He, too, wants to live all ideas,
to know different types of men, to experience unknown sen-

sations. But though he makes occasional excursions, '[deseoso de] sorprender al pueblo, a la ruda masa, en su vida diaria, en sus batallas y pasiones' (*OC* I, 697), it is not primarily in personal contacts that he seeks to satisfy his longing. 'Solitario y asceta (ni bebe, ni fuma), con desvío creciente de los convencionalismos sociales, reflexivo y artista',[1] he reads more intensively than ever, compares views on different subjects and different approaches to those subjects, weighs and reflects on an impressive store of evidence, and publishes, in quick succession, three well-documented books: *La evolución de la crítica* (1899), *La sociología criminal* (1899) and *El alma castellana, 1600–1800* (1900). He is less strident, now, in his proclamations; everything, he has declared (1898), is relative (*OC* I, 395); 'buenos o malos son los hombres, según como se los mire' (*OC* I, 385). But his tolerance is that of uncertainty and disillusion: the 'escepticismo desconsolador' that earlier he had criticized in others (no doubt because he had felt it to be latent within himself), 'el hastío temprano, que atrofiando la voluntad y aplanando el espíritu, agosta los más entusiastas ideales y derrueca los caracteres más bien templados' (above, p.xiii). He is filled with hope for a better future of progress and humanity, but oppressed by the feeling that ultimately everything is pointless. The conflict is illustrated admirably in the final page of *La sociología criminal*:

Así, entre unos y otros, van preparando el camino a la revolución futura. Desapareció el autoritario mundo romano: desaparecerá esta

---

[1] U. González Serrano, *Siluetas*, Madrid, 1899 (quoted in *Azorín 1873–1947*, Homenaje de la Hemeroteca Municipal de Madrid, 1947, p. 35). Compare also the following lines from Martínez Ruiz's *Diario de un enfermo* (1901):

Durante horas y horas he manejado infolios, he tomado notas, he compulsado citas. ¿No es esto tonto? ¿No es estúpido, brutalmente estúpido, inhumano, brutalmente inhumano? ¡Yo, fuerte, joven, inteligente, pasarme días y días leyendo en viejos libros, desentendido de la vida, huido de la realidad diaria y vibradora, cerrado a las fuertes y voluptuosas emociones del amor, de la ambición, del odio, del azar! (*OC* I, 695).

sociedad en que vivimos. La justicia será entre los hombres. La
tierra que habitamos llegará a ser la *Arcadia feliz* de los poetas [. . .].
Y la *Arcadia feliz* pasará como pasaron las viejas sociedades . . .

Nada es eterno; todo es mudable. Surgen a cada momento en el
espacio mundos nuevos y acábanse los que cumplieron ya su hora.
La materia sigue sin cesar su evolución al infinito, cambiando, trans-
formándose, muriendo para renacer en formas nuevas. El hombre
no es una excepción del aniquilamiento universal. Como se acabaron
las faunas de otros tiempos, se acabará también el hombre, y no
quedarán huellas de su genio, de sus monumentos, de sus civili-
zaciones. Apagaráse el sol; cesará la tierra de ser morada propia del
hombre, y perecerá lentamente la raza entera.

. . . Y entonces, desierta la Tierra, rodando desolada y estéril,
entre profundas tinieblas, por el espacio inmenso, ¿para qué habrán
servido nuestros afanes, nuestras luchas, nuestros entusiasmos,
nuestros odios? (*OC* I, 574).

At the turn of the century Martínez Ruiz's conflict between
hope and despair continues: in *El alma castellana, 1600–1800*
(1900) he probes the Spanish decadence of the seventeenth and
eighteenth centuries (with an evocation of the daily life and
customs of the times that foreshadows his writings of maturity)
and seeks to show his country on the threshold of a new era of
progress and humanity:

Una nueva era se abre en España. Acábanse los reyes por derecho
divino; nacen las constituciones. La Humanidad avanza . . . (*OC* I,
686);

in *Diario de un enfermo* (1901), on the other hand, he expresses
again his sense of lost illusion and his feeling of the stupidity
and pointlessness of existence; man, he feels, is eternally
enslaved:

Yo he visto en su cara [in the face of a trembling old man] la
Humanidad esclava, doliente y gemidora en los pasados siglos:
la Humanidad esclava, doliente y gemidora en los futuros siglos
(*OC* I, 733).

Striving and defeat, illusion and despair. In his trilogy of
autobiographical novels, *La voluntad* (1902), *Antonio Azorín*

(1903) and *Las confesiones de un pequeño filósofo* (1904), Martínez Ruiz probes the conflict further:

Yo veo que todos hablamos de regeneración . . ., que todos queremos que España sea un pueblo culto y laborioso . . ., pero no pasamos de estos deseos platónicos . . . ¡Hay que marchar! Y no se marcha . . .; los viejos son escépticos . . ., los jóvenes no quieren ser *románticos* . . . [. . .]. Todos clamamos por un renacimiento y todos nos sentimos amarrados en esta urdimbre de agios y falseamientos . . . (*OC* I, 826–7).

The epitome of this age of longing and inaction, of this 'generación sin voluntad, sin energía, indecisa, irresoluta' (*OC* I, 959), we are told, is the author's autobiographical 'hero', Antonio Azorín. Azorín is tormented by the struggle of two men within him: 'el *hombre-voluntad*, casi muerto, casi deshecho por una larga educación en un colegio clerical', and 'el *hombre-reflexión*, nacido, alentado en copiosas lecturas, en largas soledades, en minuciosos autoanálisis'. 'El que domina en mí, por desgracia', he continues, 'es el *hombre-reflexión*' (*OC* I, 968). But the *hombre-voluntad* is not completely dead and he asserts himself in sporadic outbursts of optimistic striving and activity, only to be subdued again by the *hombre-reflexión*. And so Azorín's life is all 'esfuerzos sueltos, iniciaciones paralizadas, audacias frustradas, paradojas, gestos, gritos' (*OC* I, 995). 'Azorín, decididamente, no puede estar sosegado en ninguna parte' (*OC* I, 1105). But in the third book of the trilogy, where Azorín evokes his childhood, there is far less torment, far more calm and repose. The *hombre-reflexión* has clearly prevailed. In 1904 Martínez Ruiz begins to sign himself Azorín and henceforth it is by this name that he will be generally known. The first books to appear under his new name are *Los pueblos* and *La ruta de Don Quijote*, both of them published in 1905.

B

THE TEXT OF 'LA RUTA'

In the transition from newspaper to book the text of *La ruta de Don Quijote* underwent a few corrections and minor modifications (affecting almost only isolated words) and a final chapter was added (the 'Pequeña guía . . .'). This first book edition of 1905 is clearly the best of the editions consulted and it forms the basis of the present text. In the second, illustrated edition of 1912 a number of evident textual errors have appeared (including the printer's omission of a line) and these have been perpetuated, often with increase, in succeeding editions. Because of the superiority of the first edition it has not been considered necessary to indicate textual variants, except in a few cases where the reading of the second and succeeding editions has been preferred. Modern orthographic and typographical practice have been followed throughout, but this has involved almost only changes in the use of the accent and the avoidance of the abbreviations *D.* (for *don*) and *Sr.* (for *señor*). Finally, occasional modifications of punctuation have been admitted where they are justified by later editions and where they make the text easier to read without any accompanying change of emphasis.

LA RUTA DE
DON QUIJOTE

DEDICATORIA

Al gran hidalgo don Silverio, residente en la noble, vieja, desmoronada y muy gloriosa villa del Toboso; poeta; autor de un soneto a Dulcinea; autor también de una sátira terrible contra los frailes; propietario de una colmena con una ventanita por la que se ve trabajar a las abejas.

AZORÍN

LA PARTIDA

Yo me acerco a la puerta y grito:

—¡Doña Isabel! ¡Doña Isabel!

Luego vuelvo a entrar en la estancia y me siento con un gesto de cansancio, de tristeza y de resignación. La vida, ¿es una repetición monótona, inexorable, de las mismas cosas con distintas apariencias? Yo estoy en mi cuarto; el cuarto es diminuto; tiene tres o cuatro pasos en cuadro;* hay en él una mesa pequeña, un lavabo, una cómoda, una cama. Yo estoy sentado junto a un ancho balcón que da a un patio; el patio es blanco, limpio, silencioso. Y una luz suave, sedante, cae a través de unos tenues visillos y baña las blancas cuartillas que destacan sobre la mesa.

Yo vuelvo a acercarme a la puerta y torno a gritar:*

—¡Doña Isabel! ¡Doña Isabel!

Y después me siento otra vez con el mismo gesto de cansancio, de tristeza y de resignación. Las cuartillas esperan inmaculadas los trazos de la pluma; en medio de la estancia, abierta, destaca una maleta. ¿Dónde iré yo, una vez más, como siempre, sin remedio ninguno, con mi maleta y mis cuartillas? Y oigo en el largo corredor unos pasos lentos, suaves. Y en la puerta aparece una anciana vestida de negro, limpia, pálida.

—Buenos días, Azorín.

—Buenos días, doña Isabel.

Y nos quedamos un momento en silencio. Yo no pienso en nada; yo tengo una profunda melancolía. La anciana mira inmóvil, desde la puerta, la maleta que aparece en el centro del cuarto.

—¿Se marcha usted, Azorín?

Yo le contesto:

—Me marcho, doña Isabel.

Ella replica:

—¿Dónde se va usted, Azorín?

Yo le contesto:

—No lo sé, doña Isabel.

Y transcurre otro breve momento de un silencio denso, profundo. Y la anciana, que ha permanecido con la cabeza un poco baja, la mueve con un ligero movimiento, como quien acaba de comprender, y dice:

—¿Se irá usted a *los pueblos*, Azorín?

—Sí, sí, doña Isabel —le digo yo—; no tengo más remedio que marcharme a *los pueblos*.

Los pueblos son las ciudades y las pequeñas villas de la Mancha y de las estepas castellanas que yo amo; doña Isabel ya me conoce; sus miradas han ido a posarse en los libros y cuartillas que están sobre la mesa. Luego me ha dicho:

—Yo creo, Azorín, que esos libros y esos papeles que usted escribe le están a usted matando.* Muchas veces —añade sonriendo— he tenido la tentación de quemarlos todos durante alguno de sus viajes.

Yo he sonreído también.

—¡Jesús,* doña Isabel! —he exclamado fingiendo un espanto cómico—. ¡Usted no quiere creer que yo tengo que realizar una misión sobre la tierra!

—¡Todo sea por Dios!* —ha replicado ella, que no comprende nada de esta misión.

Y yo, entristecido, resignado con esta inquieta pluma que he de mover perdurablemente y con estas cuartillas que he de llenar hasta el fin de mis días, he contestado:

—Sí, todo sea por Dios, doña Isabel.

Después, ella junta sus manos con un ademán doloroso, arquea las cejas y suspira:

—¡Ay, Señor!

Y ya este suspiro que yo he oído tantas veces, tantas veces en los viejos pueblos, en los caserones vetustos, a* estas buenas ancianas vestidas de negro; ya este suspiro me trae una visión neta y profunda de la España castiza.* ¿Qué recuerda doña Isabel con este suspiro? ¿Recuerda los días de su infancia y de su adolescencia, pasados en alguno de estos pueblos muertos, sombríos? ¿Recuerda las callejuelas estrechas, serpenteantes, desiertas, silenciosas? ¿Y las plazas anchas, con soportales ruinosos,* por las que de tarde en tarde discurre un perro o un vendedor se para y lanza un grito en el silencio? ¿Y las fuentes viejas, las fuentes de granito, las fuentes con un blasón enorme, con grandes letras, en que se lee el nombre de Carlos V o Carlos III?* ¿Y las iglesias góticas, doradas, rojizas, con estas capillas de las Angustias, de los Dolores o del Santo Entierro,* en que tanto nuestras madres han rezado y han suspirado? ¿Y las tiendecillas hondas, lóbregas, de merceros, de cereros, de talabarteros, de pañeros, con las mantas de vivos colores que flamean al aire?* ¿Y los carpinteros —estos buenos amigos nuestros— con sus mazos que golpean sonoros? ¿Y las herrerías —las queridas herrerías— que llenan desde el alba al ocaso la pequeña y silenciosa ciudad con sus sones joviales y claros? ¿Y los huertos y cortinales que se extienden a la salida del pueblo, y por cuyas bardas* asoma un oscuro laurel o un ciprés mudo, centenario, que ha visto indulgente nuestras travesuras de niño? ¿Y los lejanos majuelos, a los que hemos ido de merienda* en las tardes de primavera y que han sido plantados acaso por un anciano que tal vez no ha visto sus frutos primeros? ¿Y las vetustas alamedas de olmos, de álamos, de plátanos, por las que hemos paseado en nuestra adolescencia en compañía de Lolita, de Juana, de Carmencita o de Rosarito? ¿Y los cacareos de los gallos que cantaban en las mañanas radiantes y templadas del invierno?* ¿Y las campanadas lentas, sonoras, largas, del vetusto reloj que oíamos desde las anchas chimeneas en las noches de invierno?

Yo le digo al cabo a doña Isabel:

—Doña Isabel, es preciso partir.

Ella contesta:

—Sí, sí, Azorín; si es necesario, vaya usted.

Después yo me quedo solo con mis cuartillas, sentado ante la mesa, junto al ancho balcón por el que veo el patio silencioso, blanco. ¿Es displicencia? ¿Es tedio? ¿Es deseo de algo mejor que no sé lo que es, lo que yo siento?* ¿No acabará nunca para nosotros, modestos periodistas, este sucederse perdurable de cosas y de cosas? ¿No volveremos a oír nosotros, con la misma sencillez de los primeros años, con la misma alegría, con el mismo sosiego, sin que el ansia enturbie nuestras emociones, sin que el recuerdo de la lucha nos amargue, estos cacareos de los gallos amigos, estos sones de las herrerías alegres, estas campanadas del reloj venerable, que entonces escuchábamos?* ¿Nuestra vida no es como la del buen caballero errante que nació en uno de estos pueblos manchegos? Tal vez, si nuestro vivir, como el de don Alonso Quijano el Bueno,* es un combate inacabable, sin premio, por ideales que no veremos realizados... Yo amo esa gran figura dolorosa que es nuestro símbolo y nuestro espejo. Yo voy —con mi maleta de cartón y mi capa— a recorrer brevemente los lugares que él recorriera.*

Lector: perdóname; mi voluntad es serte grato; he escrito ya mucho en mi vida; veo con tristeza que todavía he de escribir otro tanto. Lector: perdóname; yo soy un pobre hombre que, en los ratos de vanidad, quiere aparentar que sabe algo, pero que en realidad no sabe nada.

II

EN MARCHA

Estoy sentado en una vieja y amable casa, que se llama Fonda de la Xantipa;* acabo de llegar —¡descubríos!— al pueblo ilustre de Argamasilla de Alba.* En la puerta de mi modesto mechinal,* allá en Madrid, han resonado esta mañana unos discretos golpecitos; me he levantado súbitamente; he abierto el balcón; aún el cielo estaba negro y las estrellas titileaban sobre la ciudad dormida. Yo me he vestido. Yo he bajado a la calle; un coche* pasaba con un ruido lento, rítmico, sonoro. Esta es la hora en que las grandes urbes modernas nos muestran todo lo que tienen de extrañas, de anormales, tal vez de antihumanas. Las calles aparecen desiertas, mudas; parece que durante un momento, después de la agitación del trasnocheo,* después de los afanes del día, las casas recogen su espíritu sobre sí mismas, y nos muestran en esta fugaz pausa, antes de que llegue otra vez el inminente tráfago diario, toda la frialdad, la impasibilidad de sus fachadas altas, simétricas, de sus hileras de balcones cerrados, de sus esquinazos y sus ángulos que destacan en un cielo que comienza poco a poco, imperceptiblemente, a clarear en lo alto...

El coche que me lleva corre rápidamente hacia la lejana estación. Ya en el horizonte comienza a surgir un resplandor mate, opaco; las torrecillas* metálicas de los cables surgen rígidas; la chimenea de una fábrica deja escapar un humo denso, negro, que va poniendo una tupida gasa ante la claridad que nace por Oriente. Yo llego a la estación. ¿No sentís vosotros una simpatía profunda por las estaciones? Las estaciones, en las grandes ciudades, son lo que primero despierta todas las mañanas a la vida inexorable y cotidiana. Y son primero los faroles de los mozos que pasan, cruzan, giran, tornan, marchan de un lado para otro, a ras del suelo, misteriosos, diligentes, sigilosos. Y son luego las carretillas y diablas que comienzan a chirriar y gritar.* Y después el estrépito sordo, lejano, de los coches que avanzan. Y luego la ola humana que va entrando por las anchas puertas, y se desparrama, acá y allá, por la inmensa nave. Los redondos focos eléctricos,* que han parpadeado toda la noche, acaban de ser apagados; suenan los silbatos agudos de las locomotoras; en el horizonte surgen los resplandores rojizos, nacarados, violetas, áureos, de la aurora. Yo he contemplado este ir y venir, este trajín ruidoso, este despertar de la energía humana. El momento de sacar nuestro billete correspondiente es llegado ya.* ¿Cómo he hecho yo una sólida, una sincera amistad —podéis creerlo— con este hombre sencillo, discreto y afable, que está a par de mí, junto a la ventanilla?*

—¿Va usted —le he preguntado yo— a Argamasilla de Alba?

—Sí —me ha contestado él—; yo voy a Cinco Casas.

Yo me he quedado un poco estupefacto. Si este hombre sencillo e ingenuo —he pensado— va a Cinco Casas, ¿cómo

puede ir a Argamasilla? Y luego en voz alta he dicho cortés-
mente:

—Permítame usted: ¿cómo es posible ir a Argamasilla y a
Cinco Casas?

El se ha quedado mirándome un momento en silencio; indudablemente yo era un hombre colocado fuera de la realidad.
Y al fin ha dicho:

—Argamasilla es Cinco Casas; pero todos le llamamos Cinco
Casas...*

Todos, ha dicho mi nuevo amigo. ¿Habéis oído bien?
¿Quiénes son *todos*? Vosotros sois ministros; ocupáis los
gobiernos civiles de las provincias;* estáis al frente de los
grandes organismos burocráticos; redactáis los periódicos;
escribís libros; pronunciáis discursos; pintáis cuadros; hacéis
estatuas..., y un día os metéis en el tren, os sentáis en los duros
bancos de un coche de tercera, y descubrís —profundamente
sorprendidos— que *todos* no sois vosotros (que no sabéis que
Cinco Casas da lo mismo que Argamasilla), sino que *todos* es
Juan, Ricardo, Pedro, Roque, Alberto, Luis, Antonio, Rafael,
Tomás, es decir, el pequeño labriego, el carpintero, el herrero,
el comerciante, el industrial, el artesano. Y ese día —no
lo olvidéis— habéis aprendido una enorme, una eterna
verdad...

Pero el tren va a partir ya en este momento; el coche está
atestado. Yo veo una mujer que solloza y unos niños que
lloran (porque van a embarcarse en un puerto mediterráneo
para América); veo unos estudiantes que, en el departamento
de al lado, cantan y gritan; veo, en un rincón, acurrucado,
junto a mí, un hombre diminuto y misterioso, embozado en
una capita raída, con unos ojos que brillan —como en ciertas
figuras de Goya— por debajo de las anchas y sombrosas alas
de su chapeo. Mi nuevo amigo es más comunicativo que yo;
pronto entre él y el pequeño viajero enigmático se entabla un
vivo diálogo. Y lo primero que yo descubro es que este
hombre hermético tiene frío; en cambio, mi compañero no lo
tiene. ¿Comprendéis los antagonismos de la vida? El viajero
embozado es andaluz; mi flamante amigo es castizo manchego.*

—Yo —dice el andaluz— no he encontrado en Madrid el calor.

—Yo —replica el manchego— no he sentido el frío.

He aquí —pensáis vosotros, si sois un poco dados a las especulaciones filosóficas—, he aquí explicadas la diversidad y la oposición de todas las éticas, de todos los derechos, de todas las estéticas que hay sobre el planeta. Y luego os ponéis a mirar el paisaje; ya es día claro; ya una luz clara, limpia, diáfana, llena la inmensa llanura amarillenta; la campiña se extiende a lo lejos en suaves ondulaciones de terreros y oteros.* De cuando en cuando se divisan las paredes blancas, refulgentes, de una casa; se ve perderse a lo lejos, rectos, inacabables, los caminos. Y una cruz tosca de piedra tal vez nos recuerda, en esta llanura solitaria, monótona, yerma, desesperante, el sitio de una muerte, de una tragedia. Y lentamente el tren arranca con un estrépito de hierros viejos. Y las estaciones van pasando, pasando; todo el paisaje que ahora vemos es igual que el paisaje pasado; todo el paisaje pasado es el mismo que el que contemplaremos dentro de un par de horas. Se perfilan en la lejanía radiante las lomas azules; acaso se columbra el chapitel negro de un campanario; una picaza revuela sobre los surcos rojizos o amarillentos; van lentas, lentas por el llano inmenso las yuntas que arrastran el arado. Y de pronto surge en la línea del horizonte un molino que mueve locamente sus cuatro aspas. Y luego pasamos por Alcázar; otros molinos vetustos, épicos, giran y giran.* Ya va entrando la tarde; el cansancio ha ganado ya vuestros miembros. Pero una voz acaba de gritar:

—¡Argamasilla, dos minutos!

Una sacudida nerviosa nos conmueve. Hemos llegado al término de nuestro viaje. Yo contemplo en la estación una enorme diligencia —una de estas diligencias que encantan a los viajeros franceses—; junto a ella hay un coche, un coche venerable, un coche simpático, uno de estos coches de pueblo en que todos —indudablemente— hemos paseado siendo niños. Yo pregunto a un mozuelo que a quién pertenece este coche.

—Este coche —me dice él— es de la Pacheca.*

Una dama fina, elegante, majestuosa, enlutada, sale de la estación y sube en este coche. Ya estamos en pleno ensueño. ¿No os ha desatado la fantasía la figura esbelta y silenciosa de esta dama, tan española, tan castiza, a quien tan española y castizamente se le acaba de llamar la Pacheca?

Ya vuestra imaginación corre desvariada. Y cuando tras largo caminar en la diligencia por la llanura entráis en la villa ilustre; cuando os habéis aposentado en esta vieja y amable fonda de la Xantipa; cuando, ya cerca de la noche, habéis trazado rápidamente unas cuartillas, os levantáis de ante la mesa sintiendo un feroz apetito, y decís a estas buenas mujeres que andan por estancias y pasillos:

—Señoras mías, escuchadme un momento. Yo les agradecería a vuesas mercedes un poco de salpicón, un poco de duelos y quebrantos, algo acaso de alguna olla modesta en que haya 'más vaca que carnero'.*

III

PSICOLOGIA DE ARGAMASILLA

Penetramos en la sencilla estancia; acércate, lector; que la emoción no sacuda tus nervios; que tus pies no tropiecen con el astrágalo del umbral; que tus manos no dejen caer el bastón en que se apoyan; que tus ojos, bien abiertos, bien vigilantes, bien escudriñadores, recojan y envíen al cerebro todos los detalles, todos los matices, todos los más insignificantes gestos y los movimientos más ligeros. Don Alonso Quijano el Bueno está sentado ante una recia y oscura mesa de nogal; sus codos puntiagudos, huesudos, se apoyan con energía sobre el duro tablero; sus miradas ávidas se clavan en los blancos folios, llenos de letras pequeñitas, de un inmenso volumen.* Y de cuando en cuando el busto amojamado de don Alonso se yergue; suspira hondamente el caballero; se remueve nervioso y afanoso en el ancho asiento. Y sus miradas, de las blancas hojas del libro pasan súbitas y llameantes a la vieja y mohosa espada que pende en la pared.* Estamos, lector, en Argamasilla de Alba y en 1570, en 1572 o en 1575. ¿Cómo es esta ciudad hoy ilustre en la historia literaria española? ¿Quién habita en sus casas? ¿Cómo se llaman estos nobles hidalgos que arrastran sus tizonas por sus calles claras y largas? Y ¿por qué este buen don Alonso, que ahora hemos visto suspirando de anhelos inefables sobre sus libros malhadados, ha venido a este trance? ¿Qué hay en el ambiente de este pueblo que haya hecho posible el nacimiento y desarrollo, precisamente aquí, de esta extraña, amada y dolorosa figura? ¿De qué suerte Argamasilla de Alba, y no otra cualquier villa manchega, ha podido ser la cuna del más ilustre, del más grande de los caballeros andantes?

Todas las cosas son fatales, lógicas, necesarias; todas las cosas tienen su razón poderosa y profunda. Don Quijote de la Mancha había de ser forzosamente de Argamasilla de Alba. Oídlo bien; no lo olvidéis jamás: el pueblo entero de Argamasilla es lo que se llama un pueblo andante.* Y yo os lo voy a explicar. ¿Cuándo vivió don Alonso? ¿No fue por estos mismos años que hemos expresado anteriormente? Cervantes escribía con lentitud; su imaginación era tarda en elaborar; salió a luz la obra en 1605; mas ya entonces el buen caballero retratado en sus páginas había fenecido, y ya, desde luego, hemos de suponer que el autor debió de comenzar a planear su libro mucho después de acontecer esta muerte deplorable; es decir, que podemos sin temor afirmar que don Alonso vivió a mediados del siglo XVI, acaso en 1560, tal vez en 1570, es posible que en 1575.* Y bien: precisamente en este mismo año nuestro rey don Felipe II requería de los vecinos de la villa de Argamasilla una información puntual, minuciosa, exacta, de la villa y sus aledaños. ¿Cómo desobedecer a este monarca? No era posible. 'Yo —dice el escribano público del pueblo, Juan Martínez Patiño— he notificado el deseo del rey a los alcaldes ordinarios y a los señores regidores.'* Los alcaldes se llaman: Cristóbal de Mercadillo y Francisco García de

Tembleque; los regidores llevan por nombre Andrés de Pero-alonso y Alonso de la Osa. Y todos estos señores, alcaldes y regidores, se reúnen, conferencian, tornan a conferenciar, y a la postre nombran a personas calificadas de la villa para que redacten el informe pedido. Estas personas son Francisco López de Toledo, Luis de Córdoba el Viejo, Andrés de Anaya.

Yo quiero que os vayáis ya fijando en todas estas idas y venidas, en todos estos cabildeos, en toda esta inquietud administrativa que ya comienza a mostrarnos la psicología de Argamasilla. La comisión que ha de redactar el suspirado dictamen está nombrada ya; falta, sin embargo, el que a sus individuos se les notifique el nombramiento. El escribano señor Martínez de Patiño se pone su sombrero, coge sus papeles y se marcha a visitar a los señores nombrados; el señor López de Toledo y el señor Anaya dan su conformidad, tal vez después de algunas tenues excusas; mas el don Luis de Córdoba el Viejo, hombre un poco escéptico, hombre que ha visto muchas cosas, 'persona antigua' —dicen los informantes—, recibe con suma cortesía al escribano, sonríe, hace una leve pausa, y después, mirando al señor de Patiño con una ligera mirada irónica, declara que él no puede aceptar el nombramiento, puesto que él, don Luis de Córdoba el Viejo, goza de una salud escasa, padece de ciertos lamentables achaques,* y además, a causa de ellos y como razón suprema, 'no puede estar sentado un cuarto de hora'. ¿Cómo un hombre así podía pertenecer al seno de una comisión? ¿Cómo podía permanecer don Luis de Córdoba el Viejo una hora, dos horas, tres horas pegado a su asiento, oyendo informar o discutiendo datos y cifras? No es posible; el escribano Martínez de Patiño se retira un poco mohíno; don Luis de Córdoba el Viejo torna a sonreír al despedirle; los alcaldes nombran en su lugar a Diego de Oropesa...

Y la comisión, ya sin más trámites, ya sin más dilaciones, comienza a funcionar. Y por su informe —todavía inédito entre las *Relaciones topográficas*, ordenadas por Felipe II*— conocemos a Argamasilla de Alba en tiempos de Don Quijote.

Y ante todo, ¿quién la ha fundado? La fundó don Diego de Toledo, prior de San Juan; el paraje en que se estableciera el pueblo se llamaba Argamasilla; el fundador era de la casa de Alba. Y de ahí el nombre de Argamasilla de Alba.

Pero el pueblo —y aquí entramos en otra etapa de su psicología—, el pueblo primitivamente se hallaba establecido en el lugar llamado la Moraleja; ocurría esto en 1555. Mas una epidemia sobreviene; la población se dispersa; reina un momento de pavor y de incertidumbre, y, como en un tropel, los moradores corren hacia el cerro llamado de Boñigal y allí van formando nuevamente el poblado.* Y otra vez, al cabo de pocos años, cae sobre el flamante caserío otra epidemia, y de nuevo, atemorizados, enardecidos, exasperados, los habitantes huyen, corren, se dispersan y se van reuniendo, al fin, en el paraje que lleva el nombre de Argamasilla, y aquí fundan otra ciudad, que es la que ha llegado hasta nuestros días y es en la que ha nacido el gran manchego. ¿Veis ya cómo se ha creado en pocos años, desde 1555 a 1575, la mentalidad de una nueva generación, entre la que estará don Alonso Quijano? ¿Veis cómo el pánico, la inquietud nerviosa, la exasperación, las angustias que han padecido las madres de estos nuevos hombres se ha comunicado a ellos y ha formado en la nueva ciudad un ambiente de hiperestesia sensitiva, de desasosiego, de anhelo perdurable por algo desconocido y lejano? ¿Acabáis de aprender cómo Argamasilla entero es un pueblo andante y cómo aquí había de nacer el mayor de los caballeros andantes? Añadid ahora que, además de esta epidemia de que hemos hablado, caen también sobre el pueblo plagas de langostas que arrasan las cosechas y suman nuevas incertidumbres y nuevos dolores a los que ya se experimentan. Y como si todo esto fuera poco para determinar y crear una psicología especialísima, tened en cuenta que el nuevo pueblo, por su situación, por su topografía, ha de favorecer este estado extraordinario, único, de morbosidad y exasperación. 'Este —dicen los vecinos informantes— es pueblo enfermo, porque cerca de esta villa se suele derramar la madre del río de Guadiana,* y porque pasa por esta villa y hace remanso el agua,* y de causa del dicho remanso y detenimiento del agua salen muchos vapores que acuden al pueblo con el aire.' Y ya no necesitamos más para que nuestra visión quede completa; mas si aún continuamos escudriñando en el informe, aún recogeremos en él pormenores, detalles, hechos, al parecer insignificantes, que vendrán a ser la contraprueba de lo que acabamos de exponer.

Argamasilla es un pueblo enfermizo, fundado por una generación presa de una hiperestesia nerviosa. ¿Quiénes son los sucesores de esta generación? ¿Qué es lo que hacen? Los informantes citados nos dan una relación de las personas más notables que viven en la villa; son éstas: don Rodrigo Pacheco, dos hijos de don Pedro Prieto de Bárcena, el señor Rubián, los sobrinos de Pacheco, los hermanos Baldolivias, el señor Cepeda y don Gonzalo Patiño. Y de todos éstos, los informantes nos advierten, al pasar, que los hijos de don Pedro Prieto de Bárcena han pleiteado a favor de su ejecutoria de hidalguía;* que el señor Cepeda también pleitea; que el señor Rubián litiga asimismo con la villa; que los hermanos Baldolivias no se escapan tampoco de mantener sus contiendas, y que, finalmente, los sobrinos de Pacheco se hallan puestos en el libro de los pecheros,* sin duda porque, a pesar de todas las sutilezas y supercherías, 'no han podido probar su filiación'...*

Esta es la villa de Argamasilla de Alba, hoy insigne entre todas las de la Mancha. ¿No es natural que todas estas causas y concausas de locura, de exasperación, que flotan en el ambiente hayan convergido en un momento supremo de la historia y hayan creado la figura de este sin par hidalgo, que ahora en este punto nosotros, acercándonos con cautela, vemos leyendo absorto en los anchos infolios y lanzando de rato en rato súbitas y relampagueantes miradas hacia la vieja espada llena de herrumbre?

IV

EL AMBIENTE DE ARGAMASILLA

¿Cuánto tiempo hace que estoy en Argamasilla de Alba? ¿Dos, tres, cuatro, seis años? He perdido la noción del tiempo y la del espacio; ya no se me ocurre nada ni sé escribir. Por la mañana, apenas comienza a clarear, una bandada de gorriones salta, corre, va, viene, trina chillando furiosamente en el ancho corral; un gallo, junto a la ventanita de mi estancia, canta con metálicos cacareos. Yo he de levantarme. Ya fuera, en la cocina, se oye el ruido de las tenazas que caen sobre la losa, y el rastrear de las trébedes,* y la crepitación de los sarmientos que principian a arder. La casa comienza su vida cotidiana: la Xantipa marcha de un lado para otro apoyada en su pequeño bastón; Mercedes sacude* los muebles; Gabriel va a coger sus tijeras pesadas de alfayate y con ellas se dispone a cortar los recios paños. Yo abro la ventanita; la ventanita no tiene cristales, sino un bastidor de lienzo blanco;* a través de este lienzo entra una claridad mate en el cuarto. El cuarto es grande, alargado; hay en él una cama, cuatro sillas y una mesa de pino; las paredes aparecen blanqueadas con cal, y tienen un ancho zócalo ceniciento;* el piso está cubierto por una recia estera de esparto blanco. Yo salgo a la cocina; la cocina está enfrente de mi cuarto y es de ancha campana;* en una de las paredes laterales cuelgan los cazos, las sartenes, las cazuelas;* las llamas de la fogata ascienden en el hogar y lamen la piedra trashoguera.*

—Buenos días, señora Xantipa; buenos días, Mercedes.

Y me siento a la lumbre; el gallo —mi amigo— continúa cantando; un gato —amigo mío también— se acaricia en mis pantalones. Ya las campanas de la iglesia suenan a la misa mayor;* el día está claro, radiante; es preciso salir a hacer lo que todo buen español hace desde siglos y siglos: tomar el sol. Desde la cocina de esta casa·se pasa a un patizuelo

empedrado con pequeños cantos;* la mitad de este patio está
cubierto por una galería;* la otra mitad se encuentra libre. Y
de aquí, continuando en nuestra marcha, encontramos un
zaguán* diminuto; luego una puerta; después otro zaguán; al
fin la salida a la calle. El piso está en altos y bajos, desnivelado,
sin pavimentar; las paredes todas son blancas, con zócalos
grises o azules. Y hay en toda la casa —en las puertas, en los
techos, en los rincones— este aire de vetustez, de inmovilidad,
de reposo profundo, de resignación secular* —tan castizos, tan
españoles— que se percibe en todas las casas manchegas, y
que tanto contrasta con la veleidad, la movilidad y el estruendo
de las mansiones levantinas.*

Y luego, cuando salimos a la calle, vemos que las anchas y
luminosas vías están en perfecta concordancia con los in-
teriores. No son éstos los pueblecitos moriscos de Levante,
todo recogidos, todo íntimos; son los poblados anchurosos,
libres, espaciados, de la vieja gente castellana. Aquí cada
imaginación parece que ha de marchar por su camino, inde-
pendiente, opuesta a toda traba y ligamen;* no hay un ambiente
que una a todos los espíritus como en un haz invisible; las
calles son de una espaciosidad extraordinaria; las casas son
bajas y largas; de trecho en trecho, un inconmensurable
portalón de un patio rompe, de pronto, lo que pudiéramos
llamar la solidaridad espiritual de las casas; allá, al final de la
calle, la llanura se columbra inmensa, infinita, y encima de
nosotros, a toda hora limpia,* como atrayendo todos nuestros
anhelos, se abre también inmensa, infinita, la bóveda radiante.
¿No es éste el medio en que han nacido y se han desarrollado
las grandes voluntades, fuertes, poderosas, tremendas, pero
solitarias, anárquicas, de aventureros, navegantes, conquistadores? ¿Cabrá aquí, en estos pueblos, el concierto íntimo,
tácito, de voluntades y de inteligencias, que hace la prosperidad sólida y duradera de una nación? Yo voy recorriendo
las calles de este pueblo. Yo contemplo las casas bajas, anchas
y blancas. De tarde en tarde, por las anchas vías cruza un
labriego. No hay ni ajetreos, ni movimientos, ni estrépitos. Argamasilla en 1575 contaba con 700 vecinos;* en 1905 cuenta con

850. Argamasilla en 1575 tenía 600 casas; en 1905 tiene 711. En tres siglos es bien poco lo que se ha adelantado. 'Desde 1900 hasta la fecha —me dicen— no se han construido más allá de ocho casas.' Todo está en profundo reposo. El sol reverbera en las blancas paredes; las puertas están cerradas; las ventanas están cerradas. Pasa de rato en rato, ligero, indolente, un galgo negro, o un galgo gris, o un galgo rojo. Y la llanura, en la lejanía, allá dentro, en la línea remota del horizonte, se confunde imperceptible con la inmensa planicie azul del cielo. Y el viejo reloj lanza despacio, grave, de hora en hora, sus campanadas. ¿Qué hacen en estos momentos don Juan, don Pedro, don Francisco, don Luis, don Antonio, don Alejandro?

Estas campanadas que el reloj acaba de lanzar marcan el mediodía. Yo regreso a la casa.

—¿Qué tal? ¿Cómo van esos duelos y quebrantos, señora Xantipa? —pregunto yo.

La mesa está ya puesta; Gabriel ha dejado por un instante en reposo sus pesadas tijeras; Mercedes coloca sobre el blanco mantel una fuente humeante.* Y yo yanto prosaicamente —como todos hacen— de esta sopa rojiza, azafranada. Y luego de otros varios manjares, todos sencillos, todos modernos. Y después de comer hay que ir un momento al Casino.* El Casino está en la misma plaza; traspasáis los umbrales de un vetusto caserón; ascendéis por una escalerilla empinada; torcéis después a la derecha y entráis al cabo en un salón ancho, con las paredes pintadas de azul claro y el piso de madera. En este ancho salón hay cuatro o seis personas, silenciosas, inmóviles, sentadas en torno de una estufa.

—¿No le habían hecho a usted ofrecimientos de comprarle el vino a seis reales?* —pregunta don Juan tras una larga pausa.

—No —dice don Antonio—; hasta ahora a mí no me han dicho palabra.

Pasan seis, ocho, diez minutos en silencio.

—¿Se marcha usted esta tarde al campo? —le dice don Tomás a don Luis.

—Sí —contesta don Luis—, quiero estar allí hasta el sábado próximo.

Fuera, la plaza está solitaria, desierta; se oye un grito lejano; un viento ligero lleva unas nubes blancas por el cielo. Y salimos de este casino; otra vez nos encaminamos por las anchas calles; en los aledaños del pueblo, sobre las techumbres bajas y pardas, destaca el ramaje negro, desnudo, de los olmos que bordean el río. Los minutos transcurren lentos; pasa ligero, indolente, el galgo gris, o el galgo negro, o el galgo rojo. ¿Qué vamos a hacer durante todas las horas eternas de esta tarde? Las puertas están cerradas; las ventanas están cerradas. Y de nuevo el llano se ofrece a nuestros ojos, inmenso, desmantelado, infinito, en la lejanía.

Cuando llega el crepúsculo suenan las campanadas graves y las campanadas agudas del Ave María; el cielo se ensombrece; brillan de trecho en trecho unas mortecinas lamparillas eléctricas. Esta es la hora en que se oyen en la plaza unos gritos de muchachos que juegan; yuntas de mulas salen de los anchos corrales y son llevadas junto al río; se esparce por el aire un vago olor de sarmientos quemados. Y de nuevo, después de esta rápida tregua, comienza el silencio más profundo, más denso, que ha de pesar durante la noche sobre el pueblo.

Yo vuelvo a casa.

—¿Qué tal, señora Xantipa? ¿Cómo van esos duelos y quebrantos? ¿Cómo está el salpicón?

Yo ceno junto al fuego en una mesilla baja de pino; mi amigo el gallo está ya reposando; el gato —mi otro amigo— se acaricia ronroneando en mis pantalones.

—¡Ay, Jesús! —exclama la Xantipa.

Gabriel calla; Mercedes calla; las llamas de la fogata se agitan y bailan en silencio. He acabado ya de cenar; será necesario el volver al Casino. Cuatro, seis, ocho personas están sentadas en torno de la estufa.

—¿Cree usted que el vino este año se venderá mejor que el año pasado? —pregunta don Luis.

Yo no sé —contesta don Rafael—; es posible que no.

Transcurren seis, ocho, diez minutos en silencio.

—Si continúa este tiempo frío —dice don Tomás— se van a helar las viñas.

—Eso es lo que yo temo —replica don Francisco.

El reloj lanza nueve campanadas sonoras. ¿Son realmente las nueve? ¿No son las once, las doce? ¿No marcha en una lentitud estupenda* este reloj? Las lamparillas del salón alumbran débilmente el ancho ámbito; las figuras permanecen inmóviles, silenciosas, en la penumbra. Hay algo en estos ambientes de los casinos de pueblo, a estas horas primeras de la noche, que os produce como una sensación de sopor y de irrealidad. En el pueblo está todo en reposo; las calles se hallan oscuras, desiertas; las casas han cesado de irradiar su tenue vitalidad diurna. Y parece que todo este silencio, que todo este reposo, que toda esta estaticidad formidable se concentra, en estos momentos, en el salón del Casino y pesa sobre las figuras fantásticas, quiméricas, que vienen y se tornan a marchar lentas y mudas.

Yo salgo a la calle; las estrellas parpadean en lo alto misteriosas; se oye el aullido largo de un perro; un mozo canta, una canción que semeja un alarido y una súplica... Decidme, ¿no es éste el medio en que florecen las voluntades solitarias, libres, llenas de ideal —como la de Alonso Quijano el Bueno—; pero ensimismadas, soñadoras, incapaces, en definitiva,* de concertarse en los prosaicos, vulgares, pacientes pactos que la marcha de los pueblos exige?

V

LOS ACADEMICOS DE ARGAMASILLA

'...Con tutta quella gente que si lava
in Guadiana...'

Ariosto, *Orlando Furioso*, canto XIV*

Yo no he conocido jamás hombres más discretos, más amables, más sencillos que estos buenos hidalgos don Cándido, don Luis, don Francisco, don Juan Alfonso y don

Carlos. Cervantes, al final de la primera parte de su libro, habla de los académicos de Argamasilla; don Cándido, don Luis, don Francisco, don Juan Alfonso y don Carlos pueden ser considerados como los actuales académicos de Argamasilla. Son las diez de la mañana; yo me voy a casa de don Cándido. Don Cándido es clérigo; don Cándido tiene una casa amplia, clara, nueva y limpia; en el centro hay un patio con un zócalo de relucientes azulejos; todo en torno corre una galería.* Y cuando he subido por unas escaleras, fregadas y refregadas por la aljofifa, yo entro en el comedor.

—Buenos días, don Cándido.

—Buenos nos los dé Dios,* señor Azorín.

Cuatro balcones dejan entrar raudales de sol tibio, esplendente, confortador; en las paredes cuelgan copias de cuadros de Velázquez y soberbios platos antiguos; un fornido aparador de roble destaca en un testero;* enfrente aparece una chimenea de mármol negro, en que las llamas se mueven rojas; encima de ella se ve un claro espejo encuadrado en rico marco de patinosa talla;* ante el espejo, esbelta, primorosa, se yergue una estatuilla de la Virgen. Y en el suelo, extendida por todo el pavimento, se muestra una antigua y maravillosa alfombra gualda, de un gualdo intenso, con intensas flores bermejas, con intensos ramajes verdes.

—Señor Azorín —me dice el discretísimo don Cándido—, acérquese usted al fuego.

Yo me acerco al fuego.

—Señor Azorín, ¿ha visto usted ya las antigüedades de nuestro pueblo?

Yo he visto ya las antigüedades de Argamasilla de Alba.

—Don Cándido —me atrevo yo a decir—, he estado esta mañana en la casa que sirvió de prisión a Cervantes;* pero...

Al llegar aquí me detengo un momento; don Cándido —este clérigo tan limpio, tan afable— me mira con una vaga ansia. Yo continúo:

—Pero respecto de esta prisión dicen ahora los eruditos que...

Otra vez me vuelvo a detener en una breve pausa; las

miradas de don Cándido son más ansiosas, más angustiosas. Yo prosigo:

—Dicen ahora los eruditos que no estuvo encerrado en ella Cervantes.

Yo no sé con entera certeza si dicen tal cosa los eruditos; mas el rostro de don Cándido se llena de sorpresa, de asombro, de estupefacción.

—¡Jesús! ¡Jesús! —exclama don Cándido, llevándose las manos a la cabeza escandalizado—. ¡No diga usted tales cosas, señor Azorin! ¡Señor, Señor, que tenga uno de oír unas cosas tan enormes!* Pero ¿qué más, señor Azorín? ¡Si se ha dicho de Cervantes que era gallego!* ¿Ha oído usted nunca algo más estupendo?*

Yo no he oído, en efecto, nada más estupendo; así se lo confieso lealmente a don Cándido. Pero si estoy dispuesto a creer firmemente que Cervantes era manchego y estuvo encerrado en Argamasilla, en cambio —perdonadme mi incredulidad— me resisto a secundar la idea de que Don Quijote vivió en este lugar manchego. Y entonces, cuando he acabado de exponer tímidamente, con toda cortesía, esta proposición, don Cándido me mira con ojos de un mayor espanto, de una más profunda estupefacción y grita, extendiendo hacia mí los brazos:

—¡No, no, por Dios! ¡No, no, señor Azorín! ¡Llévese usted a Cervantes; lléveselo usted en buena hora,* pero déjenos usted a Don Quijote!

Don Cándido se ha levantado a impulsos de su emoción; yo pienso que he cometido una indiscreción enorme.

—Ya sé, señor Azorín, de dónde viene todo eso —dice don Cándido—; ya sé que hay ahora una corriente en contra de Argamasilla; pero no se me oculta que estas ideas arrancan de cuando Cánovas iba al Tomelloso y allí le llenaban la cabeza de cosas en perjuicio de nosotros.* ¿Usted no conoce la enemiga que los del Tomelloso tienen a Argamasilla? Pues yo digo que Don Quijote era de aquí; Don Quijote era el propio don Rodrigo de Pacheco, el que está retratado en nuestra iglesia,* y no podrá nadie, nadie, por mucha que sea su

ciencia, destruir esta tradición en que todos han creído y que
se ha mantenido siempre tan fuerte y tan constante...

¿Qué voy a decirle yo a don Cándido, a este buen clérigo,
modelo de afabilidad y de discreción, que vive en esta casa
tan confortable, que viste estos hábitos tan limpios? Ya creo
yo también a pies juntillas* que don Alonso Quijano el Bueno
era de este insigne pueblo manchego.

—Señor Azorín —me dice don Cándido sonriendo—,
¿quiere usted que vayamos un momento a nuestra Academia?

—Vamos, don Cándido —contesto yo—, a esa Academia.

La Academia es la rebotica del señor licenciado don Carlos
Gómez;* ya en el camino hemos encontrado a don Luis.
Vosotros es posible que no conozcáis a don Luis de Montal-
bán. Don Luis es el tipo castizo, inconfundible, del viejo
hidalgo castellano. Don Luis es menudo, nervioso, movible,
flexible, acerado, aristocrático; hay en él una suprema, una
instintiva distinción de gestos y de maneras; sus ojos llamean,
relampaguean, y puesta en su cuello una ancha y tiesa gola,*
don Luis sería uno de estos finos, espirituales caballeros que el
Greco ha retratado en su cuadro famoso del *Entierro*.*

—Luis —le dice su hermano don Cándido—, ¿sabes lo que
dice el señor Azorín? Que Don Quijote no ha vivido nunca en
Argamasilla.

Don Luis me mira un brevísimo momento en silencio; luego
se inclina un poco y dice, tratando de reprimir con una exqui-
sita cortesía su sorpresa:

—Señor Azorín, yo respeto todas las opiniones; pero
sentiría en el alma, sentiría profundamente, que a Argamasilla
se le quisiera arrebatar esta gloria. Eso —añade sonriendo con
una sonrisa afable— creo que es una broma de usted.

—Efectivamente —confieso yo con entera sinceridad—,
efectivamente, esto no pasa de ser una broma mía sin importancia.

Y ponemos nuestras plantas en la botica; después pasamos a
una pequeña estancia que detrás de ella se abre. Aquí, sentados, están don Carlos, don Francisco, don Juan Alfonso. Los
tarros blancos aparecen en las estanterías; entra un sol vivo

y confortador por la ancha reja; un olor de éter, de alcohol, de
cloroformo, flota en el ambiente. Cerca, a través de los cristales,
se divisa el río, el río verde, el río claro, el río tranquilo, que
se detiene en un ancho remanso junto a un puente.

—Señores —dice don Luis cuando ya hemos entrado
en una charla amistosa, sosegada, llena de una honesta
ironía—, señores, ¿a que no adivinan ustedes lo que ha dicho
el señor Azorín?*

Yo miro a don Luis sonriendo; todas las miradas se clavan,
llenas de interés, en mi persona.

El señor Azorín —prosigue don Luis, al mismo tiempo
que me mira como pidiéndome perdón por su discreta
chanza—, el señor Azorín decía que Don Quijote no ha
existido nunca en Argamasilla; es decir, que Cervantes no ha
tomado su tipo de Don Quijote de nuestro convecino don
Rodrigo de Pacheco.

—¡Caramba! —exclama don Juan Alfonso.

—¡Hombre, hombre! —dice don Francisco.

—¡Demonio! —grita vivamente don Carlos, echándose
hacia atrás su gorra de visera.

Y yo permanezco un instante silencioso, sin saber qué decir
ni cómo justificar mi audacia; mas don Luis añade al momento*
que yo estoy ya convencido de que Don Quijote vivió en
Argamasilla, y todos entonces me miran con una profunda
gratitud, con un intenso reconocimiento. Y todos charlamos
como viejos amigos. ¿No os agradaría esto a vosotros? Don
Carlos lee y relee a todas horas el *Quijote;* don Juan Alfonso
—tan parco, tan mesurado, de tan sólido juicio— ha escu-
driñado, en busca de datos sobre Cervantes, los más diminutos
papeles del archivo; don Luis cita, con menudos detalles, los
más insignificantes parajes que recorriera el caballero insigne.
Y don Cándido y don Francisco traen a cada momento a
colación* largos párrafos del gran libro. Un hálito de arte, de
patriotismo, se cierne en esta clara estancia, en esta hora, entre
estas viejas figuras de hidalgos castellanos. Fuera, allí cerca, a
dos pasos de la ventana, a flor de tierra, el noble Guadiana se
desliza manso, callado, transparente...

VI

SILUETAS DE ARGAMASILLA

La Xantipa

LA XANTIPA tiene unos ojos grandes, unos labios abultados y una barbilla aguda, puntiaguda; la Xantipa va vestida de negro y se apoya, toda encorvada, en un diminuto bastón blanco con una enorme vuelta.* La casa es de techos bajitos, de puertas chiquitas y de estancias hondas. La Xantipa camina de una en otra estancia, de uno en otro patizuelo, lentamente, arrastrando los pies, agachada sobre su palo. La Xantipa, de cuando en cuando, se detiene un momento en el zaguán, en la cocina o en una sala; entonces ella pone su pequeño bastón arrimado a la pared, junta sus manos pálidas, levanta los ojos al cielo y dice, dando un profundo suspiro:

—¡Ay, Jesús!

Y entonces, si vosotros os halláis allí cerca, si vosotros habéis hablado con ella dos o tres veces, ella os cuenta que tiene muchas penas.

—Señora Xantipa —le decís vosotros afectuosamente—, ¿qué penas son esas que usted tiene?

Y en este punto ella —después de suspirar otra vez— comienza a relataros su historia. Se trata de una vieja escritura:* de un huerto, de una bodega, de un testamento. Vosotros no veis muy claro en este dédalo terrible.

Yo fui un día —dice la Xantipa— a casa del notario, ¿comprende usted? Y el notario me dijo: 'Usted ese huerto que tenía ya no lo tiene.' Yo no quería creerlo, pero él me enseñó la escritura de venta que yo había hecho; pero yo no había hecho ninguna escritura. ¿Comprende usted?

Yo, a pesar de que en realidad no comprendo nada, digo que lo comprendo todo. La Xantipa vuelve a levantar los ojos al cielo y suspira otra vez. Ella quería vender este huerto para pagar los gastos del entierro de su marido y los derechos de la testamentaría.* Estamos ante la lumbre del hogar; Gabriel extiende sus manos hacia el fuego en silencio; Mercedes mira el ondular de las llamas con un vago estupor.

—Y entonces —dice la Xantipa—, como no pude vender este huerto, tuve que vender la casa de la esquina, que era mía y que estaba tasada...*

Se hace una ligera pausa.

—¿En cuánto estaba tasada, Gabriel? —pregunta la Xantipa.

—En ocho mil pesetas —contesta Gabriel.

—Sí, sí, en ocho mil pesetas —dice la Xantipa—. Y después tuve que vender también un molino que estaba tasado...

Se hace otra ligera pausa.

—¿En cuánto estaba tasado, Gabriel? —torna a preguntar la Xantipa.

—En seis mil pesetas —replica Gabriel.

—Sí, sí, en seis mil pesetas —dice la Xantipa.

Y luego, cuando ha hablado durante un largo rato, contándome otra vez todo el intrincado enredijo* de la escritura, de los testigos, del notario, se levanta; se apoya en su palo; se marcha pasito a pasito, encorvada, rastreante;* abre una puerta; revuelve en un cajón; saca de él un recio cuaderno de papel timbrado;* torna a salir del cuarto; mira si la puerta de la calle está bien cerrada; entra otra vez en la cocina y pone, al fin, en mis manos, con una profunda solemnidad, con un profundo misterio, el abultado cartapacio.* Yo lo cojo en silencio sin saber lo que hacer; ella me mira emocionada; Gabriel me mira también; Mercedes me mira también.

—Yo quiero —me dice la Xantipa— que usted lea la escritura.

Yo doblo* la primera hoja; mis ojos pasan sobre los negros trazos. Y yo no leo, no me doy cuenta de lo que esta prosa curialesca* expresa, pero siento que pasa por el aire, vagamente, en este momento, en esta casa, entre estas figuras vestidas de negro que miran ansiosamente a un desconocido que puede traerles la esperanza, siento que pasa un soplo de lo Trágico.

Juana María

Juana María ha venido y se ha sentado un momento en la cocina; Juana María es delgada, esbelta; sus ojos son azules; su cara es ovalada; sus labios son rojos. ¿Es manchega Juana María? ¿Es de Argamasilla? ¿Es del Tomelloso? ¿Es de Puerto Lápice?* ¿Es de Herencia? Juana María es manchega castiza. Y cuando una mujer es manchega castiza, como Juana María, tiene el espíritu más fino, más sutil, más discreto, más delicado que una mujer puede tener. Vosotros entráis en un salón; dais la mano a estas o a las otras damas; habláis con ellas; observáis sus gestos, examináis sus movimientos; veis cómo se sientan, cómo se levantan, cómo abren una puerta, cómo tocan un mueble. Y cuando os despedís de todas estas damas, cuando dejáis este salón, os percatáis de que tal vez, a pesar de toda la afabilidad, de toda la discreción, de toda la elegancia, no queda en vuestros espíritus, como recuerdo, nada de definitivo, de fuerte y de castizo. Y pasa el tiempo; otro día os halláis en una posada, en un cortijo, en una callejuela de una vieja ciudad. Entonces —si estáis en la posada— observáis que en un rincón, casi sumida en la penumbra, se encuentra sentada una muchacha. Vosotros cogéis las tenazas y vais tizoneando; junto al fuego hay asimismo dos o cuatro o seis comadres. Todas hablan; todas cuentan —ya lo sabéis— desdichas, muertes, asolamientos, ruinas; la muchacha del rincón calla; vosotros no le dais gran importancia a la muchacha. Pero, durante un momento, las voces de las comadres enmudecen; entonces, en el breve silencio, tal vez como resumen o corolario a lo que se iba diciendo, suena una voz que dice:

—¡Ea, todas las cosas vienen por sus cabales!*

Vosotros, que estabais inclinados sobre la lumbre, levantáis rápidamente la cabeza sorprendidos. ¿Qué voz es ésta? —pensáis vosotros—. ¿Quién tiene esta entonación tan dulce, tan suave, tan acariciadora? ¿Cómo una breve frase puede ser dicha con tan natural y tan supremo arte? Y ya vuestras miradas no se apartan de esta moza de los ojos azules y de los labios rojos. Ella está inmóvil; sus brazos los tiene cruzados sobre el pecho; de cuando en cuando se encorva un poco, asiente a lo que oye con un ligero movimiento de cabeza, o pronuncia unas pocas palabras mesuradas, corteses, acaso subrayadas por una dulce sonrisa de ironía...

¿Cómo, por qué misterio encontráis este espíritu aristocrático bajo las ropas y atavíos del campesino? ¿Cómo, por qué misterio desde un palacio del Renacimiento, donde este espíritu se formaría hace tres siglos, ha llegado, en estos tiempos, a encontrarse en la modesta casilla de un labriego? Lector: yo oigo sugestionado* las palabras dulces, melódicas, insinuantes, graves, sentenciosas, suavemente socarronas a ratos, de Juana María. Esta es la mujer española.

Don Rafael

No he nombrado antes a don Rafael porque, en realidad, don Rafael vive en un mundo aparte.

—Don Rafael, ¿cómo está usted? —le digo yo.

Don Rafael medita un momento en silencio, baja la cabeza, se mira las puntas de los pies, sube los hombros, contrae los labios y me dice por fin:

—Señor Azorín, ¿cómo quiere usted que esté yo? Yo estoy un poco echado a perder.*

Don Rafael, pues, está un poco echado a perder. El habita en un caserón vetusto; él vive solo; él se acuesta temprano; él se levanta tarde. ¿Qué hace don Rafael? ¿En qué se ocupa? ¿Qué piensa? No me lo preguntéis; yo no lo sé. Detrás de su vieja mansión se extiende una huerta; esta huerta está algo abandonada; todas las huertas de Argamasilla están algo abandonadas. Hay en ellas altos y blancos álamos, membrilleros achaparrados, parrales largos, retorcidos.* Y el río, por un extremo, pasa callado y transparente entre arbustos que arañan sus cristales. Por esta huerta pasea un momento cuando se levanta, en las mañanas claras, don Rafael. Luego marcha al Casino, tosiendo, alzándose el ancho cuello de su pelliza.* Yo no sé si sabréis que en todos los casinos de pueblo

existe un cuarto misterioso, pequeño, casi oscuro, donde el
conserje arregla sus mixturas;* a este cuarto acuden, y en él
penetran, como de soslayo, como a cencerros tapados, como
hierofantes* que van a celebrar un rito oculto, tales o cuales
caballeros, que sólo aparecen con este objeto, presurosos,
enigmáticos, por el casino. Don Rafael entra también en este
cuarto. Cuando sale, él da unas vueltas al sol por la ancha
plaza. Ya es media mañana; las horas van pasando lentas;
nada ocurre en el pueblo; nada ha ocurrido ayer; nada ocurrirá mañana. ¿Por qué don Rafael vive hace veinte años en
este pueblo, dando vueltas por las aceras de la plaza, caminando por la huerta abandonada, viviendo solo en el caserón cerrado, pasando las interminables horas de los días crudos del
invierno junto al fuego, oyendo crepitar los sarmientos,
viendo bailar las llamas?

—Yo, señor Azorín —me dice don Rafael—, he tenido
mucha actividad antes...

Y después añade, con un gesto de indiferencia altiva:

—Ahora ya no soy nada.

Ya no es nada, en efecto, don Rafael; tuvo antaño una
brillante posición política; rodó por gobiernos civiles y por
centros burocráticos;* luego, de pronto, se metió en un caserón
de Argamasilla. ¿No sentís una profunda atracción hacia estas
voluntades que se han roto súbitamente, hacia estas vidas que
se han parado, hacia estos espíritus que —como quería el
filósofo Nietzsche— no han podido 'sobrepujarse a sí mismos'?* Hace tres siglos en Argamasilla comenzó a edificarse
una iglesia; un día la energía de los moradores del pueblo cesó
de pronto; la iglesia, ancha, magnífica, permaneció sin terminar; media iglesia quedó cubierta; la otra media quedó en
ruinas. Otro día, en el siglo XVIII, en tierras de este término,*
intentóse construir un canal; las fuerzas faltaron asimismo; la
gran obra no pasó de proyecto. Otro día, en el siglo XIX,
pensóse en que la vía férrea atravesase por estos llanos; se
hicieron desmontes; abrióse un ancho cauce para desviar el
río; se labraron los cimientos de la estación; pero la loco-
motora no apareció por estos campos. Otro día, más tarde, en

el correr de los años, la fantasía manchega ideó otro canal; todos los espíritus vibraron de entusiasmo; vinieron extranjeros; tocaron las músicas en el pueblo; tronaron los cohetes; celebróse un ágape magnífico; se inauguraron soberbiamente las obras, mas los entusiasmos, paulatinamente, se apagaron, se disgregaron, desaparecieron en la inacción y en el olvido... ¿Qué hay en esta patria del buen Caballero de la Triste Figura* que así rompe en un punto, a lo mejor de la carrera, las voluntades más enhiestas?

Don Rafael pasea por la huerta, solo y callado, pasea por la plaza, entra en el pequeño cuarto del Casino, no lee, tal vez no piensa.

—Yo —dice él— estoy un poco echado a perder.

Y no hay melancolía en sus palabras; hay una indiferencia, una resignación, un abandono...

Martín

Martín está sentado en el patizuelo de su casa; Martín es un labriego. Las casas de los labradores manchegos son chiquitas, con un corralillo delante, blanqueadas con cal, con una parra que en el verano pone el verde presado de su hojarasca sobre la nitidez de las paredes.

—Martín —le dicen—, este señor es periodista.

Martín, que ha estado haciendo pleita sentado en una sillita terrera,* me mira, puesto en pie, con sus ojuelos maliciosos, bailadores, y dice sonriendo:

—Ya, ya; este señor es de los que ponen las cosas en leyenda.

Este señor —tornan a decirle— puede hacer que tú salgas en los papeles.*

—Ya, ya —torna a replicar él, con una expresión de socarronería y de bondad—. ¿Conque este señor puede hacer que Martín, sin salir de su casa, vaya muy largo?*

Y sonríe con una sonrisa imperceptible; mas esta sonrisa se agranda, se trueca en un gesto de sensualidad, de voluptuosidad, cuando al correr de nuestra charla tocamos en cosas atañederas a los yantares.* ¿Tenéis idea vosotros de lo que significa esta palabra mágica: *galianos*? Los *galianos* son pedacitos diminutos de torta que se cuecen en un espeso caldo, salteados con trozos de liebres o de pollos.* Este manjar es el amor supremo de Martín; no puede concebirse que sobre el planeta haya quien los aderece mejor que él; pensar tal cosa sería un absurdo enorme.

—Los galianos —dice sentenciosamente Martín— se han de hacer en caldero; los que se hacen en sartén no valen nada.

Y luego, cuando se le ha hablado largo rato de las diferentes ocasiones memorables en que él ha sido llamado para confeccionar este manjar, él afirma que, de todas cuantas veces come de ellos, siempre encuentra mejores los que se halla comiendo cuando los come.

—Lo que se come en el acto —dice él— es siempre lo mejor.

Y ésta es una grande, una suprema filosofía; no hay pasado ni existe porvenir; sólo el presente es lo real y es lo trascendental. ¿Qué importan nuestros recuerdos del pasado, ni qué valen nuestras esperanzas en lo futuro? Sólo estos suculentos *galianos* que tenemos delante, humeadores en su caldero, son la realidad única; a par de ellos el pasado y el porvenir son fantasías. Y Martín, gordezuelo,* afeitado, tranquilo, jovial, con doce hijos, con treinta nietos, continúa en su patizuelo blanco, bajo la parra, haciendo pleita, todos los días, un año y otro.

VII

LA PRIMERA SALIDA*

Yo creo que le debo contar al lector, punto por punto, sin omisiones, sin efectos, sin lirismos, todo cuanto hago y veo. A las seis, esta mañana, allá en Argamasilla, ha llegado a la puerta de mi posada Miguel con su carrillo. Era ésta una hora en que la insigne ciudad manchega aún estaba medio dormida; pero yo amo esta hora, fuerte, clara, fresca, fecunda, en que el cielo está transparente, en que el aire es diáfano, en que parece que hay en la atmósfera una alegría, una voluptuosidad, una fortaleza que no existe en las restantes horas diurnas.

—Miguel —le he dicho yo—, ¿vamos a marchar?

—Vamos a marchar cuando usted quiera —me ha dicho Miguel.

Y yo he subido en el diminuto y destartalado carro; la jaca —una jaquita microscópica— ha comenzado a trotar vivaracha y nerviosa. Y, ya fuera del pueblo, la llanura ancha, la llanura inmensa, la llanura infinita, la llanura desesperante, se ha extendido ante nuestra vista. En el fondo, allá en la línea remota del horizonte, aparecía una pincelada larga, azul, de un azul claro, tenue, suave; acá y allá, refulgiendo al sol, destacaban las paredes blancas, nítidas, de las casas diseminadas en la campiña; el camino, estrecho, amarillento, se perdía ante nosotros, y de una banda y de otra, a derecha e izquierda, partían centenares y centenares de surcos, rectos, interminables, simétricos.

—Miguel —he dicho yo—, ¿qué montes son esos que se ven en el fondo?

—Esos montes —me contesta Miguel— son los montes de Villarrubia.

La jaca corre desesperada, impetuosa; las anchurosas piezas se suceden iguales, monótonas; todo el campo es un llano uniforme, gris, sin un altozano, sin la más suave ondulación. Ya han quedado atrás, durante un momento, las hazas sembradas, en que el trigo temprano o el alcacel comienzan a verdear sobre los surcos; ahora todo el campo que abarca nuestra vista es una extensión gris, negruzca, desolada.

—Esto —me dice Miguel— es *liego;* un año se hace la barbechera y otro se siembra.*

Liego vale tanto como eriazo; un año las tierras son sembradas; otro año se dejan sin labrar; otro año se labran —y es lo que lleva el nombre de barbecho—; otro año se vuelven a sembrar. Así una tercera parte de la tierra, en esta extensión

D

inmensa de la Mancha, es sólo utilizada. Yo extiendo la vista por esta llanura monótona; no hay ni un árbol en toda ella; no hay en toda ella ni una sombra; a trechos, cercanos unas veces, distantes otras, aparecen en medio de los anchurosos bancales sembradizos* diminutos pináculos de piedra; son los *majanos*; de lejos, cuando la vista los columbra allá en la línea remota del horizonte, el ánimo desesperanzado, hastiado, exasperado, cree divisar un pueblo. Mas el tiempo va pasando; unos bancales se suceden a otros; y lo que juzgábamos poblado se va cambiando, cambiando en estos pináculos de cantos grises, desde los cuales, inmóvil, misterioso, irónico, tal vez un cuclillo —uno de estos innumerables cuclillos de la Mancha— nos mira con sus anchos y gualdos ojos...

Ya llevamos caminando cuatro horas; son las once; hemos salido a las siete de la mañana. Atrás, casi invisible, ha quedado el pueblo de Argamasilla; sólo nuestros ojos, al ras de la llanura, columbran el ramaje negro, fino, sutil, aéreo, de la arboleda que exorna el río; delante destaca siempre, inevitable, en lo hondo, el azul, ya más intenso, ya más sombrío, de la cordillera lejana. Por este camino, a través de estos llanos, a estas horas precisamente, caminaba una mañana ardorosa de julio el gran Caballero de la Triste Figura; sólo recorriendo estas llanuras, empapándose de este silencio, gozando de la austeridad de este paisaje, es como se acaba de amar del todo íntimamente, profundamente, esta figura dolorosa. ¿En qué pensaba don Alonso Quijano el Bueno cuando iba por estos campos a horcajadas en Rocinante, dejadas las riendas de la mano,* caída la noble, la pensativa, la ensoñadora cabeza sobre el pecho? ¿Qué planes, qué ideales imaginaba? ¿Qué inmortales y generosas empresas iba fraguando?

Mas ya, mientras nuestra fantasía —como la del hidalgo manchego— ha ido corriendo, el paisaje ha sufrido una mutación considerable. No os esperancéis; no hagáis que vuestro ánimo se regocije; la llanura es la misma; el horizonte es idéntico; el cielo es el propio cielo radiante; el horizonte es el horizonte de siempre, con su montaña zarca; pero en el llano han aparecido unas carrascas bajas, achaparradas, negruzcas, que ponen intensas manchas rotundas sobre la tierra hosca. Son las doce de la mañana; el campo es pedregoso; flota en el ambiente cálido de la primavera naciente un grato olor de romero, de tomillo y de salvia; un camino cruza hacia Manzanares. ¿No sería acaso en este paraje, junto a este camino, donde Don Quijote encontró a Juan Haldudo, el vecino de Quintanar? ¿No fue ésta una de las más altas empresas del caballero? ¿No fue atado Andresillo a una de estas carrascas y azotado bárbaramente por su amo? Ya Don Quijote había sido armado caballero; ya podía meter el brazo hasta el codo en las aventuras; estaba contento; estaba satisfecho; se sentía fuerte; se sentía animoso. Y entonces, de vuelta a Argamasilla, fue cuando deshizo este estupendo entuerto. 'He hecho al fin —pensaba él— una gran obra.' Y en tanto, Juan Haldudo amarraba otra vez al mozuelo a la encina y proseguía en el despiadado vapuleo. Esta ironía honda y desconsoladora tienen todas las cosas de la vida...

Pero, lector, prosigamos nuestro viaje; no nos entristezcamos. Las quiebras de la montaña lejana ya se ven más distintas; el color de las faldas y de las cumbres, de azul claro ha pasado a azul gris. Una avutarda cruza lentamente, pausadamente, sobre nosotros; una bandada de grajos,* posada en un bancal, levanta el vuelo y se aleja graznando; la transparencia del aire, extraordinaria, maravillosa, nos deja ver las casitas blancas remotas; el llano continúa monótono, yermo. Y nosotros, tras horas y horas de caminata por este campo, nos sentimos abrumados, anonadados, por la llanura inmutable, por el cielo infinito, transparente, por la lejanía inaccesible. Y ahora es cuando comprendemos cómo Alonso Quijano había de nacer en estas tierras, y cómo su espíritu, sin trabas, libre, había de volar frenético por las regiones del ensueño y de la quimera. ¿De qué manera no sentirnos aquí desligados de todo? ¿De qué manera no sentir que un algo misterioso, que un anhelo que no podemos explicar, que un ansia indefinida, inefable, surge de nuestro espíritu? Esta ansiedad, este anhelo, es la llanura gualda, bermeja, sin una altura, que se extiende bajo un cielo sin nubes hasta tocar, en la inmensidad remota,

con el telón azul de la montaña. Y esta ansia y este anhelo es
el silencio profundo, solemne, del campo desierto, solitario.
Y es la avutarda que ha cruzado sobre nosotros con aleteos
pausados. Y son los montecillos de piedra, perdidos en la
estepa, y desde los cuales, irónicos, misteriosos, nos miran
los cuclillos...

Pero el tiempo ha ido transcurriendo; son las dos de la
tarde; ya hemos atravesado rápidamente el pueblecillo de
Villarta; es un pueblo blanco, de un blanco intenso, de un
blanco mate, con las puertas azules. El llano pierde su uniformidad desesperante; comienza a levantarse el terreno en
suaves ondulaciones; la tierra es de un rojo sombrío; la
montaña aparece cercana; en sus laderas se asientan cenicientos olivos. Ya casi estamos en el famoso Puerto Lápice.*
El puerto es un anchuroso paso que forma una depresión de la
montaña; nuestro carro sube corriendo por el suave declive;
muere la tarde; las casas blancas del lugar aparecen de pronto.
Entramos en él; son las cinco de la tarde; mañana hemos
de ir a la venta famosa donde Don Quijote fue armado
caballero.

Ahora, aquí en la posada del buen Higinio Mascaraque,*
yo he entrado en un cuartito pequeño, sin ventanas, y me
he puesto a escribir, a la luz de una bujía, estas cuartillas.

VIII

LA VENTA DE PUERTO LÁPICE*

CUANDO yo salgo de mi cuchitril, en el mesón de Higinio
Mascaraque, situado en Puerto Lápice, son las seis de la
mañana. Andrea —una vieja criada— está barriendo en la
cocina con una escobita sin mango.

—Andrea, ¿qué tal? —le digo yo, que ya me considero como
un antiguo vecino de Puerto Lápice—. ¿Cómo se presenta el
día? ¿Qué se hace?*

—Ya lo ve usted —contesta ella—; *trajinandillo.**

Yo le pregunto después si conoce a don José Antonio; ella me mira como extrañando que yo pueda creer que no conoce a don José Antonio.

—¡Don José Antonio! —exclama ella al fin—. ¡Pues si es más bueno este hombre!*

Yo decido ir a ver a don José Antonio. Ya los trajineros y carreros* de la posada están en movimiento; del patio los carros van partiendo. Pascual ha salido para Villarrubia con una carga de cebollas y un tablar de acelgas;* Cesáreo lleva una bomba para vino a la quintería del Brochero;* Ramón va con un carro de vidriado* con dirección a Manzanares. El pueblo comienza a despertar; hay en el cielo unos tenues nubarrones que poco a poco van desapareciendo; se oye el tintinear de los cencerros de unas cabras; pasa un porquero lanzando grandes y tremebundos gritos. Puerto Lápice está formado sólo por una calle ancha, de casas altas, bajas, que entran, que salen, que forman recodos, esquinazos, rincones. La carretera, espaciosa, blanca, cruza por en medio. Y por la situación del pueblo, colocado en lo alto de la montaña, en la amplia depresión de la serranía abrupta, se echa de ver* que este lugar se ha ido formando lentamente, al amparo del tráfico continuo, alimentado por el ir y venir sin cesar de viandantes.

Ya son las siete. Don José Antonio tiene de par en par su puerta. Yo entro y digo dando una gran voz:

—¿Quién está aquí?*

Un señor aparece en el fondo, allá en un extremo de un largo y oscuro pasillo. Este señor es don José Antonio, es decir, es el médico único de Puerto Lápice. Yo veo que, cuando se descubre, muestra una calva rosada, reluciente; yo veo también que tiene unos ojos anchos, expresivos; que lleva un bigotito gris sin guías, romo,* y que sonríe, sonríe, con una de esas sonrisas inconfundibles, llenas de bondad, llenas de luz, llenas de una vida interna, intensa, tal vez de resignación, tal vez de hondo dolor.

—Don José Antonio —le digo yo, cuando hemos cambiado las imprescindibles frases primeras—, don José Antonio, ¿es verdad que existe en Puerto Lápice aquella venta famosa en que fue armado caballero Don Quijote?

Don José Antonio sonríe un poco.

—Esa es mi debilidad —me dice—; esa venta existe, es decir, existía; yo he preguntado a todos los más viejos del pueblo sobre ella; yo he recogido todos los datos que me ha sido posible... y —añade con una mirada con que parece pedirme excusas— y he escrito algunas cosillas sobre ella, que ya verá usted luego.

Don José Antonio se halla en una salita blanca, desnuda; en un rincón hay una estufa; un poco más lejos destaca un aparador; en otro ángulo se ve una máquina de coser. Y encima de esa máquina reposan unos papeles grandes, revueltos. La señora de don José Antonio está sentada junto a la ventana.

—María*—le dice don José Antonio—, dame esos papeles que están sobre la máquina.

Doña María se levanta y coge los papeles. Yo tengo una grande, una profunda simpatía por estas señoras de pueblo; un deseo de parecer bien las hace ser un poco tímidas; acaso visten trajes un poco usados; quizá cuando se presenta un huésped, de pronto, en sus casas modestas, ellas se azoran levemente y enrojecen ante su vajilla de loza recia* o sus muebles sencillos; pero hay en ellas una bondad, una ingenuidad, una sencillez, un ansia de agradar, que os hacen olvidar en un minuto, encantados, el mantel de hule,* los desportillos de los platos,* las inadvertencias de la criada, los besuqueos* a vuestros pantalones de este perro terrible a quien no habíais visto jamás y que ahora no puede apartarse de vuestro lado. Doña María le ha entregado los papeles a don José Antonio.

—Señor Azorín —me dice el buen doctor, alargándome un ancho cartapacio—, señor Azorín, mire usted en lo que yo me entretengo.*

Yo cojo en mis manos el ancho cuaderno.

—Esto —añade don José Antonio— es un periódico que yo hago; durante la semana lo escribo de mi puño y letra; luego, el domingo, lo llevo al Casino; allí lo leen los socios y después me lo vuelvo a traer a casa para que la colección no quede descabalada.*

En este periódico don José Antonio escribe artículos sobre higiene, sobre educación, y da las noticias de la localidad.

—En este periódico —dice don José Antonio— es donde yo he escrito los artículos que antes he mencionado. Pero más luz que estos artículos, señor Azorín, le dará a usted el contemplar el sitio mismo de la célebre venta. ¿Quiere usted que vayamos?

—Vamos allá —contesto yo.

Y salimos. La venta está situada a la salida del pueblo; casi las postreras casas tocan con ella. Mas yo estoy hablando como si realmente la tal venta* existiese, y la tal venta, amigo lector, no existe. Hay, sí, un gran rellano en que crecen plantas silvestres. Cuando nosotros llegamos, ya el sol llena con sus luces doradas la campiña. Yo examino el solar donde estaba la venta; todavía se conserva, a trechos, el menudo empedrado del patio; un hoyo angosto indica lo que perdura del pozo; otro hoyo más amplio marca la entrada de la cueva o bodega. Y permanecen en pie, en el fondo, agrietadas, cuarteadas, cuatro paredes rojizas, que forman un espacio cuadrilongo, sin techo, restos del antiguo pajar. Esta venta era anchurosa, inmensa; hoy el solar mide más de ciento sesenta metros cuadrados. Colocada en lo alto del puerto, besando la ancha vía, sus patios, sus cuartos, su zaguán, su cocina estarían a todas horas rebosantes de pasajeros de todas clases y condiciones; a una banda del puerto se abre la tierra de Toledo; a otra, la región de la Mancha. El ancho camino iba recto desde Argamasilla hasta la venta. El mismo pueblo de Argamasilla era frecuentado de día y de noche por los viandantes que marchaban a una parte y a otra. 'Es pueblo pasajero —dicen en 1575 los vecinos en su informe a Felipe II—; es pueblo pasajero y que está en el camino real que va de Valencia y Murcia y Almansa y Yecla.'* ¿Se comprende cómo Don Quijote, retirado en un pueblecillo modesto, pudo allegar, sin salir de él, todo el caudal de sus libros de caballería? ¿No proporcionarían tales libros al buen hidalgo gentes de humor que pasaban de Madrid o de Valencia y que acaso se desahogarían de la fatiga del viaje

charlando un rato amenamente con este caballero fantaseador?
¿Y no le dejarían gustosos, como recuerdo, a cambio de sus
razones bizarras un libro de *Amadís* o de *Tirante el Blanco*?* ¡Y
cuánta casta de pintorescos tipos, de gentes varias, de sujetos
miserables y altos no debió de encontrar Cervantes en esta
venta de Puerto Lápice en las veces innumerables que en ella
se detuvo! ¿No iba a cada momento de su amada tierra manchega a las regiones de Toledo? ¿No tenía en el pueblo tole-
dano de Esquivias sus amores?* ¿No descansaría en esta venta,
veces y veces, entre pícaros, mozas del partido, cuadrilleros,
gitanos, oidores, soldados, clérigos, mercaderes, titiriteros,
trashumantes, actores?*

Yo pienso en todo esto mientras camino, abstraído, por el
ancho ámbito que fue patio de la posada; aquí veló Don
Quijote sus armas una noche de luna.

—Señor Azorín, ¿qué le parece a usted? —me pregunta don
José Antonio.

—Está muy bien, don José Antonio —contesto yo.

Ya la neblina que velaba la lejana llanura se ha disipado.
Enfrente de la venta destaca, a dos pasos, negruzca, con hileras
de olivos en sus faldas, una montaña; detrás aparece otro
monte. Son las dos murallas del puerto. Ha llegado la hora de
partir. Don José Antonio me acompaña un momento por la
carretera adelante; él está enfermo; él tiene un cruelísimo y
pertinaz achaque;* él sabe que no se ha de curar; los dolores
atroces han ido poco a poco purificando su carácter; toda su
vida está hoy en sus ojos y en su sonrisa. Nos hemos despedido;
acaso yo no ponga de nuevo mis pies en estos sitios. Y yo he
columbrado a lo lejos, en la blancura de la carretera, cómo
desaparecía este buen amigo de una hora, a quien no veré
más...*

IX

CAMINO DE RUIDERA*

Las andanzas, desventuras, calamidades y adversidades de
este cronista es posible que lleguen algún día a ser famosas
en la historia. Después de las veinte horas de carro que la ida y
vuelta a Puerto Lápice suponen, hétenos aquí ya* en la aldea
de Ruidera —célebre por las lagunas próximas—, aposentados
en el mesón de Juan,* escribiendo estas cuartillas, apenas
echado pie a tierra, tras ocho horas de traqueteo furioso y de
tumbos y saltos en los hondos relejes del camino, sobre los
pétreos alterones.* Hemos salido a las ocho de Argamasilla; la
llanura es la misma llanura yerma, parda, desolada, que se
atraviesa para ir a los altos de Puerto Lápice; mas hay por este
extremo de la campiña, como alegrándola a trechos, acá y allá,
macizos de esbeltos álamos, grandes chopos, que destacan
confusamente, como velados,* en el ambiente turbio de la
mañana. Por esta misma parte por donde yo acabo de partir de
la villa, hacía sus salidas el Caballero de la Triste Figura; su
casa —hoy extensa bodega— lindaba con la huerta; una amena
y sombría arboleda entoldaba gratamente el camino; cantaban
en ella los pájaros; unas urracas ligeras y elegantes saltarían
—como ahora— de rama en rama y desplegarían a trasluz*
sus alas de nítido blanco e intenso negro. Y el buen caballero, tal vez cansado de leer y releer en su estancia, iría
caminando lentamente, bajo las frondas, con un libro en la
mano, perdido en sus quimeras, ensimismado en sus ensueños.
Ya sabéis que don Alonso Quijano el Bueno dicen que era el
hidalgo don Rodrigo Pacheco. ¿Qué vida misteriosa, tremenda,
fue la de este Pacheco? ¿Qué tormentas y desvaríos conmo-
verían su ánimo? Hoy, en la iglesia de Argamasilla, puede
verse un lienzo patinoso, desconchado;* en él, a la luz de
un cirio que ilumina la sombría capilla, se distinguen unos
ojos hundidos, espirituales, dolorosos, y una frente ancha,

pensativa, y unos labios finos, sensuales, y una barba rubia, espesa, acabada en una punta aguda. Y debajo, en el lienzo, leemos que esta pintura es un voto que el caballero hizo a la Virgen por haberle librado de una 'gran frialdad que se le cuajó dentro del cerebro' y que le hacía lanzar grandes clamores 'de día y de noche'...*

Pero ya la llanura va poco a poco limitándose; el lejano telón azul, grisáceo, violeta, de la montaña, está más cerca; unas alamedas se divisan entre los recodos de las lomas bajas, redondeadas, henchidas suavemente. A nuestro paso, las picazas se levantan de los sembrados, revuelan un momento, mueven en el aire nerviosas su fina cola, se precipitan raudas, tornan a caer blandamente en los surcos... Y a las piezas paniegas suceden los viñedos;* dentro de un momento nos habremos ya internado en los senos y rincones* de la montaña. El cielo está limpio, diáfano; no aparece ni la más tenue nubecilla en la infinita y elevada bóveda de azul pálido. En una viña podan las cepas unos labriegos; entre ellos trabaja una moza, con la falda arrezagada, cubriendo sus piernas con unos pantalones hombrunos.

—Están sarmenteando —me dice Miguel, el viejo carretero—; la moza tiene dieciocho años y es vecina mía.

Y luego, echando el busto fuera del carro, vocea dirigiéndose a los labriegos:

—¡A ver cuándo rematáis y os marcháis a mis viñas!*

El carro camina por un caminejo hondo y pedregoso; hemos dejado atrás el llano; desfilamos bordeando terreros, descendiendo a hondonadas, subiendo de nuevo a oteros y lomazos.* Ya hemos entrado en lo que los moradores de estos contornos* llaman la Vega; esta vega es una angosta y honda cañada yerma, por cuyo centro corre encauzado el Guadiana. Son las diez y media; ante nosotros aparece, vetusto y formidable, el castillo de Peñarroya. Subimos hasta él. Se halla asentado en un eminente terraplén* de la montaña; aún perduran de la fortaleza antigua un torreón cuadrado, sólido, fornido, indestructible, y las recias murallas —con sus barbacanas, con sus saeteras*— que la cercaban. Y hay también un ancho salón, que ahora sirve de ermita. Y una viejecita menuda, fuerte como estos muros, rojiza como estos muros, es la que guarda el secular castillo y pone aceite en la lámpara de la iglesia. Yo he subido con ella a la recia torre; la escalerilla es estrecha, resbaladiza, lóbrega; dos anchas estancias constituyen los dos pisos. Y desde lo alto, desde encima de la techumbre, la vista descubre un panorama adusto, luminoso. La cañada se pierde a lo lejos en amplios culebreos; son negras las sierras bajas que la forman; los lentiscos —de un verde cobrizo— la tapizan; a rodales,* las carrascas ponen su nota hosca y cenicienta. Y en lo hondo del ancho cauce, entre estos paredones sombríos, austeros, se despliega la nota amarilla, dorada, de los extensos carrizales.* Y en lo alto se extiende infinito el cielo azul, sin nubes.

—Los ingleses —me dice la guardadora del castillo— cuando vienen por aquí lo corren todo; parecen cabras; se suben a todas las murallas.

'Los ingleses —me decía don José Antonio en la venta de Puerto Lápiche— se llevan los bolsillos llenos de piedras.' 'Los ingleses —me contaba en Argamasilla un morador de la prisión de Cervantes— entran aquí y se están mucho tiempo pensando; uno hubo que se arrodilló y besó la tierra dando gritos.' ¿No veis en esto el culto que el pueblo más idealista de la tierra profesa al más famoso y alto de todos los idealistas?

El castillo de Peñarroya no encierra ningún recuerdo quijotesco; pero ¡cuántos días no debió de venir hasta él, traído por sus imaginaciones, el grande don Alonso Quijano! Mas es preciso que continuemos nuestro viaje; demos de lado a nuestros sueños. El día ha promediado; el camino no se aparta ni un instante del hondo cauce del Guadiana. Vemos ahora las mismas laderas negras, los mismos carrizos áureos; acaso un águila, en la lejanía, se mece majestuosa en los aires; más allá, otra águila se cierne con iguales movimientos rítmicos, pausados; una humareda azul, en la lontananza, asciende en el aire transparente, se disgrega, desaparece. Y en este punto, en nuestro andar incesante, descubrimos lo más estupendo, lo más extraordinario, lo más memorable y grandioso de este viaje. Una casilla baja, larga, con pardo tejadillo de tejas rotas,

muéstrase oculta, arrebozada* entre las gráciles enramadas de
olmos y chopos; es un batán, mudo, envejecido, arruinado.
Dos pasos más allá, otras paredes terreras y negruzcas destacan
entre una sombría arboleda. Y delante, cuatro, seis, ocho
robustos, enormes mazos de madera descansan inmóviles en
espaciosas y recias cajas. Y un raudal espumeante de agua cae,
rumoroso, estrepitoso, en la honda fosa donde la enorme rueda
que hace andar los batanes permanece callada. Hay en el aire
una diafanidad, una transparencia extraordinarias; el cielo es
azul; el carrizal que lleva al río* ondula con mecimientos suaves;
las ramas finas y desnudas de los olmos se perfilan graciosas en
el ambiente; giran y giran las águilas, pausadas; las urracas
saltan y levantan sus colas negras. Y el sordo estrépito del agua,
incesante, fragoroso,* repercute en la angosta cañada...

Estos, lector, son los famosos batanes que en noche
memorable, tanta turbación, tan profundo pavor llevaron a
los ánimos de Don Quijote y Sancho Panza.* Las tinieblas
habían cerrado sobre el campo; habían caminado a tientas las
dos grandes figuras por entre una arboleda; un son de agua
apacible alegróles de pronto; poco después un formidable
estrépito de hierros, de cadenas, de chirridos y de golpazos
les dejó atemorizados, suspensos. Sancho temblaba; Don
Quijote, transcurrido el primer instante, sintió surgir en él su
intrepidez de siempre; rápidamente montó sobre el buen
Rocinante; luego hizo saber a su escudero su propósito incontrastable de acometer esta aventura. Lloraba Sancho; porfiaba
Don Quijote; el estruendo proseguía atronador. Y en tanto,
tras largos dimes y réplicas, tras angustiosos tártagos,* fue quebrando lentamente la aurora. Y entonces amo y criado vieron
estupefactos los seis batanes incansables, humildes, prosaicos,
majando en sus recios cajones. Don Quijote quedóse un
momento pensativo. 'Miróle Sancho —dice Cervantes— y vio
que tenía la cabeza inclinada sobre el pecho, con muestras de
estar corrido...'

Y aquí acaeció, ante estos batanes que aún perduran, esta
íntima y dolorosa humillación del buen manchego; a la otra
parte del río, vese aún una espesa arboleda; desde ella, sin

duda, es desde donde Don Quijote y su escudero oirían sobrecogidos el ruido temeroso de los mazos. Hoy los batanes permanecen callados los más días del año; hasta hace poco trabajaban catorce o dieciséis en la vega. 'Ahora —me dice el dueño de los únicos que aún trabajan— con dos tan sólo bastan.' Y vienen a ellos los paños de Daimiel, de Villarrobledo, de la Solana, de la Alhambra, de Infantes, de Argamasilla; su mayor actividad tiénenla cuando el trasquileo* se efectúa en los rebaños; luego, el resto del año, permanecen en reposo profundo, en tanto que el agua cae inactiva en lo hondo y las picazas y las águilas se ciernen, sobre ellos, en las alturas...

Y yo prosigo en mi viaje; pronto va a tocar a su término. Las lagunas de Ruidera comienzan a descubrir, entre las vertientes negras, sus claros, azules, sosegados, limpios espejos. El camino da una revuelta; allozos en flor —flores rojas, flores pálidas— bordean sus márgenes. Allá en lo alto aparecen las viviendas blancas de la aldea; dominándolas, protegiéndolas, surge sobre el añil del cielo un caserón vetusto...

Paz de la aldea, paz amiga, paz que consuelas al caminante fatigado, ¡ven a mi espíritu!

X

LA CUEVA DE MONTESINOS*

YA el cronista se siente abrumado, anonadado, exasperado, enervado, desesperado, alucinado por la visión continua, intensa, monótona de los llanos de barbecho, de los llanos de eriazo, de los llanos cubiertos de un verdor imperceptible, tenue.* En Ruidera, después de veintiocho horas de carro, he descansado un momento; luego, venida la mañana, aún velado el cielo por los celajes de la aurora, hemos salido para la cueva de Montesinos. Cervantes dice que de la aldea hasta la cueva median dos leguas; ésta es la cifra exacta.* Y cuando se sale del poblado, por una callejuela empinada, tortuosa, de casas bajas, cubiertas de carrizo, cuando, ya en lo alto de los lomazos, hemos dejado atrás la aldea, ante nosotros se ofrece un panorama nuevo, insólito, desconocido en esta tierra clásica de las llanadas; pero no menos abrumador, no menos monótono, no menos uniforme que la campiña rasa. No es ya la llanura pelada; no son los surcos paralelos, interminables, simétricos; no son las lejanías inmensas que acaban con la pincelada azul de una montaña. Es, sí, un paisaje de lomas, de ondulaciones amplias, de oteros, de recuestos, de barrancos hondos, rojizos, y de cañadas que se alejan entre vertientes con amplios culebreos. El cielo es luminoso, radiante; el aire es transparente, diáfano; la tierra es de un color grisáceo, negruzco. Y sobre las colinas sombrías, hoscas, los romeros, los tomillos, los lentiscos extienden su vegetación acerada, enhiesta;* los chaparrales se dilatan en difusas manchas; y las carrascas con sus troncos duros, rígidos, elevan sus copas cenicientas que destacan rotundas, enérgicas, en el añil intenso...

Llevamos ya una hora caminando a lomos de rocines infames; las colinas, los oteros y los recuestos se suceden unos a otros, siempre iguales, siempre los mismos, en un suave oleaje infinito; reina un denso silencio; allá a lo lejos, entre la fronda terrera y negra, brillan, refulgen, irradian las paredes nítidas de una casa; un águila se mece sobre nosotros blandamente; se oye, de tarde en tarde, el abaniqueo súbito y ruidoso de una perdiz que salta. Y la senda, la borrosa senda que nosotros seguimos, desaparece, aparece, torna a esfumarse. Y nosotros marchamos lentamente, parándonos, tornando a caminar, buscando el escondido caminejo perdido entre lentiscos, chaparros y atochares.

—Estas sendas —me dice el guía— son sendas perdiceras, y hay que sacarlas por conjetura.*

Otro largo rato ha transcurrido. El paisaje se hace más amplio, se dilata, se pierde en una sucesión inacabable de altibajos plomizos. Hay en esta campiña bravía, salvaje, nunca rota, una fuerza, una hosquedad, una dureza, una autoridad indómita que nos hace pensar en los conquistadores, en los guerreros, en los místicos, en las almas, en fin, solitarias y alucinadas, tremendas, de los tiempos lejanos. Ya a nuestra derecha, la tierra cede de pronto y desciende en una rápida vertiente; nos encontramos en el fondo de una cañada. Y yo os digo que estas cañadas silenciosas, desiertas, que encontramos tras largo caminar, tienen un encanto inefable. Tal vez su fondo es arenoso; las laderas que lo forman aparecen rojizas, rasgadas por las lluvias; un allozo solitario crece en una ladera; se respira en toda ella un silencio sedante, profundo. Y si mana en un recodo, entre juncales, una fuentecica, sus aguas tienen un son dulce, susurrante, cariñoso, y en sus cristales transparentes se espejea acaso durante un momento una nube blanca que cruza lenta por el espacio inmenso. Nosotros hemos encontrado en lo hondo de este barranco un nacimiento tal como éstos; largo rato hemos contemplado sus aguas; después, con un vago pesar, hemos escalado la vertiente de la cañada y hemos vuelto a empapar nuestros ojos con la austeridad ancha del paisaje ya visto. Y caminábamos, caminábamos, caminábamos. Nuestras cabalgaduras tuercen, tornan a torcer, a la derecha, a la izquierda, entre encinas, entre chaparros, sobre las lomas negras. Suenan las esquilas de un ganado; aparecen diseminadas acá y allá las cabras negras, rojas, blancas, que nos miran un instante atónitas, curiosas, con sus ojos brillantes.

—Ya estamos —grita el guía de pronto.

En la Mancha *una tirada* son seis u ocho kilómetros; *estar cerca* equivale a estar a distancia de dos kilómetros; *estar muy cerca* vale tanto como expresar que aún nos queda por recorrer un kilómetro largo. Ya estamos cerca de la cueva famosa; hemos de doblar un eminente cerro que se yergue ante nuestra vista; luego hemos de descender por un recuesto; después hemos de atravesar una hondonada. Y al fin, ya realizadas todas estas operaciones, descubrimos en un declive una excavación somera, abierta en tierra roja.

—'¡Oh, señora de mis acciones y movimientos, clarísima y sin par Dulcinea del Toboso!' —gritaba el incomparable Caballero, de hinojos ante esta oquedad roja, en día memorable, en tanto que levantaba al cielo sus ojos soñadores.*

La empresa que iba a llevar a cabo era tremenda; tal vez

pueda ser ésta reputada como la más alta de sus hazañas. Don Alonso Quijano el Bueno está inmóvil, arrogante, ante la cueva; si en su espíritu hay un leve temor en esta hora, no lo vemos nosotros.

Don Alonso Quijano el Bueno va a deslizarse por la honda sima. ¿Por qué no entrar donde él entrara? ¿Por qué no poner en estos tiempos, después que pasaron tres siglos, nuestros pies donde sus plantas firmes, audaces, se asentaron? Reparad en que ya el acceso a la cueva ha cambiado; antaño —cuando hablaba Cervantes —crecían en la ancha entrada tupidas zarzas, cambroneras y cabrahígos;* ahora, en la peña lisa, se enrosca una parra desnuda.* Las paredes recias, altas, de la espaciosa bóveda son grises, bermejas, con manchones, con chorrea-duras* de líquenes verdes y de líquenes gualdos. Y a punta de navaja y en trazos desiguales, inciertos, los visitantes de la cueva, en diversos tiempos, han dejado esculpidos sus nombres para recuerdo eterno. 'Miguel Yáñez, 1854', 'Enrique Al-cázar, 1861', podemos leer en una parte. 'Domingo Carranza, 1870', 'Mariano Merlo, 1883', vemos más lejos. Unos peñas-cales caídos del techo cierran el fondo; es preciso sortear por entre ellos para bajar a lo profundo.*

—'¡Oh, señora de mis acciones y movimientos —repite Don Quijote—, clarísima y sin par Dulcinea del Toboso! Si es posible que lleguen a tus oídos las plegarias y rogaciones de este tu venturoso amante, por tu inaudita belleza te ruego las escuches, que no son otras que rogarte no me niegues tu favor y amparo ahora que tanto lo he menester.'

Los hachones están ya llameando; avanzamos por la lóbrega quiebra; no es preciso que nuestros cuerpos vayan atados con recias sogas; no sentimos contrariedad —como el buen don Alonso— por no haber traído con nosotros un esquilón para hacer llamadas y señales desde lo hondo; no saltan a nuestro paso ni siniestros grajos y cuervos ni alevosos y elásticos murciélagos. La luz se va perdiendo en un leve resplandor allá arriba; el piso desciende en un declive suave, resbaladizo, bom-beado;* sobre nuestras cabezas se extiende anchurosa, elevada, cóncava, rezumante, la bóveda de piedra. Y como vamos bajando lentamente y encendiendo a la par hacecillos de hornija y hojarasca, un reguero de luces escalonadas se muestra en lontananza,* disipando sus resplandores rojos las sombras, dejando ver la densa y blanca neblina de humo que ya llena la cueva. La atmósfera es densa, pesada; se oye de rato en rato en el silencio un gotear pausado, lento, de aguas que caen del techo. Y en el fondo, abajo en los límites del anchuroso ámbito, entre unas quiebras rasgadas, aparece un agua callada, un agua negra, un agua profunda, un agua inmóvil, un agua misteriosa, un agua milenaria, un agua ciega que hace un sordo ruido indefinible —de amenaza y lamento— cuando arrojamos sobre ella unos pedruscos. Y aquí, en estas aguas que reposan eternamente, en las tinieblas, lejos de los cielos azules, lejos de las nubes amigas de los estanques, lejos de los menudos lechos de piedras blancas, lejos de los juncales, lejos de los álamos vanidosos que se miran en las corrientes; aquí en estas aguas torvas, condenadas, está toda la sugestión, toda la poesía inquietadora de esta cueva de Montesinos...

Cuando nosotros hemos salido a la luz del día, hemos respirado ampliamente. El cielo se había entoldado con nubajes plomizos; corría un viento furioso que hacía gemir en la montaña las carrascas; una lluvia fría, pertinaz, caía a intervalos. Y hemos vuelto a caminar, a caminar a través de oteros negros, de lomas negras, de vertientes negras. Bandadas de cuervos pasan sobre nosotros; el horizonte, antes luminoso, está velado por una cortina de nieblas grises; invade el espíritu una sensación de estupor, de anonadamiento, de *no ser*.

—'Dios os lo perdone, amigos, que me habéis quitado de la más sabrosa y agradable vida y vista que ningún humano ha visto ni pasado' —decía Don Quijote cuando fue sacado de la caverna.

El buen caballero había visto dentro de ella prados amenos y palacios maravillosos. Hoy Don Quijote redivivo no bajaría a esta cueva; bajaría a otras mansiones subterráneas más hondas y temibles. Y en ellas, ante lo que allí viera, tal vez sentiría la sorpresa, el espanto y la indignación que sintió en la noche de los batanes, o en la aventura de los molinos, o ante los felones mercaderes que ponían en tela de juicio la realidad de su princesa.* Porque el gran idealista no veía negada a Dulcinea; pero veía negada la eterna justicia y el eterno amor de los hombres.

Y estas dolorosas remembranzas son la lección que sacamos de la cueva de Montesinos.

XI

LOS MOLINOS DE VIENTO*

Los molinitos de Criptana andan y andan.

—¡Sacramento! ¡Tránsito! ¡María Jesús!

Yo llamo, dando grandes voces, a Sacramento, a Tránsito y a María Jesús. Hasta hace un momento he estado leyendo en el *Quijote*; ahora la vela que está en la palmatoria se acaba, me deja en las tinieblas. Y yo quiero escribir unas cuartillas.

—¡Sacramento! ¡Tránsito! ¡María Jesús!

¿Dónde estarán estas muchachas? He llegado a Criptana hace dos horas; a lo lejos, desde la ventanilla del tren, yo miraba la ciudad blanca, enorme, asentada en una ladera, iluminada por los resplandores rojos, sangrientos, del crepúsculo. Los molinos, en lo alto de la colina, movían lentamente sus aspas; la llanura bermeja, monótona, rasa, se extendía abajo. Y en la estación, a la llegada, tras una valla, he visto unos coches vetustos, unos de estos coches de pueblo, unos de estos coches en que pasean los hidalgos, unos de estos coches desteñidos, polvorientos, ruidosos, que caminan todas las tardes por una carretera exornada con dos filas de arbolillos menguados, secos. Dentro, las caras de estas damas —a quienes yo tanto estimo— se pegaban a los cristales escudriñando los gestos, los movimientos, los pasos de este viajero único, extraordinario, misterioso, que venía en primera con unas botas rotas y un sombrero grasiento. Caía la tarde; los coches han partido con estrépito de tablas y de herrajes; yo he emprendido la caminata por la carretera adelante, hacia el lejano pueblo.* Los coches han dado la vuelta; las caras de estas buenas señoras —doña Juana, doña Angustias o doña Consuelo— no se apartaban de los cristales. Yo iba embozado en mi capa, lentamente, como un viandante cargado con el peso de mil desdichas. Los anchurosos corrales manchegos han comenzado a aparecer a un lado y a otro del camino; después han venido las casas blanqueadas, con las puertas azules; más lejos, se han mostrado los caserones con anchas y saledizas rejas rematadas en cruces.* El cielo se ha ido entenebreciendo; a lo lejos, por la carretera, esfumados en la penumbra del crepúsculo, marchan los coches viejos, los coches venerables, los coches fatigados. Cruzan por las calles viejas enlutadas; suena una campana con largas vibraciones.

—¿Está muy lejos de aquí la fonda? —pregunto yo.

—Esa es —me dicen, señalando una casa.

La casa es vetusta; tiene un escudo; tiene de piedra las jambas y el dintel de la puerta; tiene rejas pequeñas; tiene un zaguán hondo, empedrado con menuditos cantos. Y cuando se pasa por la puerta del fondo se entra en un patio, a cuyo alrededor corre una galería sostenida por dóricas columnas. El comedor se abre a la mano diestra. He subido sus escalones; he entrado en una estancia oscura.

—¿Quién es? —ha preguntado una voz desde el fondo de las tinieblas.

—Yo soy —he dicho con voz recia. Y después, inmediatamente—: un viajero.

He oído en el silencio un reloj que marchaba: 'tic-tac, tic-tac'; luego se ha hecho un ligero ruido como de ropas removidas, y al final una voz ha gritado:

—¡Sacramento! ¡Tránsito! ¡María Jesús!

Y luego ha añadido:

—Siéntese usted.

¿Dónde iba yo a sentarme? ¿Quién me hablaba? ¿En qué encantada mansión me hallaba yo?

He preguntado tímidamente:

—¿No hay luz?

La voz misteriosa ha contestado:

—No; ahora la echan muy tarde.

Pero una moza ha venido con una vela en la mano. ¿Es Sacramento? ¿Es Tránsito? ¿Es María Jesús? Yo he visto que los resplandores de la luz —como en una figura de Rembrandt— iluminaban vivamente una carita ovalada, con una barbilla suave, fina, con unos ojos rasgados y unos labios menudos.*

—Este señor —dice una anciana sentada en un ángulo— quiere una habitación; llévale a la de dentro.

La de dentro está bien adentro; atravesamos el patizuelo; penetramos por una puertecilla enigmática; torcemos a la derecha; torcemos a la izquierda; recorremos un pasillito angosto; subimos por unos escalones; bajamos por otros. Y al fin ponemos nuestras plantas en una estancia pequeñita, con una cama. Y después en otro cuartito angosto, con el techo que puede tocarse con las manos, con una puerta vidriera colocada en un muro de un metro de espesor y una ventana diminuta abierta en otro paredón del mismo ancho.

—Este es el cuarto —dice una moza poniendo la palmatoria sobre la mesa.

Y yo le digo:

—¿Se llama usted Sacramento?

Ella se ruboriza un poco.

—No —contesta—, yo soy Tránsito.

Yo debía haber añadido:

—¡Qué bonita es usted, Tránsito!

Pero no lo he dicho, sino que he abierto el *Quijote* y me he puesto a leer en sus páginas. 'En esto —leía yo a la luz de la vela— descubrieron treinta o cuarenta molinos de viento que hay en aquel campo...' La luz se ha ido acabando; llamo a gritos. Tránsito viene con una nueva vela, y dice:

—Señor, cuando usted quiera, a cenar.

Cuando he cenado he salido un rato por las calles; una luna suave bañaba las fachadas blancas y ponía sombras dentelleadas* de los aleros en medio del arroyo;* destacaban confusos, misteriosos, los anchos balcones viejos, los escudos, las rejas coronadas de ramajes y filigranas,* las recias puertas con clavos y llamadores formidables. Hay un placer íntimo, profundo, en ir recorriendo un pueblo desconocido entre las sombras; las puertas, los balcones, los esquinazos, los ábsides de las iglesias, las torres, las ventanas iluminadas, los ruidos de los pasos lejanos, los ladridos plañideros de los perros, las lamparillas de los retablos*..., todo nos va sugestionando poco a poco, enervándonos, desatando nuestra fantasía, haciéndonos correr por las regiones del ensueño...*

Los molinitos de Criptana andan y andan.

—Sacramento, ¿qué es lo que he de hacer hoy?

Yo he preguntado esto a Sacramento cuando he acabado de tomar el desayuno; Sacramento es tan bonita como Tránsito. Ya ha pasado la noche. ¿No será menester ir a ver los molinos de viento? Yo recorro las calles. De la noche al día va una gran diferencia. ¿Dónde está el misterio, el encanto, la sugestión de la noche pasada? Subo con don Jacinto por callejas empinadas, torcidas; en lo alto, dominando el pueblo, asentados sobre la loma, los molinos surgen vetustos; abajo, la extensión gris, negruzca, de los tejados se aleja, entreverada con las manchas blancas de las fachadas, hasta tocar en el mar bermejo de la llanura.

Y ante la puerta de uno de esos molinos nos hemos detenido.

—Javier —le ha dicho don Jacinto al molinero—, ¿va a marchar esto pronto?

—Al instante —ha contestado Javier.

¿Os extrañará que don Alonso Quijano el Bueno tomara por gigantes los molinos? Los molinos de viento eran, precisamente cuando vivía Don Quijote, una novedad estupenda; se implantaron en la Mancha en 1575 —dice Richard Ford en su *Handbook for travellers in Spain*—. 'No puedo yo pasar en silencio —escribía Jerónimo Cardano en su libro *De rerum varietate*, en 1580, hablando de estos molinos—, no puedo yo pasar en silencio que esto es tan maravilloso, que yo antes de verlo no lo hubiera podido creer sin ser tachado de hombre cándido.'* ¿Cómo extrañar que la fantasía del buen manchego se exaltara ante estas máquinas inauditas, maravillosas?

Pero Javier ha trepado ya por los travesaños de las aspas de su molino y ha ido extendiendo las velas; sopla un viento furioso, desatado; las cuatro velas han quedado tendidas. Ya marchan lentamente las aspas; ya marchan rápidas. Dentro, la torrecilla consta de tres reducidos pisos: en el bajo se hallan los sacos de trigo; en el principal es donde cae la harina por una canal ancha; en el último es donde rueda la piedra sobre la piedra y se deshace el grano. Y hay aquí en este piso unas ventanitas minúsculas, por las que se atalaya el paisaje.* El vetusto aparato marcha con un sordo rumor. Yo columbro por una de estas ventanas la llanura inmensa, infinita, roja, a trechos verdeante; los caminos se pierden amarillentos en culebreos largos; refulgen paredes blancas en la lejanía; el cielo se ha cubierto de nubes grises; ruge el huracán. Y por una senda que cruza la ladera avanza un hormigueo* de mujeres enlutadas, con las faldas a la cabeza, que han salido esta madrugada —como viernes de cuaresma*— a besarle los pies al Cristo de Villajos,* en un distante santuario, y que tornan ahora, lentas, negras, pensativas, entristecidas, a través de la llanura yerma, roja...

—María Jesús —digo yo cuando llega el crepúsculo—, ¿tardará mucho en venir la luz?

—Aún tardará un momento —dice ella.

Yo me siento en la estancia entenebrecida; oigo el 'tic-tac' del reloj; unas campanas tocan el Angelus.

Los molinitos de Criptana andan y andan.

XII

LOS SANCHOS DE CRIPTANA

¿CÓMO se llaman estos buenos, estos queridos, estos afables, estos discretísimos amigos de Criptana? ¿No son don Pedro, don Victoriano, don Bernardo, don Antonio, don Jerónimo, don Francisco, don León, don Luis, don Domingo, don Santiago, don Felipe, don Angel, don Enrique, don Miguel, don Gregorio y don José? A las cuatro de la madrugada, entre sueños suaves, yo he oído un vago rumor, algo como el eco lejano de un huracán, como la caída de un formidable salto de agua. Yo me despierto sobresaltado; suenan roncas bocinas,* golpazos en las puertas, pasos precipitados. '¿Qué es esto? ¿Qué sucede?', me pregunto aterrorizado. El estrépito crece; me visto a tientas, confuso, espantado. Y suenan en la puerta unos recios porrazos. Y una voz grita:

—¡Señor Azorín! ¡Señor Azorín!

Entonces yo abro la puerta; a la luz de candiles, velas, hachones, distingo un numeroso tropel de hidalgos que grita, ríe, salta, gesticula y toca unas enormes caracolas que atruenan con estentóreos alaridos la casa toda.*

—¡Señores! —exclamo yo cada vez más perplejo, más atemorizado.

Y uno de estos afectuosos, de estos discretos señores, se adelanta y va a hablar; de pronto todos callan; se hace un silencio profundo.

—Señor Azorín —dice este hidalgo—, nosotros somos los Sancho Panzas de Criptana; nosotros venimos a incautarnos* de su persona...

Yo continúo sin saber qué pensar. ¿Qué significa esto de que estos excelentes señores son los Sancho Panzas de Criptana? ¿Dónde quieren llevarme? Mas pronto se aclara este misterio tremebundo; en Criptana no hay Don Quijotes; Argamasilla se enorgullece con ser la patria del Caballero de la Triste Figura; Criptana quiere representar y compendiar el espíritu práctico, bondadoso y agudo del sin par Sancho Panza. El señor que acaba de hablar es don Bernardo; los otros son don Pedro, don Victoriano, don Antonio, don Jerónimo, don Francisco, don León, don Luis, don Domingo, don Santiago, don Felipe, don Angel, don Enrique, don Miguel, don Gregorio y don José.

—Nosotros somos los Sanchos de Criptana —repite don Bernardo.

—Sí —dice don Victoriano—; en los demás pueblos de la

Mancha, que se crean Quijotes si les place; aquí nos sentimos todos compañeros y hermanos espirituales de Sancho Panza.

—Ya verá usted apenas lleve viviendo aquí dos o tres días —añade don León— cómo esto se distingue de todo.

—Y para que usted lo compruebe más pronto —concluye don Miguel—, nosotros hemos decidido secuestrarle a usted desde este instante.

—Señores —exclamo yo, deseando hacer un breve discurso; mas mis dotes oratorias son bien escasas. Y yo me contento con estrechar en silencio las manos de don Bernardo, don Pedro, don Victoriano, don Antonio, don Jerónimo, don Francisco, don León, don Luis, don Domingo, don Santiago, don Felipe, don Angel, don Enrique, don Miguel, don Gregorio y don José. Y nos ponemos en marcha todos; las caracolas tornan a sonar; retumban los pasos sonoros sobre el empedrado del patizuelo. Ya va quebrando el alba. En la calle hay una larga ringlera de tartanas, galeras, carros,* asnos cargados con hacecillos de hornija, con sartenes y cuernos enormes llenos de aceite. Y en este punto, al subir a los carruajes, con la algazara, con el ir y venir precipitado, comienza a romperse la frialdad, la rigidez, el matiz de compostura y de ceremonia de los primeros momentos. Yo ya soy un antiguo Sancho Panza de esta noble Criptana. Yo voy metido en una galera entre don Bernardo y don León.

—¿Qué le parece a usted, señor Azorín, de todo esto? —me dice don Bernardo.

—Me parece perfectamente, don Bernardo —le digo yo.

Ya conocéis a don Bernardo; tiene una barba gris, blanca, amarillenta; lleva unas gafas grandes, y de la cadena de su reloj pende un diminuto diapasón de acero. Este diapasón quiere decir que don Bernardo es músico; añadiré —aunque lo sepáis— que don Bernardo es también farmacéutico. A la hora de caminar en esta galera, por un camino hondo, ya don Bernardo me ha hecho una interesante revelación.

—Señor Azorín —me dice—, yo he compuesto un himno a Cervantes para que sea cantado en el Centenario.*

—Perfectamente, don Bernardo —contesto yo.

—¿Quiere usted oírlo, señor Azorín? —torna él a decirme.

—Con mucho gusto, don Bernardo —vuelvo yo a contestarle.

Y don Bernardo tose un poco, vuelve a toser y comienza a cantar en voz baja, mientras el coche da unos zarandeos terribles:*

> Gloria, gloria, cantad a Cervantes,
> creador del *Quijote* inmortal...

La luz clara del día ilumina la dilatada y llana campiña; se columbra el horizonte limpio, sin árboles; una pincelada de azul intenso cierra la lejanía.

La galera camina y camina por el angosto caminejo.* ¿Cuánto tiempo ha pasado desde nuestra salida? ¿Cuánto tiempo ha de transcurrir aún? ¿Dos, tres, cuatro, cinco horas? Yo no lo sé; la idea de tiempo, en mis andanzas por la Mancha, ha desaparecido de mi cerebro.

—Señor Azorín —me dice don León—, ya vamos a llegar; falta una legua.

Y pasa un breve minuto en silencio. Don Bernardo inclina la cabeza hacia mí y susurra en voz queda:

—Este himno lo he compuesto para que se cante en el Centenario del *Quijote*. ¿Ha reparado usted en la letra? Señor Azorín, ¿no podía usted decir de él dos palabras?

—¡Hombre, don Bernardo! —exclamo yo—. No necesita usted hacerme esa recomendación; para mí es un deber de patriotismo el hablar de ese himno.

—Muy bien, muy bien, señor Azorín —contesta don Bernardo satisfecho.

¿Pasa media hora, una hora, dos horas, tres horas? El coche da tumbos y retumbos;* la llanura es la misma llanura gris, amarillenta, rojiza.

—Ya vamos a llegar —repite don León.

—Ahora, cuando lleguemos —añade don Bernardo—, tocaremos el himno en el armónium de la ermita...

—Ya vamos a llegar —torna a repetir don León.

Y transcurre una hora, acaso hora y media, tal vez dos horas.

Yo os torno a asegurar que ya no tengo, ante estos llanos, ni la más remota idea de tiempo. Pero, al fin, allá sobre un montículo pelado, se divisa una casa. Esto es el Cristo de Villajos. Ya nos acercamos. Ya echamos pie a tierra. Ya damos padaditas en tierra para desentumecernos. Ya don Bernardo —este hombre terrible y amable— nos lleva a todos a la ermita, abre el armónium, arranca de él unos arpegios plañideros y comienza a gritar:

> Gloria, gloria, cantad a Cervantes,
> creador del *Quijote* inmortal...

Yo tengo la absurda y loca idea de que todos los himnos se parecen un poco, es decir, de que todos son lo mismo en el fondo. Pero este himno de don Bernardo no carece de cierta originalidad; así se lo confieso yo a don Bernardo.

—¡Ah, ya lo creo, señor Azorín, ya lo creo! —dice él, levantándose del armónium rápidamente.

Y luego, tendiéndome la mano, añade:

—Usted, señor Azorín, es mi mejor amigo.

Y yo pienso en lo más íntimo de mi ser: 'Pero este don Bernardo, tan cariñoso, tan bueno, ¿será realmente un Sancho Panza, como él asegura a cada momento, o tendrá más bien algo del espíritu de Don Quijote?' Mas por lo pronto dejo sin resolver este problema; es preciso salir al campo, pasear, correr, tomar el sol, atalayar el paisaje —ya cien veces atalayado— desde lo alto de los repechos; y en estas gratas ocupaciones nos llega la hora del mediodía. ¿Os contaré punto por punto este sabroso, sólido, suculento y sanchopancesco yantar? Una bota magnífica —que el buen escudero hubiera codiciado— corría de mano en mano, dejando caer en los gaznates sutil néctar manchego; los ojos se iluminan; las lenguas se desatan. Estamos ya en los postres: ésta es precisamente la hora de las confidencias. Don Bernardo ladea su cabeza hacia mí; va a decirme, sin duda, algo importante. No sé por qué tengo un vago barrunto* de lo que don Bernardo va a decirme; pero yo estoy dispuesto siempre a oír con gusto lo que tenga a bien decirme don Bernardo.*

—Señor Azorín —me dice don Bernardo—, ¿cree usted que este himno puede tener algún éxito?

—¡Qué duda cabe, don Bernardo! —exclamo yo con una convicción honda—. Este himno ha de tener un éxito seguro.

—¿Usted lo ha oído bien? —torna a preguntarme don Bernardo.

—Sí, señor —digo yo—; lo he oído perfectamente.

—No, no —dice él con aire de incredulidad—. No, no, señor Azorín; usted no lo ha oído bien. Ahora, cuando acabemos de comer, lo tocaremos otra vez.

Don Miguel, don Enrique, don Léon, don Gregorio y don José, que están cercanos a nosotros y que han oído estas palabras de don Bernardo, sonríen ligeramente. Yo tengo verdadera satisfacción en escuchar otra vez el himno de este excelente amigo.

Cuando acabamos de comer, de nuevo entramos en la ermita; don Bernardo se sienta ante el armónium y arranca de él unos arpegios; después vocea:

> Gloria, gloria, cantad a Cervantes,
> creador del *Quijote* inmortal...

—¡Muy bien, muy bien! —exclamo yo.

—¡Bravo, bravo! —gritan todos a coro.

Y hemos vuelto a subir por los cerros, a tomar el sol, a contemplar el llano monótono, mil veces contemplado. La tarde iba doblando; era la hora del regreso. Las caracolas han sonado; los coches se han puesto en movimiento; hemos tornado a recorrer el caminejo largo, interminable, sinuoso. ¿Cuántas horas han transcurrido? ¿Dos, tres, cuatro, seis, ocho, diez?

—¡Señores! —he exclamado yo en Criptana, a la puerta de la fonda, ante el tropel de los nobles hidalgos. Pero mis dotes oratorias son bien escasas, y yo me he contentado con estrechar efusivamente, con verdadera cordialidad, por última vez, las manos de estos buenos, de estos afables, de estos discretísimos amigos don Bernardo, don Pedro, don Victoriano, don Antonio, don Jerónimo, don Francisco, don León, don Luis, don

Domingo, don Santiago, don Felipe, don Angel, don Enrique, don Miguel, don Gregorio y don José.

XIII

EN EL TOBOSO*

EL TOBOSO es un pueblo único, estupendo. Ya habéis salido de Criptana; la llanura ondula suavemente, roja, amarillenta, gris en los trechos de eriazo, de verde imperceptible en las piezas sembradas. Andáis una hora, hora y media; no veis ni un árbol, ni una charca, ni un rodal de verdura jugosa. Las urracas saltan un momento en medio del camino, mueven nerviosas y petulantes sus largas colas, vuelan de nuevo; montoncillos y montoncillos de piedras grises se extienden sobre los anchurosos bancales. Y de tarde en tarde, por un extenso espacio de sembradura, en que el alcacel apenas asoma, camina un par de mulas, y un gañán guía el arado a lo largo de los surcos interminables.

—¿Qué están haciendo aquí? —preguntáis un poco extrañados de que se destroce de esta suerte la siembra.

—Están rejacando —se os contesta naturalmente.

Rejacar vale tanto como meter el arado por el espacio abierto entre surco y surco con el fin de desarraigar las hierbezuelas.

—Pero ¿no estropean la siembra? —tornáis a preguntar—. ¿No patean y estrujan con sus pies los aradores y las mulas los tallos tiernos?

El carretero con quien vais sonríe ligeramente de vuestra ingenuidad; tal vez vosotros sois unos pobres hombres —como el cronista— que no habéis salido jamás de vuestros libros.

—¡Ca! —exclama este labriego—. ¡La siembra, en este tiempo, contra más se pise es mejor!*

Los terreros grisáceos, rojizos, amarillentos, se descubren, iguales todos, con una monotonía desesperante. Hace una hora que habéis salido de Criptana; ahora, por primera vez, al doblar una loma distinguís en la lejanía remotísima, allá en los confines del horizonte, una torre diminuta y una mancha negruzca, apenas visible en la uniformidad plomiza del paisaje. Esto es el pueblo del Toboso. Todavía han de transcurrir un par de horas antes de que penetremos en sus calles. El panorama no varía; veis los mismos barbechos, los mismos liegos hoscos, los mismos alcaceles tenues.* Acaso en una distante ladera alcanzáis a descubrir un cuadro de olivos, cenicientos, solitarios, simétricos. Y no tornáis a ver ya en toda la campiña infinita ni un rastro de arboledas. Las encinas que estaban propincuas al Toboso y entre las que Don Quijote aguardara el regreso de Sancho, han desaparecido. El cielo, conforme la tarde va avanzando, se cubre de un espeso toldo plomizo. El carro camina dando tumbos, levantándose en los pedruscos, cayendo en los hondos baches. Ya estamos cerca del poblado. Ya podéis ver la torre cuadrada, recia, amarillenta, de la iglesia y las techumbres negras de las casas. Un silencio profundo reina en el llano; comienzan a aparecer a los lados del camino paredones derruídos. En lo hondo, a la derecha, se distingue una ermita ruinosa, negra, entre árboles escuálidos, negros, que salen por encima de largos tapiales caídos. Sentís que una intensa sensación de soledad y de abandono os va sobrecogiendo. Hay algo en las proximidades de este pueblo que parece como una condensación, como una síntesis de toda la tristeza de la Mancha. Y el carro va avanzando. El Toboso es ya nuestro. Las ruinas de paredillas, de casas, de corrales han ido aumentando; veis una ancha extensión de campo llano cubierta de piedras grises, de muros rotos, de vestigios de cimientos. El silencio es profundo; no descubrís ni un ser viviente; el reposo parece que se ha solidificado. Y en el fondo, más allá de todas estas ruinas, destacando sobre un cielo ceniciento, lívido, tenebroso, hosco, trágico, se divisa un montón de casuchas pardas, terrosas, negras, con paredes agrietadas, con esquinazos desmoronados, con techos hundidos, con chimeneas desplomadas, con solanas que se bombean y doblan para caer, con tapiales de patios anchamente desportillados...*

Y no percibís ni el más leve rumor: ni el retumbar de un

carro, ni el ladrido de un perro, ni el cacareo lejano y metálico de un gallo. Y comenzáis a internaros por las calles del pueblo. Y veis los mismos muros agrietados, ruinosos; la sensación de abandono y de muerte que antes os sobrecogiera acentúase ahora por modo doloroso a medida que vais recorriendo estas calles y aspirando este ambiente.

Casas grandes, anchas, nobles, se han derrumbado y han sido cubiertos los restos de sus paredes con bajos y pardos tejadillos; aparecen vetustas y redondas portaladas* rellenas de toscas piedras; destaca acá y allá, entre las paredillas terrosas, un pedazo de recio y venerable muro de sillería;* una fachada con su escudo macizo perdura, entre casillas bajas, entre un montón de escombros... Y vais marchando lentamente por las callejas; nadie pasa por ellas; nada rompe el silencio. Llegáis de este modo a la plaza. La plaza es un anchuroso espacio solitario; a una banda destaca la iglesia, fuerte, inconmovible, sobre las ruinas del poblado; a su izquierda se ven los muros en pedazos de un caserón solariego; a la derecha aparecen una ermita agrietada, caduca, y un largo tapial desportillado. Ha ido cayendo la tarde. Os detenéis un momento en la plaza. En el cielo plomizo se ha abierto una ancha grieta; surgen por ella las claridades del crepúsculo. Y durante este minuto que permanecéis inmóviles, absortos, contempláis las ruinas de este pueblo vetusto, muerto, iluminadas por un resplandor rojizo, siniestro. Y divisáis —y esto acaba de completar vuestra impresión—, divisáis, rodeados de este profundo silencio, sobre el muro ruinoso adosado a la ermita, la cima aguda de un ciprés negro, rígido, y ante su oscura mancha, el ramaje fino, plateado, de un olivo silvestre, que ondula y se mece en silencio, con suavidad, a intervalos...

¿Cómo el pueblo del Toboso ha podido llegar a este grado de decadencia? —pensáis vosotros mientras dejáis la plaza—. 'El Toboso —os dicen— era antes una población caudalosa; ahora no es ya ni la sombra de lo que fue en aquellos tiempos. Las casas que se hunden no tornan a ser edificadas; los moradores emigran a los pueblos cercanos; las viejas familias de los hidalgos —enlazadas con uniones consanguíneas desde hace

dos o tres generaciones— acaban ahora sin descendencia.' Y
vais recorriendo calles y calles. Y tornáis a ver muros ruinosos,
puertas tapiadas, arcos despedazados. ¿Dónde estaba la casa de
Dulcinea? ¿Era realmente Dulcinea esta Aldonza Zarco de
Morales de que hablan los cronistas? En el Toboso abundan
los apellidos de Zarco; la casa de la sin par princesa se levanta
en un extremo del poblado, tocando con el campo; aún perduran sus restos. Bajad por una callejuela que se abre en un
rincón de la plaza desierta; reparad en unos murallones desnu-
dados de sillería que se alzan en el fondo; torced después a la
derecha; caminad luego cuatro o seis pasos; deteneos al fin. Os
encontráis ante un ancho edificio, viejo, agrietado; antaño esta
casa debió de constar de dos pisos; mas toda la parte superior
se vino a tierra, y hoy, casi al ras de la puerta, se ha cubierto el
viejo caserón con un tejadillo modesto, y los desniveles y
rajaduras de los muros de noble piedra se han tabicado con
paredes de barro.

Esta es la mansión de la más admirable de todas las princesas
manchegas. Al presente es una almazara prosaica. Y para
colmo de humillación y vencimiento, en el patio, en un rincón,
bajo gavillas de ramajes de olivo, destrozados, escarnecidos,*
reposan los dos magníficos blasones que antes figuraban en la
fachada. Una larga tapia parte del caserón y se aleja hacia el
campo cerrando la callejuela...

—'Sancho, hijo, guía al palacio de Dulcinea, que quizá podrá
ser que la hallemos despierta' —decía a su escudero don
Alonso, entrando en el Toboso a media noche.

—'¿A qué palacio tengo de guiar, cuerpo del sol* —respon-
día Sancho—, que en el que yo vi a su grandeza no era sino
casa muy pequeña?'

La casa de la supuesta Dulcinea, la señora doña Aldonza
Zarco de Morales, era bien grande y señoril. Echemos sobre
sus restos una última mirada; ya las sombras de la noche se
allegan; las campanas de la alta y recia torre dejan caer sobre el
poblado muerto sus vibraciones; en la calle del Diablo —la
principal de la villa— cuatro o seis yuntas de mulas que regre-
san del campo arrastran sus arados con un sordo rumor. Y es

un espectáculo de una sugestión honda ver a estas horas, en
este reposo inquebrantable, en este ambiente de abandono y de
decadencia, cómo se desliza de tarde en tarde, entre las
penumbras del crepúsculo, la figura lenta de un viejo hidalgo
con su capa, sobre el fondo de una redonda puerta cegada,* de
un esquinazo de sillares tronchado, o de un muro ruinoso por
el que asoman los allozos en flor o los cipreses...

XIV

LOS MIGUELISTAS DEL TOBOSO

¿Por qué no he de daros la extraña, la inaudita noticia? En
todas las partes del planeta el autor del *Quijote* es Miguel
de Cervantes Saavedra; en el Toboso es sencillamente *Miguel*.
Todos le tratan con suma cordialidad; todos se hacen la ilusión
de que han conocido a la familia.

—Yo, señor Azorín —me dice don Silverio—, llego a creer
que he conocido al padre de Miguel, al abuelo, a los hermanos
y a los tíos.

¿Os imagináis a don Silverio? ¿Y a don Vicente? ¿ Y a don
Emilio? ¿Y a don Jesús? ¿Y a don Diego? Todos estamos en
torno de una mesa cubierta de un mantel de damasco —con
elegantes pliegues marcados—; hay sobre ella tazas de por-
celana, finas tazas que os maravilla encontrar en el pueblo.
Y doña Pilar —esta dama tan manchega, tan española, dis-
cretísima, afable— va sirviendo con suma cortesía el brebaje
aromoso. Y don Silverio dice, cuando trascuela el primer sorbo,
como excitado por la mixtura, como dentro ya del campo de
las confesiones cordiales:

—Señor Azorín: que Miguel sea de Alcázar, está perfectamente; que Blas sea de Alcázar, también; yo tampoco lo
tomo a mal; pero el abuelo, ¡el abuelo de Miguel!, no le quepa
a usted duda, señor Azorín: el abuelo de Miguel era de aquí...*

Y los ojos de don Silverio llamean un instante. Os lo vuelvo

a decir: ¿Os imagináis a don Silverio? Don Silverio es el tipo
más clásico de hidalgo que he encontrado en tierras manchegas;* existe una secreta afinidad, una honda correlación inevitable, entre la figura de don Silverio y los muros en ruinas
del Toboso, las anchas puertas de medio punto* cegadas, los
tejadillos rotos, los largos tapiales desmoronados. Don
Silverio tiene una cara pajiza, cetrina, olivácea, cárdena; la
frente sobresale un poco; luego, al llegar a la boca, se marca
un suave hundimiento, y la barbilla plana, aguda, vuelve a
sobresalir y en ella se muestra una mosca gris, recia, que hace
un perfecto juego con un bigote ceniciento, que cae des-
cuidado, lacio, largo, por las comisuras de los labios.* Y tiene
don Silverio unos ojos de una expresión única, ojos que
refulgen y lo dicen todo. Y tiene unas manos largas, huesudas,
sarmentosas, que suben y bajan rápidamente en el aire, elo-
cuentes, prontas, cuando las palabras surten de la boca del
viejo hidalgo, atropelladas, vivarachas, impetuosas, pintores-
cas. Yo siento una gran simpatía por don Silverio: lleva treinta
y tres años adoctrinando niños en el Toboso. El charla con
vosotros cortés y amable. Y cuando ya ha ganado una poca
de vuestra confianza, entonces el rancio caballero* saca del
bolsillo interior de su chaqueta un recio y grasiento manojo
de papeles y os lee un alambicado soneto a Dulcinea. Y si la
confianza es mucho mayor, entonces os lee también, sonriendo con ironía, una sátira terriblemente antifrailesca* tal
como Torres Naharro la deseara para su *Propaladia.** Y si la
confianza logra aun más grados, entonces os lleva a que veáis
una colmena que él posee, con una ventanita de cristal por la
que pueden verse trabajar las abejas.

Todos estamos sentados en torno de una mesa; es esto como
un círculo pintoresco y castizo de viejos rostros castellanos.

Don Diego tiene unos ojos hundidos, una frente ancha y
una larga barba cobriza; es meditativo; es soñador; es silencioso; sonríe de tarde en tarde, sin decir nada, con una vaga
sonrisa de espiritualidad y de comprensión honda. Don
Vicente lleva —como pintan a Garcilaso*— la cabeza pelada
al rape y una barba tupida. Don Jesús es bajito, gordo y

F

nervioso. Y don Emilio tiene una faz huesuda, angulosa, un bigotillo imperceptible y una barbita que remata en una punta aguda.

—Señor Azorín, quédese usted, yo se lo ruego; yo quiero que usted se convenza; yo quiero que se lleve buenas impresiones del Toboso —dice vivamente don Silverio, gesticulando, moviendo en el aire sus manos secas, en tanto que sus ojos llamean.

—Señor Azorín —repite don Silverio—, Miguel no era de aquí; Blas, tampoco. Pero ¿cómo dudar de que el abuelo lo era?

—No lo dude usted —añade doña Pilar sonriendo afablemente—; don Silverio tiene razón.

—Sí, sí —dice don Silverio—; yo he visto el árbol de la familia. ¡Yo he visto el árbol, señor Azorín! Y ¿sabe usted de dónde arranca el árbol?

Yo no sé en realidad de dónde arranca el árbol de la familia de Cervantes.

—Yo no lo sé, don Silverio —confieso yo un poco confuso.

—El árbol —proclama don Silverio— arranca de Madridejos. Además, señor Azorín, en todos los pueblos estos inmediatos hay Cervantes; los tiene usted, o los ha tenido, en Argamasilla, en Alcázar, en Criptana, en el Toboso. ¿Cómo vamos a dudar que Miguel era de Alcázar? Y ¿no están diciendo que era manchego todos los nombres de lugares y tierras que él cita en el *Quijote* y que no es posible conocer sin haber vivido aquí largo tiempo, sin ser de aquí?

—¡Sí, Miguel era manchego! —añade don Vicente, pasando la mano por su barba.

—Sí, era manchego —dice don Jesús.

—Era manchego —añade don Emilio.

—¡Ya lo creo que lo era! —exclama don Diego, levantando la cabeza y saliendo de sus remotas soñaciones.

Y don Silverio agrega, dando una recia voz:

—¡Pero váyales usted con esto a los académicos!

Y ya la gran palabra ha sido pronunciada. ¡Los académicos! ¿Habéis oído? ¿Os percatáis de toda la trascendencia de esta frase? En toda la Mancha, en todos los lugares, pueblos, aldeas que he recorrido, he escuchado esta frase, dicha siempre con una intencionada entonación. Los académicos, hace años, no sé cuándo, decidieron que Cervantes fuese de Alcalá y no de Alcázar; desde entonces, poco a poco, entre los viejos hidalgos manchegos ha ido formándose un enojo, una ojeriza, una ira contra los académicos. Y hoy en Argamasilla, en Alcázar, en el Toboso, en Criptana, se siente un odio terrible, formidable, contra los académicos. Y los académicos no se sabe a punto fijo lo que son; los académicos son, para los hombres, para las mujeres, para los niños, para todos, algo como un poder oculto, poderoso y tremendo; algo como una espantable deidad maligna que ha hecho caer sobre la Mancha la más grande de todas las desdichas, puesto que ha decidido con sus fallos inapelables* y enormes que Miguel de Cervantes Saavedra no ha nacido en Alcázar...

—Los académicos —dice don Emilio con profunda desesperanza— no volverán de su acuerdo por no verse obligados a confesar su error.

—Los académicos lo han dicho —añade don Vicente con ironía—, y ésa es la verdad infalible.

—¡Cómo vamos a rebatir nosotros —agrega don Jesús— lo que han dicho los académicos!

Y don Diego, apoyado el codo sobre la mesa, levanta la cabeza pensativa, soñadora, y murmura en voz leve:

—¡Psch, los académicos!

Y don Silverio, de pronto, da una gran voz, en tanto que hace chocar con energía sus manos huesudas, y dice:

—¡Pero no será lo que dicen los académicos, señor Azorín! ¡No lo será! Miguel era de Alcázar, aunque diga lo contrario todo el mundo. Blas también era de allí; y el abuelo era del Toboso.

Y luego:

—Aquí, en casa de don Cayetano, hay una porción de documentos de aquella época; yo los estoy examinando ahora, y yo puedo asegurarle a usted que no sólo el abuelo, sino también algunos tíos de Miguel, nacieron y vivieron en el Toboso.

¿Qué voy a oponer yo a lo que me dice don Silverio? ¿Habrá alguien que encuentre inconveniente alguno en creer que el abuelo de Cervantes era del pueblo del Toboso?

—Y no es esto solo —prosigue el buen hidalgo—; en el Toboso existe una tradición no interrumpida de que en el pueblo han vivido parientes de Miguel; aún hay aquí una casa a la que todos llamamos *la casa de Cervantes*. Y don Antonio Cano, convecino nuestro, ¿no se llama de segundo apellido Cervantes?

Don Silverio se ha detenido un breve momento; todos estábamos pendientes de sus palabras. Después ha dicho:

—Señor Azorín, puede usted creerme; estos ojos que usted ve han visto el propio escudo de la familia de Miguel.

Yo he mostrado una ligera sorpresa.

—¡Cómo! —he exclamado—. Usted, don Silverio, ¿ha visto el escudo?

Y don Silverio, con energía, con énfasis:

—¡Sí, sí; yo lo he visto! En el escudo figuraban dos ciervas; la divisa decía de este modo:

> Dos ciervas en campo verde:
> la una pace; la otra duerme;
> la que pace, paz augura;
> la que duerme, la asegura.*

Y don Silverio, que ha dicho estos versos con una voz solemne y recia, ha permanecido un momento en silencio, con la mano diestra en el aire, contemplándome de hito en hito,* paseando luego su mirada triunfal sobre los demás concurrentes.

Yo tengo un gran afecto por don Silverio; este afecto se extiende a don Vicente, a don Diego —el ensoñador caballero—, a don Jesús, a don Emilio —el de la barba aguda y la color cetrina—. Cuando nos hemos separado era media noche por filo;* no ladraban los perros, no gruñían los cerdos, no rebuznaban los jumentos, no mayaban los gatos, como en la noche memorable en que Don Quijote y Sancho entraron en el Toboso; reinaba un silencio profundo; una luna suave, amorosa, bañaba las callejas, llenaba las grietas de los muros ruinosos, besaba el ciprés y el olivo silvestre que crecen en la plaza...

XV

LA EXALTACION ESPAÑOLA

En Alcázar de San Juan

QUIERO echar la llave, en la capital geográfica de la Mancha, a mis correrías. ¿Habrá otro pueblo, aparte de éste, más castizo, más manchego, más típico, donde más íntimamente se comprenda y se sienta la alucinación de estas campiñas rasas, el vivir doloroso y resignado de estos buenos labriegos, la monotonía y la desesperación de las horas que pasan y pasan lentas, eternas, en un ambiente de tristeza, de soledad y de inacción? Las calles son anchas, espaciosas, desmesuradas; las casas son bajas, de un color grisáceo, terroso, cárdeno; mientras escribo estas líneas, el cielo está anubarrado, plomizo; sopla, ruge, brama un vendaval furioso, helado; por las anchas vías desiertas vuelan impetuosas polvaredas; oigo que unas campanas tocan con toques desgarrados, plañideros, a lo lejos; apenas si de tarde en tarde transcurre por las calles un labriego enfundado* en su traje pardo, o una mujer vestida de negro, con las ropas a la cabeza, asomando entre los pliegues su cara lívida; los chapiteles plomizos y los muros rojos de una iglesia vetusta cierran el fondo de una plaza ancha, desierta... Y marcháis, marcháis, contra el viento, azotados por las nubes de polvo, por la ancha vía interminable, hasta llegar a un casino anchuroso. Entonces, si es por la mañana, penetráis en unos salones solitarios, con piso de madera, en que vuestros pasos retumban. No encontráis a nadie; tocáis y volvéis a tocar en vano todos los timbres; las estufas reposan apagadas; el frío va ganando vuestros miembros. Y entonces volvéis a salir; volvéis a caminar por la inmensa vía desierta, azotado por el viento, cegado por el polvo;* volvéis a entrar en la fonda

—donde tampoco hay lumbre—; tornáis a entrar en vuestro cuarto, os sentáis, os entristecéis, sentís sobre vuestros cráneos, pesando formidables, todo el tedio, toda la soledad, todo el silencio, toda la angustia de la campiña y del poblado.

Decidme, ¿no comprendéis en estas tierras los ensueños, los desvaríos, las imaginaciones desatadas del grande loco?* La fantasía se echa a volar frenética por estos llanos; surgen en los cerebros visiones, quimeras, fantasías torturadoras y locas. En Manzanares —a cinco leguas de Argamasilla— se cuentan mil casos de sortilegios, de encantamientos, de filtros, bebedizos y manjares dañados que novias abandonadas, despechadas, han hecho tragar a sus amantes; en Ruidera —cerca también de Argamasilla— hace seis días ha muerto un mozo que dos meses atrás, en plena robustez, viera en el alinde de un espejo* una figura mostrándole una guadaña, y que desde ese día fue adoleciendo y ahilándose poco a poco hasta morir. Pero éstos son casos individuales, aislados, y es en el propio Argamasilla, la patria de Don Quijote, donde la alucinación toma un carácter colectivo, épico, popular. Yo quiero contaros este caso; apenas si hace seis meses que ha ocurrido. Un día, en una casa del pueblo, la criada sale dando voces de una sala y diciendo que hay fuego; todos acuden; las llamas son apagadas; el hecho, en realidad, carece de importancia. Mas dos días han transcurrido; la criada comienza a manifestar que ante sus ojos, de noche, aparece la figura de un viejo. La noticia, al principio, hace sonreír; poco tiempo después estalla otro fuego en la casa. Tampoco este accidente tiene importancia; mas tal vez despierta más vagas sospechas. Y al otro día otro fuego, el tercero, surge en la casa. ¿Cómo puede ser esto? ¿Qué misterio puede haber en tan repetidos siniestros? Ya el interés y la curiosidad están despiertos. Ya el recelo sucede a la indiferencia. Ya el temor va apuntando en los ánimos. La criada jura que los fuegos los prende este anciano que a ella se le aparece; los moradores de la casa andan atónitos, espantados; los vecinos se ponen sobre aviso;* por todo el pueblo comienza a esparcirse la extraña nueva. Y otra vez el fuego torna a surgir. Y en este punto todos, sobrecogidos, perplejos, gritan que lo que pide esta sombra incendiaria son unas misas; el cura, consultado, aprueba la resolución; las misas se celebran; las llamas no tornan a surgir, y el pueblo, satisfecho, tranquilo, puede ya respirar libre de pesadillas...

Pero bien poco es lo que dura esta tranquilidad. Cuatro o seis días después, mientras los vecinos pasean, mientras toman el sol, mientras las mujeres cosen sentadas en las cocinas, las campanas comienzan a tocar a rebato. ¿Qué es esto? ¿Qué sucede? ¿Dónde es el fuego? Los vecinos saltan de sus asientos, despiertan de su estupor súbitamente, corren, gritan. El fuego es en la escuela del pueblo;* no es tampoco —como los anteriores— gran cosa; mas ya los moradores de Argamasilla, recelosos, excitados, tornan a pensar en el encantador malandrín* de los anteriores desastres. La escuela se halla frontera a la casa donde ocurrieran las pasadas quemas; el encantador no ha hecho sino dar un gran salto y cambiar de vivienda. Y el fuego es apagado; los vecinos se retiran satisfechos a casa. La paz es, sin embargo, efímera; al día siguiente las campanas vuelven a tocar a rebato; los vecinos tornan a salir escapados;* se grita; se hacen mil cábalas;* los nervios saltan; los cerebros se llenan de quimeras. Y durante cuatro, seis, ocho, diez días, por mañana, por tarde, la alarma se repite y la población toda, conmovida, exasperada, enervada, frenética, corre, gesticula, vocea, se agita pensando en trasgos, en encantamientos, en poderes ocultos y terribles. ¿Qué hacer en este trance? '¡Basta, basta! —grita al fin el alcalde—. ¡Que no toquen más las campanas aunque arda el pueblo entero!' Y estas palabras son como una fórmula cabalística que deshace el encanto; las campanas no vuelven a sonar; las llamas no tornan a surgir.

¿Qué me decís de esta exaltada fantasía manchega? El pueblo duerme en reposo denso; nadie hace nada; las tierras son apenas rasgadas por el arado celta; los huertos están abandonados; el Tomelloso, sin agua, sin más riegos que el caudal de los pozos, abastece de verduras a Argamasilla, donde el Guadiana, sosegado, a flor de tierra, cruza el pueblo y atraviesa las huertas; los jornaleros de este pueblo ganan dos reales menos que los de los pueblos cercanos. Perdonadme, buenos y nobles amigos míos de Argamasilla; vosotros mismos me habéis dado estos datos. El tiempo transcurre lento en este marasmo; las inteligencias dormitan. Y un día, de pronto, una vieja habla de apariciones, un chusco* simula unos incendios, y todas las fantasías, hasta allí en el reposo, vibran enloquecidas y se lanzan hacia el ensueño. ¿No es ésta la patria del gran ensoñador don Alonso Quijano? ¿No está en este pueblo compendiada la historia eterna de la tierra española? ¿No es esto la fantasía loca, irrazonada e impetuosa que rompe de pronto la inacción para caer otra vez estérilmente en el marasmo?

Y ésta es —y con esto termino— la exaltación loca y baldía que Cervantes condenó en el *Quijote*; no aquel amor al ideal, no aquella ilusión, no aquella ingenuidad, no aquella audacia, no aquella confianza en nosotros mismos, no aquella vena ensoñadora que tanto admira el pueblo inglés en nuestro Hidalgo, que tan indispensables son para la realización de todas las grandes y generosas empresas humanas, y sin las cuales los pueblos y los individuos fatalmente van a la decadencia...

PEQUEÑA GUIA

PARA LOS EXTRANJEROS QUE NOS VISITEN CON MOTIVO DEL CENTENARIO

THE TIME THEY LOSE IN SPAIN

EL doctor Dekker se encuentra entre nosotros. El doctor Dekker es, ante todo, F.R.C.S.; es decir, *Fellow of the Royal College of Surgeons*; después el doctor Dekker es filólogo, filósofo, geógrafo, psicólogo, botánico, numismático, arqueólogo.* Una sencilla carta del doctor Pablo Smith, conocido de la juventud literaria española —por haber amigado años atrás con ella—, me ha puesto en relaciones con el ilustre miembro del Real Colegio de Cirujanos de Londres. El doctor Dekker no habita en ningún célebre hotel de la capital; ni el señor Capdevielle, ni el señor Baena, ni el señor Ibarra tienen el honor de llevarle apuntado en sus libros.* ¿Podría escribir el doctor Dekker su magna obra si viviera en el Hotel de la Paz, o en el de París, o en el Inglés?* No; el doctor Dekker tiene su asiento en una modestísima casa particular de nuestra clase media: en la mesa del comedor hay un mantel de hule —un poco blanco—; la sillería del recibimiento muestra manchas grasientas en su respaldo. *The best in the world!*, ha exclamado con entusiasmo el doctor Dekker al contemplar este espectáculo, puesto el pensamiento en el país de España, que es *el mejor del mundo*.

Y en seguida el doctor Dekker ha sacado su lápiz. Con este lápiz, caminando avizor de una parte a otra,* como un *rifle-man* con su escopeta, el doctor Dekker ha comenzado ya a amontonar los materiales de su libro terrible. Y ¿qué libro es éste? Ya lo he dicho: *The time they lose in Spain*. El ilustre doctor me ha explicado en dos palabras el plan, método y concepto de la materia; yo lo he entendido al punto. El doctor Dekker está encantado de España; el doctor Dekker delira por Madrid. *The best in the world!*, grita a cada momento entusiasmado.

Y ¿por qué se entusiasma de este modo el respetable doctor Dekker? '¡Ah! —dice él—, España es el país donde se espera más.' Por la mañana, el doctor Dekker se levanta y se dirige confiado a su lavabo; sin embargo, el ilustre miembro del Real Colegio de Cirujanos de Londres sufre un ligero desencanto: en el lavabo no hay ni una gota de agua. El doctor Dekker llama a la criada; la criada ha salido precisamente en este instante; sin embargo, va a servirle la dueña de la casa; pero la dueña de la casa se está peinando en este momento, y hay que esperar de todos modos siete minutos. El doctor Dekker saca su pequeño cuaderno y su lápiz, y escribe: *Siete minutos*. ¿Saben en esta casa cuándo ha de desayunarse un extranjero? Seguramente que un extranjero no se desayuna a la misma hora que un indígena; cuando el doctor Dekker demanda el chocolate,* le advierten que es preciso confeccionarlo. Otra pequeña observación: en España todas las cosas hay que hacerlas cuando deben estar hechas. El ilustre doctor torna a esperar quince minutos, y escribe en su diminuto cuaderno: *Quince minutos.*

El ilustre doctor sale de casa.

Claro está que todos los tranvías no pasan cuando nuestra voluntad quiere que pasen; hay un destino secreto e inexorable que lleva las cosas y los tranvías en formas y direcciones que nosotros no comprendemos. Pero el doctor Dekker es filósofo y sabe que cuando queremos ir a la derecha pasan siete tranvías en dirección a la izquierda, y que cuando es nuestro ánimo dirigirnos por la izquierda, los siete tranvías que corren van hacia la derecha. Pero esta filosofía del doctor Dekker no es óbice para que él saque* un pequeño cuaderno y escriba: *Dieciocho minutos.*

¿Qué extranjero será tan afortunado que no tenga algo que dirimir en nuestras oficinas, ministerios o centros políticos? El doctor Dekker se dirige a un ministerio: los empleados de los ministerios —ya es tradicional, leed a Larra —no saben nunca nada de nada. Si supieran alguna cosa, ¿estarían empleados en un ministerio? El doctor Dekker camina por pasillos largos, da vueltas, cruza patios, abre y cierra puertas, hace preguntas a los porteros, se quita el sombrero ante oficiales primeros, segundos, terceros, cuartos y quintos,* que se quedan mirándole, estupefactos, mientras dejan *El Imparcial* o *El Liberal** sobre la mesa. En una parte le dicen que allí no es donde ha de enterarse; en otra, que desconocen el asunto; en una tercera, que acaso lo sabrán en el negociado tal; en una cuarta, que 'hoy precisamente, así al pronto,* no pueden decir nada'. Todas estas idas y venidas, saludos, preguntas, asombros, exclamaciones, dilaciones, subterfugios, cabildeos, evasivas, son como una senda escondida que conduce al doctor Dekker al descubrimiento de la suprema verdad, de la síntesis nacional, esto es, de que hay que *volver mañana.* Y entonces el ilustre doctor grita con más entusiasmo que nunca: *The best in the world!*; y luego echa mano de su cuaderno y apunta: *Dos horas.*

¿Podrá un extranjero que es filósofo, filólogo, numismático, arqueólogo, pasar por Madrid sin visitar nuestra Biblioteca Nacional?

El doctor Dekker recibe de manos de un portero unas misteriosas y extrañas pinzas;* luego apunta en una papeleta la obra que pide, el idioma en que la quiere; el tomo que desea, el número de las pinzas, su propio nombre y apellido, las señas de su casa; después espera un largo rato delante de una pequeña barandilla. ¿Está seguro el ilustre doctor de que la obra que ha pedido se titula como él lo ha escrito? ¿No se tratará, acaso, de esta otra, cuyo título le lee un bibliotecario en una papeleta que trae en la mano? ¿O es que tal vez el libro que él desea están encuadernándolo y no se ha puesto aún en el índice? ¿O quizá no sucederá que las papeletas estén cambiadas o que hay que mirar por el nombre del traductor en vez de empeñarse en buscar por el del autor? El bibliotecario que busca y rebusca las señas de este libro tiene una vaga idea... El doctor Dekker también tiene otra vaga idea, y escribe: *Treinta minutos*.

Pero es imposible detenerse en más averiguaciones: un amigo ha citado para tal hora al doctor Dekker, y el ilustre doctor sale precipitadamente para el punto de la cita. El insigne miembro del Real Colegio de Cirujanos de Londres ignora otra verdad fundamental de nuestra vida, otra pequeña síntesis nacional: y es que en Madrid un hombre discreto no debe acudir nunca a ninguna cita, y sobre no acudir, debe reprochar, además, su no asistencia a la persona que le ha citado, seguro de que esta persona le dará sus corteses excusas, puesto que ella no ha acudido tampoco. El doctor Dekker, al enterarse de este detalle trascendental, ha gritado de nuevo, henchido de emoción: *The best in the world!* Y al momento ha consignado en su cuaderno: *Cuarenta minutos*. ¿Habrá que decir también que el egregio doctor ha tenido que esperar a que pusieran la sopa, cuando ha regresado a su casa en demanda de su yantar, y que también ha escrito en su librillo: *Quince minutos*?

Nada más natural después de comer que ir a un café.

Atravesar la Puerta del Sol es una grave empresa. Es preciso hendir grupos compactos en que se habla de la revolución social, sortear paseantes lentos que van de un lado para otro con paso sinuoso, echar a la izquierda, ladearse a la derecha, evitar un encontronazo, hacer largas esperas para poderse colar al fin por un resquicio... 'Un hombre que viene detrás de mí —decía Montesquieu hablando de estos modernos tráfagos— me hace dar una media vuelta, y otro que cruza luego por delante me coloca de repente en el mismo sitio de donde el primero me había sacado. Yo no he caminado cien pasos, y ya estoy más rendido que si hubiera hecho un viaje de seis leguas.'*

Montesquieu no conoció nuestra Puerta del Sol; pero el ilustre doctor Dekker la ha cruzado y recruzado múltiples veces. Desde la esquina de Preciados* hasta la entrada de la calle de Alcalá, estando libre el tránsito, podría tardarse, con andar sosegado, dos minutos; ahora se tarda seis. El doctor Dekker hiende penosamente la turba de cesantes, arbitristas, randas, demagogos, curas, chulos, policías, vendedores,* y escribe en sus apuntes: *Cuatro minutos*. Y luego en el café, ya sentado ante la blanca mesa, un mozo tarda unos minutos en llegar a inquirir sus deseos; otros minutos pasan antes de que el mismo mozo aporte los apechusques del brebaje,* y muchos otros minutos transcurren también antes de que el echador se percate de que ha de cumplir con la digna representación que ostenta. El doctor Dekker se siente conmovido. *Doce minutos*, consigna en su cartera, y sale a la calle.

¿Relataremos, punto por punto, todos los lances que le acontecen? En una tienda donde ha dado un billete de cinco duros para que cobrasen lo comprado, tardan en entregarle la vuelta diez minutos, porque el chico —cosa corriente— ha tenido que salir con el billete a cambiarlo.

En un teatro, para ver la función anunciada a las ocho y media en punto, ha de esperar hasta las nueve y cuarto; si mientras tanto coge un periódico con objeto de enterarse de determinado asunto, la incongruencia, el desorden y la falta absoluta de proporciones con que nuestras hojas diarias están

urdidas, le hacen perder un largo rato. El doctor Dekker desborda de satisfacción íntima. ¿Os percatáis de la alegría del
astrónomo que ve confirmadas sus intuiciones remotas, o del
paleontólogo que acaba de reconstruir con sólo un hueso el
armazón de un monstruo milenario, o del epigrafista que ha
dado con un terrible enigma grabado en una piedra medio
desgastada por los siglos? El doctor Dekker ha comprobado
al fin, radiante de placer, los cálculos que él hiciera, por puras
presunciones, en su despacho de Fish-street-Hill.

Y cuando de regreso a su modesto alojamiento madrileño,
ya de madrugada, el sereno le hace aguardar media hora antes
de franquearle la entrada, el eximio socio del Real Colegio de
Cirujanos de Londres llega al colmo de su entusiasmo y grita
por última vez, estentórea y jovialmente, pensando en este
país, sin par en el planeta: *The best in the world!*

El famoso economista Novicow ha estudiado, en su libro
Los despilfarros de las sociedades modernas, los infinitos lapsos
de tiempo que en la época presente malgastamos en fórmulas
gramaticales, en letras inútiles, impresas y escritas (195
millones de francos al año dice el autor que cuestan estas letras
a los ingleses y franceses), en cortesías, en complicaciones
engorrosas de pesos, medidas y monedas.* El doctor Dekker,
original humorista y, a la vez, penetrante sociólogo, va a
inaugurar, aplicando este método a los casos concretos de la
vida diaria, una serie de interesantísimos estudios. Con este
objeto ha llegado a España, y marcha de una parte a otra todo
el día con el lápiz en ristre.* Pronto podremos leer el primero
de sus libros en proyecto. Se titula *The time they lose in Spain;*
es decir, *El tiempo que se pierde en España.*

BIBLIOGRAPHICAL ABBREVIATIONS

Astrana Marín: Luis Astrana Marín, *Vida ejemplar y heroica de Miguel de Cervantes Saavedra*. 7 vols. Madrid, 1948–58.

D.Q.: Miguel de Cervantes Saavedra, *El ingenioso hidalgo Don Quijote de la Mancha*. Ed. Francisco Rodríguez Marín. 10 vols. Madrid, 1947–9. The novel was published originally in two parts—1605 and 1615—and I refer to the work by its Parts and Chapters, e.g. *D.Q.* I, xx.

Imp.: *El Imparcial*. Madrid. The Spanish national daily newspaper in which *La ruta de Don Quijote* first appeared (4–25 March 1905).

1st ed.: Azorín, *La ruta de Don Quijote*. Madrid, 1905. The first book edition of the text; used as the basis of the present edition.

2nd ed.: Azorín, *La ruta de Don Quijote*. Edición ilustrada. Madrid, 1912.

OC: Azorín, *Obras completas*. 9 vols. Madrid, 1954–63 (vols. v and ix, 1st ed.; all others, 2nd ed.).

Apuntes históricos: Juan Alfonso Padilla Cortés, *Apuntes históricos de Argamasilla de Alba*. The unpublished manuscript [1912–13] is in the possession of the author's grandson, Don Juan Alfonso Padilla Amat.

NOTES

LA PARTIDA

This chapter first appeared in *El Imparcial* on Saturday 4 March 1905, preceded by the following editorial note:

> El notable escritor Azorín colabora desde hoy en las columnas de *El Imparcial*. Hoy sale de Madrid para describir el itinerario de Don Quijote en una serie de artículos que seguramente aumentarán la nombradía del original humorista.

p.1. tiene tres o cuatro pasos en cuadro, *it is three or four yards square*.

p.1. torno a gritar = *vuelvo a gritar*. Notice this use of *tornar*; it is frequent in Azorín.

p.2. le están a usted matando, a colloquial variant of *le están matando a usted.* In *D.Q.* I, v–vi, the housekeeper expressed similar concern about the effect of books on her master and helped the priest and the barber to burn part of his library.

p.2. ¡Jesús!, *Good gracious (me)!, Good heavens!*

p.2. ¡Todo sea por Dios!, *God's will be done!*

p.2(l.32). a, *from, uttered by* (cf. *Se lo he oído decir a* [by] *mi padre*).

p.2. la España castiza, *the true Spain of old, the real Spain of tradition.*

p.3. soportales ruinosos, *dilapidated arcades, tumbledown colonnades* (which surround the characteristic old squares of Spanish towns).

p.3. Carlos V o Carlos III. The Habsburg Emperor Charles V (Charles I of Spain, 1516–56) and the Bourbon Charles III (1759–88).

p.3. estas capillas . . . Santo Entierro, *these chapels of Our Lady of Anguish, of Our Lady of Sorrows or of the Entombment* (i.e. side-altars associated with the Passion, the corresponding images in many cases being taken out of their chapels during Easter Week and carried in procession through the streets of the town).

p.3. las tiendecillas . . . al aire, *the deep, dark little shops of haberdashers, of wax-chandlers, of saddlers, of drapers with their brightly-coloured blankets flapping in the breeze.* The blankets refer only to the drapers' shops, though this is not clear from either the original or the proposed translation.

p.3. bardas, *thatch-topped walls* (very characteristic of La Mancha).

p.3. de merienda, *picnicking.*

p.3. las mañanas radiantes y templadas del invierno. One would prefer to read *verano* in order to sustain the balance and contrast with *las noches de invierno*; also because Castilian winter mornings, however *radiantes*, are rarely *templadas*. *El Imparcial* and subsequent book editions, however, all read *invierno*.

p.3. lo que yo siento is the subject of the sentence: *Is it . . . that I feel?*

p.4. cacareos, sones and **campanadas** are the direct objects of **oír** (p.3).

p.4. Tal vez, si nuestro vivir, como el de don Alonso Quijano el Bueno. Thus in *Imp.* and 2nd ed.; 1st ed: *Tal vez, si* [sic], *nuestro. . . .* Alonso Quijano was the name by which Don Quixote was known before he took up his knightly adventures: 'Alonso Quijano, a quien mis costumbres me dieron renombre de Bueno' (*D.Q.* II, LXXIV).

p.4. recorriera. Apparently an imperfect subjunctive; in reality a

somewhat archaic descendant of an old pluperfect form (from the
Latin in -*erat*), now found only in relative clauses. It is used frequently by Azorín with preterite meaning, as in old Spanish
ballads. The effect is one of vagueness and nostalgia.

EN MARCHA (*El Imparcial*, Monday 6 March 1905)

p.4. Fonda de la Xantipa (the *x* is pronounced as *s*). Village inns in
Spain are generally known by the name of the proprietor, here the
christian name used familiarly with the definite article. The inn
where Azorín stayed is now a grocer's shop and store, and the
room he occupied has been converted into a stable for mules.
Xantipa's grand-daughter, Sinforosa, daughter of Mercedes, niece
of Gabriel, runs a more modest *fonda, la de la Sinforosa*, helped by her
own daughter and grand-daughter.

p.4. acabo . . . Argamasilla de Alba, *hats off, for I have just arrived at
the illustrious town of Argamasilla de Alba* (reputed to be Don
Quixote's native village, the *lugar de la Mancha* whose name Cervantes did not wish to recall, *D.Q.* I, 1).

p.4. mechinal, familiar term for a very small room; perhaps *box* or
den.

p.4. coche, *carriage* or *cab* rather than *car* (in the early days of
motoring *automóvil* was the usual word for *motor-car*).

p.5. la agitación del trasnocheo, *the bustle of the night's activities*
(which still continues later than in England).

p.5. torrecillas, *turrets, pylons*.

p.5. Y son luego . . . gritar, *And then it is the trolleys and donkey-carts
that begin to squeak and screech*.

p.5. redondos focos eléctricos, *round electric lamps*.

p.5. es llegado ya, *is upon us* (more vivid than *ha llegado ya*).

p.5. a par de mí, junto a la ventanilla, *beside me, close to the ticket-
window*.

p.6. Argamasilla . . . Cinco Casas. To reach Argamasilla from Madrid one takes the Seville train as far as Cinco Casas. There one
changes to the local Tomelloso train for the remaining nine miles.
Until 1914, however, there was no local line and the main-line
station at Cinco Casas was named Argamasilla after the nearest
important village (cf. *¡Argamasilla, dos minutos!,* p.7). There is a
contrast, then, between Azorín the outsider, who refers to the
station by its official name, and his new-found friend, *castizo man-*

chego (p.6), who uses the local name: *Argamasilla* (i.e. the station) *es Cinco Casas*. Local usage has prevailed: the station is now listed officially as Cinco Casas.

p.6. ocupáis los gobiernos civiles de las provincias, *you are in charge of civil administration in the provinces.*

p.6. mi flamante amigo es castizo manchego, *my scintillating* (or *sparkling*) *friend is Manchegan through and through.*

p.7. terreros y oteros, *mounds and hillocks.*

p.7. locamente . . . molinos . . . épicos. Remember that for Don Quixote they were giants (*D.Q.* I, viii; cf. below, Chapter xi).

p.8. la Pacheca. The popular and familiar use of the definite article with a feminine form of the surname to refer to the wife, widow or daughter of Pacheco (here presumably not the wife since the carriage is said to belong to her). Notice the immediately following description and consider the effects of this juxtaposition.

p.8. Señoras mías . . . 'más vaca que carnero' (*Imp.* and 1st ed.: '*más berza que carnero*'): **salpicón,** *salmagundi*; **duelos y quebrantos,** *eggs* (or *omelette*) *with fatty bacon*; **olla,** *stew*. The reference is to the opening lines of *Don Quixote:*

> En un lugar de la Mancha, de cuyo nombre no quiero acordarme, no ha mucho tiempo que vivía un hidalgo de los de lanza en astillero, adarga antigua, rocín flaco y galgo corredor. Una olla de algo más vaca que carnero, salpicón las más noches, duelos y quebrantos los sábados, lentejas los viernes, algún palomino de añadidura los domingos, consumían las tres partes de su hacienda.

The tone, too, is that of Don Quixote, with the same mingling of the then regular (i.e. not merely familiar) plural *vosotros* form and the deferential *vuestras* (or *vuesas*) *mercedes* form (cf. 'Non fuyan las vuestras mercedes . . . pero non vos lo digo porque os acuitedes ni mostredes mal talante', *D.Q.* II, 11). Azorín is in Don Quixote's village and he is seeking to identify himself with the Manchegan knight.

PSICOLOGÍA DE ARGAMASILLA (*El Imparcial*, Tuesday 7 March 1905)

p.8. un inmenso volumen. A novel of chivalry, of course.

p.9. Don Alonso Quijano el Bueno . . . en la pared.

En resolución, él se enfrascó tanto en su lectura, que se le pasaban las noches leyendo de claro en claro y los días de turbio en turbio; y así, del poco dormir y del mucho leer se le secó el celebro, de manera que vino a perder el juicio. Llenósele la fantasía de todo aquello que leía en los libros, así de encantamentos como de pendencias, batallas, desafíos, heridas, requiebros, amores, tormentas y disparates imposibles; y asentósele de tal modo en la imaginación que era verdad toda aquella máquina de aquellas sonadas soñadas invenciones que leía, que para él no había otra historia más cierta en el mundo (*D.Q.* I, i).

p.9. un pueblo andante, *a village on the move, a town errant* (cf. *caballero andante, knight errant*).

p.9. es posible que en 1575. There is a chronological discrepancy between Parts I and II of Cervantes' *Don Quixote* and this is reflected in Azorín's present chapter. Don Quixote's death was reported in the final pages of Part I (1605), but when he undertook the adventures narrated in Part II (1615) he knew of the publication and wide popularity of his earlier adventures: 'el día de hoy están impresos más de doce mil libros de la tal historia', Sansón Carrasco tells him (*D.Q.* II, iii), '. . . no hay antecámara de señor donde no se halle un *Don Quijote*'. In the lines under discussion Azorín accepts the Part I version, presumably because he wishes to associate the mature Don Alonso Quijano with the atmosphere of *hiperestesia nerviosa* that he finds in the 1575 report on Argamasilla prepared by order of Philip II. Later in the chapter, however, where he is pressing the importance of inherited influences, he assumes him to have been born in Argamasilla itself (*aquí había de nacer*, p.11), the offspring of a generation that was hunted from place to place by epidemics (1555–75) and eventually founded Argamasilla. If this were the case, Don Quixote, who was in his fifties when he died, would still have been alive in 1605.

p.9. el escribano público del pueblo . . . los alcaldes ordinarios . . . los señores regidores, *the town clerk . . . the justices of the peace* (or *magistrates*) *. . . the councillors*. The nearest corresponding modern Spanish terms are *secretario del ayuntamiento, jueces de paz* and *concejales*.

p.10. achaques, (*chronic*) *ailments*.

p.10. las Relaciones topográficas. Several volumes of the *Relaciones topográficas de los pueblos de España*, which Philip II ordered to be compiled 'para honrra y enoblecimiento destos reynos', have now been published, but most of those on the province of Ciudad

Real, in which Argamasilla de Alba is situated, still exist only in manuscript: in the library of San Lorenzo del Escorial, with an eighteenth-century copy in the Academia de la Historia in Madrid. For details of the report on Argamasilla, much used by Azorín in this chapter, see the Appendix (pp.218–20).

p.11. la Moraleja ... el cerro llamado de Boñigal. Near Ruidera and the castle of Peñarroya respectively (*Apuntes históricos*, pp.25–6, 35; see also §2 of the *relación*, Appendix).

p.11. se suele derramar la madre del río de Guadiana, *the main course of the River Guadiana is wont to overflow.*

p.11. pasa por esta villa y hace remanso el agua, *the water passes through this town and a backwater is formed.*

p.12. han pleiteado ... hidalguía, *have gone to law in support of their title of nobility.*

p.12. pecheros, *commoners.*

p.12. probar su filiación, *to prove their lineage.*

EL AMBIENTE DE ARGAMASILLA (*El Imparcial*, Thursday 9 March 1905)

p.13. el rastrear de las trébedes, *the scraping of the (pan-)trivets.*

p.13. sacude, usually *shakes*; thence *shakes* (or *beats*) *to get rid of dust*; here *flicks the dust off* (or *dusts*).

p.13. un bastidor de lienzo blanco, *a sheet* (lit. *frame*) *of white canvas.*

p.13. un ancho zócalo ceniciento, *a broad, ash-grey dado.* The *zócalo* is the lower part of a wall, different from the rest by its colour, material or projection. It is very characteristic of La Mancha, both inside and outside the houses, usually as a painted band of blue or grey about three feet high.

p.13. es de ancha campana, *it has a broad-hooded fireplace.* The *cocina de campana* is the centre of family life in the villages of La Mancha, 'tan bella y tan práctica para calentarse en ella, para charlar alrededor del fuego y para que el ama de casa cocine sentada', writes an enthusiastic Manchegan friend who laments the occasional misguided replacement of the traditional fireplace by one of those 'horrendos fogones al estilo de la capital'. But it is butane gas rather than the 'frightful kitchen-stove' that is now rapidly replacing the open fire as the most common means of cooking in La Mancha.

p.13. los cazos, las sartenes, las cazuelas, *the ladles, the frying-pans, the casseroles.*

p.13. la piedra trashoguera, *the stone chimney-back* (lit. *the stone behind the fire*).

p.13. la misa mayor, *high mass.* In Argamasilla, as in most Spanish villages, it is the second Sunday mass.

p.14. un patizuelo empedrado con pequeños cantos, *a small, cobbled patio.*

p.14. una galería, the characteristic corridor or gallery, usually enclosed, that in the larger Manchegan houses overhangs (and often runs all the way round, cf. p.18) the interior patio at first-floor level.

p.14. zaguán, *porch, covered entrance.*

p.14. secular, *age-old, of centuries.*

p.14. levantinas, *of Levante* (Azorín's own native region, in the east of Spain).

p.14. toda traba y ligamen, *all hindrance and restraint.*

p.14. limpia qualifies **bóveda.**

p.14. 700 vecinos, *700 heads of family* (more usually in modern Spanish, *cabezas de familia*). In accordance with general practice one multiplies the number of *vecinos* by four to estimate the total population. The figures for 1575 are taken from the *relación* on Argamasilla (§39). How would the effect on the reader be different if one incorporated into this sentence and the next the additional *fact* that in 1752 Argamasilla had only 215 *vecinos* and 160 houses?

p.15. una fuente humeante, *a steaming tureen.*

p.15. el Casino, *the Casino* (the local club, bar, café and meeting-place, to be found in most Spanish towns).

p.15. a seis reales, *at six reals* [per *arroba*, approximately three and a half gallons]. Cf. 'El precio del vino en estos pueblos [de la Mancha] fluctúa entre cuatro y ocho reales la arroba' ('Crónicas manchegas', in *El Imparcial*, 8 April 1905). A *real* is 25 *céntimos* (i.e. a quarter of a *peseta*), but prices have changed much: today the Manchegan farmer receives 50–60 *pesetas* for an *arroba* of wine (though wine is now measured officially by *hectogrados*, i.e. per hundred litres and according to its degrees of alcohol).

p.17. en una lentitud estupenda, *with* (or *amidst a*) *wondrous slowness.*

p.17. en definitiva, *in fine, in short.*

LOS ACADEMICOS DE ARGAMASILLA (*El Imparcial,* Saturday 11 March 1905)

p.17. Ariosto. The Italian Renaissance poet, Ludovico Ariosto (1474–1533), is best known for the epic poem from which Azorín's epigraph is taken.

p.18. Don Cándido's house is now the post office.

p.18. Buenos nos los dé Dios, *God grant it be so* (a frequent return greeting in rural areas of Spain; freely *And a good morning to you*).

p.18. un fornido aparador . . . testero, *a stout oak dresser stands out against an end wall.*

p.18. encuadrado en rico marco de patinosa talla, *with* (or *surrounded by*) *a rich frame of patinous* (or *weathered*) *carving.*

p.18. la casa que sirvió de prisión a Cervantes. The *casa de Medrano,* where Cervantes is said to have been imprisoned and to have written part of *Don Quixote.*

p.19. ¡Señor, Señor . . . tan enormes!, *Dear Lord, dear Lord, that one should have to hear such preposterous things!*

p.19. ¡Si se ha dicho . . . gallego!, *Why, it's even been said of Cervantes that he was a Galician.* This is an example of the frequent conversational use of *si* for emphasis: i.e. *If it has been said . . . [how can you possibly put faith in such views?]*; cf. *Si no puedo, But I can't; Si eso digo yo, But that's just what I'm saying; Si no la conoce, (Why,) he doesn't even know her.*

p.19. ¿Ha oído usted nunca algo más estupendo?, *Did you ever hear such a fine thing?* (emphatic *nunca,* instead of *alguna vez;* expects a negative reply).

p.19. llévesclo en buena hora, *take him away, please do.*

p.19. Cánovas. Antonio Cánovas del Castillo (1828–97), a noted Spanish politician. Tomelloso is five miles from Argamasilla and is considerably larger. Notice the characteristic rivalry (**en perjuicio de nosotros,** *to our detriment*).

p.19. don Rodrigo Pacheco. His portrait, a votive offering to the Virgin, can still be seen in the church at Argamasilla. Remember that Don Rodrigo was named in the 1575 *relación* (see p.12 of Azorín's text and the Appendix, p.220).

p.20. a pies juntillas, *firmly.*

p.20. la rebotica del señor licenciado don Carlos Gómez, *the back room of the shop belonging to Don Carlos Gómez, chemist* (or *the dispensary behind the shop of Don Carlos Gómez, B.Sc.*). As one of the few university graduates (*licenciados*) in the village, Don Carlos is distinguished by his title (cf. 'el bachiller Sansón Carrasco' in *Don Quixote*). The back of his shop serves as the local 'academy', the meeting-place of the village intelligentsia.

p.20. una ancha y tiesa gola, *a broad, stiff ruff.*

p.20. el Entierro. El Greco's famous painting, *El entierro del conde de Orgaz* (in the Church of Santo Tomé, Toledo).

p.21. a que no adivinan ustedes . . ., *I'll wager* (**apuesto** is understood) *you can't guess. . . .*

p.21. al momento, *at once, straightway.*

p.21. traen . . . a colación, *adduce . . . as evidence, quote . . . in support.*

SILUETAS DE ARGAMASILLA (*El Imparcial*, Tuesday 14 March 1905)

p.22. vuelta, *crook, (curved) handle.*

p.22. escritura, *deed, contract.*

p.23. derechos de la testamentaría, *charges on the will* (strictly *executive fees*, but the expression is often used by laymen in a more general sense to include estate duty [*derechos reales*] as well as the various official and executive charges).

p.23. estaba tasada, *(it) was valued* (**en,** *at*).

p.23. el intrincado enredijo, *the confused complexity.*

p.23. se marcha pasito a pasito, encorvada, rastreante, *she goes off slowly, bent low, shuffling (along).*

p.23. revuelve . . . papel timbrado, *(she) rummages in a drawer; takes out of it a thick wad* (or *bundle*) *of stamped* (i.e. official) *paper.*

p.23. el abultado cartapacio, *the bulky bundle* (or *folder*).

p.23. doblo, *I turn* (pages).

p.23. esta prosa curialesca, *this legalistic prose.*

p.24. Puerto Lápice. *Imp.* and 1st ed.: here *Puerto Lápice*; elsewhere *Puerto Lapiche* with occasional *Puerto-Lapiche*. The form *Puerto Lápice* is now usual both among the inhabitants and in maps and studies of the area, and it is this form that is used throughout the present edition. A *puerto* is of course a *mountain pass* as well as a *port.*

p.24. ¡Ea, todas las cosas vienen por sus cabales!, *Ay, everything turns out as it's intended* (lit. *all things come by their proper ways*). *Ea* as an exclamation of encouragement or determination is common to the whole of Spain (*¡Ea, vamos!*); in this more resigned sense of *Ah, well!* it is characteristically Manchegan.

p.25. Yo oigo sugestionado, *I listen entranced* (or *spellbound*) *to.*

p.25. ¿cómo quiere ... echado a perder, *how do you think I am* (or *expect me to be)? I'm a bit run to seed* (or *not the man I was*).

p.25. membrilleros ... retorcidos, *stunted quince trees, long, twisted, untended vines.*

p.25. pelliza, *donkey jacket.*

p.26. arregla sus mixturas, *prepares his concoctions.*

p.26. como de soslayo ... hierofantes, *slipping in, as it were, as though on the sly, like hierophants* (or *initiating priests*).

p.26. rodó ... burocráticos, *he moved in high administrative and bureaucratic circles.*

p.26. Nietzsche ... 'sobrepujarse a sí mismos'. The German philosopher Friedrich Wilhelm Nietzsche (1844–1900), laid stress on the importance of the will and, like Wagner in opera, extolled the super-man.

p.26. en tierras de este término, *in the area administered by this town, within this administrative area.*

p.27. Caballero de la Triste Figura, *Knight of the Doleful* (or *Sorrow-ful) Countenance.* This is the name that Sancho Panza gave his master because of his tired, hungry, toothless appearance after the un-fortunate battle with the 'armies' of sheep (*D.Q.* I, XIX). Consider the significance of this name in its present context.

p.27. una sillita terrera, *a small, low chair.* Basically **terrero** means *pertaining to the earth* and thence *made of earth* (*earthen*) or *earth-coloured* (*earthy*). By extension it may also mean *low* or, metaphoric-ally, *humble.* **Terroso,** like **terrero,** may be used to indicate both colour (*casuchas pardas, terrosas, negras,* p.57) and substance (*las paredillas terrosas,* p.58).

p.27. (salir) en los papeles, *(to be* or *appear) in the papers* (a some-what rustic expression in Spanish; normally *en los periódicos*).

p.27. largo, used frequently in La Mancha as an adverb (i.e. *lejos*).

p.28. atañaderas a los yantares, *pertaining to victuals* (or *repasts*). The style is of course ironical, as so often in Azorín.

p.28. Los galianos ... de pollos. Galianos are *minute pieces of un-leavened bread cooked in a thick stock and mixed in with pieces of hare and chicken* [and rabbit and partridge]. The art of the *galiano* has now almost disappeared, and the *torta* itself, formerly the shepherd's bread made on an open fire out in the country, is rapidly being superseded, because of roads and bicycles, by the more prosaic product of the village bakery.

p.28. gordezuelo, *plump, chubby.*

LA PRIMERA SALIDA (*El Imparcial*, Wednesday 15 March 1905)

p.28. In his brief first sally Don Quixote set out from his village alone early one morning, rode all day, spent the night in an inn (where he stood vigil over his arms and was dubbed knight by the landlord), and then returned home in search of money, provisions and a squire (*D.Q.* I, II–V). The meeting with Juan Haldudo and Andrés took place on the return journey (I, IV). There is no firm evidence that the inn Cervantes had in mind was in Puerto Lápice and there is some evidence to the contrary. Several inns claim the distinction.

p.29. liego . . . barbechera . . . se siembra. Because of fertilizers and more intensive cultivation, this three-year rotation system—(1) abandoned stubble (**liego, eriazo**); (2) fallow break: land ploughed but not sown (**barbechera**); (3) cereal break (**se siembra**)—has now been generally superseded by a two-year system of alternating cereal break and fallow break.

p.30. anchurosos bancales sembradizos, *extensive patches of sown land*.

p.30. dejadas las riendas de la mano, *with the reins loose before him*.

p.31. grajos, *choughs* (red-legged members of the crow family).

p.32. el famoso Puerto Lápice. It was here that Don Quixote hoped —and managed—to get 'elbow deep in adventures' (I, VIII). But this was during his second sally, when he was accompanied by Sancho Panza.

p.32. la posada del buen Higinio Mascaraque, now owned by Higinio's son, Pedro, and known as *la posada de Pedro*.

LA VENTA DE PUERTO LAPICE (*El Imparcial*, Thursday 16 March 1905)

p.32. Azorín had apparently spent not more than five days in Argamasilla—and may well have spent less—, for on 11 March the following report of his visit to Puerto Lápice appeared in Don José Antonio Alarcón's hand-written weekly, *La Parodia* (referred to by Azorín on pp.34–5):

EL IMPARCIAL EN PUERTO-LAPICHE: IMPRESIONES DE AZORIN

El notable escritor Sr. Martínez Ruiz, que con el pseudónimo de *Azorín* está públicando en *El Imparcial* una serie de artículos inspirados en los sitios y lugares que recorrió el ingenioso Hidalgo, ha visitado esta localidad para conocer las renombradas ruinas de la venta del Quijote.

Recomendado por nuestro amigo D. Francisco Escribano, director de *El País del Quijote*, le hemos atendido cual se merece y proporcionado cuantos datos puedan ser de interés, para que le sea dado cumplir del mejor modo la misión que le ha traído por esta tierra y que nos ha proporcionado la satisfacción y gusto de conocer a tan distinguido redactor de uno de los mejores periódicos de la Corte.

In the next number (18 March) Don José Antonio reproduced Azorín's *El Imparcial* article of 16 March (i.e. the present chapter) with an apology for his apparent immodesty in doing so and an assurance that he was merely following out his policy of reproducing everything published on the famous *venta*.

p.32. ¿qué tal? . . . ¿Cómo se presenta el día? ¿Qué se hace?, *how are things? . . . What have you got on today?* (or *What does the day hold in store?*). *What are we up to?*

p.33. Ya lo ve usted . . . trajinandillo, *See for yourself . . . (just) doing a few (odd) jobs.*

p.33. ¡Pues si es más bueno este hombre!, *Why, he's such a good man!* (cf. above, note to p.19: ¡Si se ha dicho . . .!).

p.33. trajineros y carreros, *carriers and carters.*

p.33. una carga . . . de acelgas, *a load of onions and a crop of seakale beet.*

p.33. Cesáreo . . . la quintería del Brochero, *Cesáreo is taking a wine-pump* (for transferring wine from one container to another) *to the Brochero farm station* (near Cinco Casas). A *quintería* is a farm building away from the farm itself and used as temporary accommodation for farm-hands working on that part of the estate.

p.33. vidriado, *glazed earthenware.*

p.33. se echa de ver, *one perceives, one notices.*

p.33. ¿Quién está aquí?, *Anyone in? Anyone at home?*

p.33. lleva . . . romo, *he has a small grey moustache, unpointed, clipped short* (lit. *obtuse*).

p.34. María. In the version reproduced in *La Parodia* the name María has been replaced throughout by Heriberta. An explanatory footnote reads: 'Por olvido de su verdadero nombre o por equivocación Azorín la llama María.'

p.34. enrojecen . . . recia, *they blush at their coarse earthenware crockery.*

p.34. el mantel de hule, *the oilcloth on the table* (lit. *the oilcloth table-cloth*).

p.34. los desportillos de los platos, *the chipped plates.*

p.34. besuqueos, *repeated kissings, slobberings (of affection).*

p.34. mire usted en lo que yo me entretengo, *see how I spend my leisure time, see what I amuse myself with.*

p.35. Esto . . . descabalada. This practice is still found in some of the smaller towns of Spain, though such newspapers tend not to outlive the enthusiasm of their founder, *La Parodia* first appeared in 1904 and was printed from 1906. The latest numbers known to the editor date from 1907.

p.35. la tal venta, *the (afore)said inn.*

p.35. 'Es pueblo . . . Yecla'. *Relaciones topográficas* (Argamasilla, §55).

p.36. Amadís . . . Tirante el Blanco. *Amadís de Gaula* (published in its final form in four volumes in 1508) and the Catalan *Tirant lo Blanch* (1490; Castilian translation 1511) are two of Spain's most famous novels of chivalry.

p.36. ¿No tenía . . . sus amores? Doña Catalina de Palacios, whom Cervantes married in 1584, was from the village of Esquivias, some twenty miles south of Madrid.

p.36. entre pícaros . . . actores (*Imp.* and 1st ed.: . . . *titiriteros trashumantes*), *amidst rogues, girls of the trade, members of the Santa Hermandad* (the old rural constabulary), *gipsies, justices, soldiers, churchmen, merchants, puppet-players, nomadic shepherds, actors.*

p.36. un cruelísimo y pertinaz achaque, *a vicious and persistent* (*chronic*) *complaint.*

p.36. este buen amigo de una hora, a quien no veré más. Don José Antonio died five years later, at the age of forty-eight.

CAMINO DE RUIDERA (*El Imparcial,* Friday 17 March 1905)

p.37. Azorín has returned from his first sally to the north-west; now he is in the inn at Ruidera, seventeen miles to the south-east of Argamasilla.

p.37. hétenos aquí ya, *here we are now.*

p.37. el mesón de Juan [Ramírez]. Now a private house.

p.37. traqueteo furioso . . . tumbos y saltos . . . relejes . . . pétreos

alterones, *violent shaking about . . . lurches and leaps* (or *joltings and jerkings*) *. . . ruts . . . stony prominences.*

p.37. **como velados,** *as though veiled.*

p.37. **desplegarían a trasluz,** *would spread out against the light.*

p.37. **un lienzo patinoso, desconchado,** *a flaked canvas dulled by the patina of years* (lit. *patinated*).

p.38. **Y debajo . . . 'de día y de noche'.** See note to p.19 (**don Rodrigo Pacheco**).

p.38. **Y a las piezas paniegas suceden los viñedos,** *And after the patches of wheat come the vineyards.*

p.38. **senos y rincones,** *hollows and nooks.*

p.38. **¡A ver . . . mis viñas!,** *How about finishing off and going along to my vineyards?*

p.38. **lomazos,** *hills.*

p.38. **los moradores de estos contornos,** *the inhabitants hereabouts* (or *of this area*).

p.38. **eminente terraplén,** *lofty terrace.*

p.38. **con sus barbacanas, con sus saeteras,** *with their loop-holes, with their arrow-slits.*

p.39. **a rodales,** *in places, in patches.*

p.39. **carrizales,** *reed-beds.*

p.40. **arrebozada,** *hidden away, tucked away.*

p.40. **que lleva al río,** *that leads* (*down*) *to the river.*

p.40. **fragoroso,** *noisy, with loud sound.*

p.40. **Estos, lector . . . Sancho Panza.** *D.Q.* I, xx.

p.40. **tras largos . . . tártagos,** *after much thrust and parry, after distressingly unfortunate occurrences.* Rocinante, secretly tethered by Sancho, had refused to attack and the hours of waiting were spent in verbal exchanges (*dimes y réplicas*) between knight and squire. During these exchanges the squire, frightened by the nearby noises, was obliged to obey *in situ* one of the more private demands of nature.

p.41. **trasquileo,** *shearing.*

LA CUEVA DE MONTESINOS (*El Imparcial,* Sunday 19 March 1905)

p.41. *D.Q.* II, XXII–XXIII.

p.41. **los llanos de barbecho . . . tenue.** The three-year rotation system again (cf. above, note to p.29).

p.41. **ésta es la cifra exacta.** In the 'revised and corrected' ninth edition of Richard Ford's *Handbook for Travellers in Spain* (London, 1898, p.150) Cervantes had been accused of inaccuracy on this point:

> The journey [from Ruidera] to Montesinos is about 12 English miles (In *Don Quixote* the distance is erroneously given as 2 leagues, or 6 miles only).

Azorín's words can perhaps be seen as a gentle rebuke to Cervantes' critic. For evidence of Azorín's knowledge of Ford's *Handbook*, though in a different edition, see p.49 of the text, together with the corresponding note.

p.42. acerada, enhiesta, *steely, erect.*

p.42. son sendas . . . conjetura, *(they) are partridge tracks and you have to pick them out by guess-work.*

p.43. 'Oh, señora . . . soñadores. The Knight, of course, commends himself to his Lady before venturing into the forbidding cave.

p.44. tupidas zarzas, cambroneras y cabrahígos, *dense* (or *thickly growing*) *brambles, box-thorns and wild fig-trees.*

p.44. en la peña . . . desnuda, *a bare vine twists its way over the smooth rock.*

p.44. con manchones, con chorreaduras, *with patches, with streaks.*

p.44. es preciso . . . a lo profundo, *one has to pick one's way among them in order to get down deep into the cave.*

p.44. bombeado, *rounded, convex* (freely *curving away beneath us*).

p.45. y encendiendo . . . lontananza, *and at the same time lighting bundles of brushwood and (dead) foliage, a track of lights can be seen rising in the distance behind us* (lit. *stepped lights*).

p.46. en la noche de los batanes . . . su princesa. *D.Q.* I, xx; I, viii and I, iv respectively.

LOS MOLINOS DE VIENTO (*El Imparcial*, Tuesday 21 March 1905)

p.46. Azorín is in Campo de Criptana, some twenty miles to the north of Argamasilla. It is here that Don Quixote did battle with the windmills (*D.Q.* I, viii).

p.47. el lejano pueblo. The railway station is half a mile from the town.

p.47. saledizas rejas rematadas en cruces, *jutting* (or *projecting*) *window-grills topped with crosses.*

p.48. unos ojos rasgados y unos labios menudos, *almond* (or *oriental*) *eyes* (lit. *wide-slit eyes*) *and small, fine lips.*

p.48. dentelleadas, (*tooth-*)*bitten, indented* (the characteristic serrated shadows of Manchegan eaves).

p.48. arroyo, *stream, drain, gutter,* thence *street.*

p.49. rejas coronadas de ramajes y filigranas, *window-grills crowned with branches and filigree work.*

p.49. las lamparillas de los retablos, *the retable lamps, the niche-lamps.* In Spanish towns and villages a religious image is often to be seen set into an outside wall and illuminated at night.

p.49. todo nos va sugestionando . . . del ensueño, *everything, little by little, binds us in its spell, weakens our resistance, unleashes our fantasy, projects* (or *plunges*) *us into realms of dreams.*

p.49. Los molinos de viento . . . cándido. The lines quoted from the Italian Renaissance scholar, Gerolamo Cardano (1501–76), are also quoted by Richard Ford in the passage referred to:

> The crack-brained knight might well be puzzled by these mills, for they were novelties at that time, having only been introduced into Spain in 1575, and had just before perplexed even Cardan, the wise man of his age, who describes one as if it had been a steam-engine: 'Nor can I pass over in silence what is *so wonderful,* that before I saw it I could neither believe nor relate it without incurring the imputation of credulity; but a thirst for science overcomes bashfulness' (*De Rer. Var.* I, x).

A Handbook for Travellers in Spain. 2nd ed., London, 1855, p.244.

Cardano's book first appeared in 1557, not in 1580 as Azorín suggests. Richard Ford gives no evidence in support of 1575 as the year in which windmills were introduced into Spain, and the matter-of-fact declaration in the 1575 *relación* on Campo de Criptana—'hay en esta sierra de Critana, junto a la villa, muchos molinos de viento donde también muelen los vecinos desta villa' (§23)—does not suggest that windmills were then a remarkable novelty. According to J. Caro Baroja windmills were probably introduced into Spain by the Arabs—if not by the Romans (see *Clavileño*, No. 12, 1951, p.59).

In view of the original (Latin *quod*, English *what*) one would like to read *esto que* for *que esto* (l.34), but this is not justified by any edition of the text.

p.50. se atalaya, *one surveys* (or *scans, looks out over*).

p.50. hormigueo = *hormiguero*, but no early edition of the text justifies the change.

p.50. como viernes de cuaresma, *being a Lenten Friday.*

p.50. el Cristo de Villajos. The hermitage of Villajos, visited by Azorín in the following chapter, lies about three miles to the N.N.W. of Campo de Criptana. Like so many places of pilgrimage in Spain (Peñarroya, pp.38–9, is another example), the now isolated sanctuary stands on the site of a long-since-abandoned medieval village and is the direct descendant of the village church, 'siendo muy visitada la ermita durante los viernes de cuaresma' (José Antonio Sánchez Manjavacas, *Campo de Criptana en la edad de oro*. Campo de Criptana, 1961. Note 13).

LOS SANCHOS DE CRIPTANA (*El Imparcial*, Wednesday 22 March 1905)

p.51. roncas bocinas, *raucous* (or *harsh-sounding*) *horns.*

p.51. unas enormes caracolas . . . la casa toda, *huge conch-shells that make the whole house thunder with their stentorian clamour.*

p.51. incautarnos, *to take possession* (a legal term).

p.52. una larga . . . carros, *a long line of two-wheel and four-wheel carriages, carts.*

p.52. el Centenario. The 1905 tercentenary celebrations of the publication of *Don Quixote*, Part I.

p.53. da unos zarandeos terribles, *rocks frighteningly from side to side.*

p.53. el angosto caminejo, *the narrow cart-track.*

p.53. tumbos y retumbos, *joltings and more joltings.*

p.54. un vago barrunto, *a vague glimmer* (or *inkling*).

p.54. lo que tenga a bien decirme don Bernardo, *whatever Don Bernardo should deign* (or *think fit*) *to tell me.*

EN EL TOBOSO (*El Imparcial,* Thursday 23 March 1905)

p.56. El Toboso, where Don Quixote's princess, Dulcinea, had her residence, is some nine miles to the north-east of Campo de Criptana. *Don Quixote* references in this chapter and the next are to Part II, ix–x, in which the Manchegan knight sought to visit his lady.

p.56. contra más. Local and incorrect for *cuanto más.*

p.57. veis los mismos . . . tenues. Notice yet again the three stages in the Manchegan rotation system.

p.57. con chimeneas . . . desportillados, *with bulging chimneys, with sun-galleries that belly and buckle ready to fall, with patio walls chipped and hollowed* (lit. *extensively chipped*).

p.58. redondas portaladas, *large arched doorways.*

p.58. muro de sillería, *block-stone wall* (i.e. a wall of worked, rectangular-shaped stones [*sillares*], as opposed to the *paredillas terrosas*, common walls of compressed earth).

p.59. destrozados, escarnecidos (qualifying **blasones**), *broken objects of scorn and ridicule.* The house is now even more abandoned than when Azorín was there, for the 'prosaic oil-mill' no longer functions. A recent radio appeal has made 115,000 pesetas (£690) available for the restoration of the house as a library and centre of Cervantine studies.

p.59. cuerpo del sol (cf. *cuerpo de Dios, cuerpo de mí*), *zounds* (or *ods bodikins*; cf. *God's body*).

p.60. sobre el fondo de una redonda puerta cegada, *against the background of an arched, blocked-up doorway.*

LOS MIGUELISTAS DEL TOBOSO (*El Imparcial*, Friday 24 March 1905)

p.60. que Miguel sea de Alcázar . . . era de aquí. The champions of Cervantes' Manchegan origin point to a baptismal entry in the parish register of Alcázar de San Juan, certifying that Miguel, son of Blas de Cervantes, was christened there on 9 November 1558. They further point to the genealogical tree, later mentioned by Don Silverio, according to which Cervantes' grandfather lived in El Toboso.

En el árbol genealógico que mencionamos consta concluyentemente la vinculación del autor del *Quijote* a El Toboso. Diego López de Cervantes, radicado en la villa de Madridejos, fue raíz de la numerosa progenie de este apellido, extendida posteriormente por toda la región. Y el propio abuelo del *genio de los genios* vivió en El Toboso. ¿No viene esta circunstancia en abono de la afirmación, por algunos tesoneramente sostenida, de haber nacido el glorioso Manco en Alcázar de San Juan? (Angel Dotor, *Estampas manchegas*, Bilbao 1947, pp.22–3).

But this evidence has convinced few Cervantine scholars (the *académicos* referred to on p.63) and Luis Astrana Marín, author of a seven-volume biography of Cervantes, is especially unpopular in Cervantine circles of La Mancha for his resistance to local claims. 'Patrañas y documentos falsos', he alleges, have played too great a part in such claims (v, 1953, p.236), and the Alcázar baptismal entry itself is 'una burda falsificación' (1, 1948, p.12; see also 1, 223–7); Cervantes cannot be shown to be related to any of the Cervantes families of La Mancha (1, 12). According to the generally accepted view, Cervantes was born in Alcalá de Henares in 1547, the son of Rodrigo de Cervantes and his wife Leonor, and he was christened there on 9 October of the same year.

p.61. Don Silverio . . . en tierras manchegas. *La ruta de Don Quijote* is dedicated to Don Silverio.

p.61. de medio punto, *round-arched.*

p.61. un bigote ceniciento . . . los labios, *a long ashen moustache that droops, unkempt (and limp), round the sides of his mouth.*

p.61. el rancio caballero, *the old-fashioned gentleman.* But much is lost by this translation, for *rancio* implies *steeped in the past,* and *caballero* means both *gentleman* and *knight,* and both expressions suggest a parallel with Don Quixote. In a translation something more of the original might be preserved by rendering *rancio caballero* as *the old-world Don Silverio* and the previous *don Silverio* as *the village don* (suggesting both *knight* and *teacher*).

p.61. antifrailesca, *anti-clerical.*

p.61. Propaladia. This was the title under which Bartolomé de Torres Naharro published his collected works in 1517. Among them are the poems referred to by Azorín: the satires and diatribes against the corruptions of the Church in Rome ('un mercado do se vende lo que nunca tuvo precio'). 1517 was also, of course, the year in which Luther published his ninety-five theses against the misuse of indulgences.

p.61. Garcilaso. The Spanish Renaissance poet, Garcilaso de la Vega (1503–36).

p.63. fallos inapelables, *inappellable rulings, judgements that allow of no appeal.*

p.64. En el escudo . . . la asegura. The fifteenth-century writer Juan de Mena described the Cervantes coat-of-arms as 'un escudo verde con dos ciervas de oro, paciendo la una', and one line of the family later added the rhymed device quoted by Don Silverio. It is doubtful, however, whether the author of *Don Quixote* descended from this family (on all these points see Astrana Marín, 1, 1–31).

p.64. contemplándome de hito en hito, *(trans)fixing me with his gaze.*

p.64. era media noche por filo, *it was on the stroke of midnight* (cf. *D.Q.* II, ix).

LA EXALTACION ESPAÑOLA
(*El Imparcial*, Saturday 25 March 1905)

p.65. enfundado, *sheathed, enveloped.*

p.65. azotado . . . cegado. This is the reading in *El Imparcial* and in the first book editions. Recent editors have corrected Azorín's grammar to make the adjectives agree, as they should, with the plural *vosotros* (cf. *azotados*, seven lines earlier). Why may Azorín have made this mistake?

p.66. del grande loco. The great madman, of course, is Don Quixote.

p.66. alinde, archaic for *steel.* Cf. 'De acero el espejo, porque de acero los había antaño' (*OC* II, 1025).

p.66. sobre aviso, *on their guard.*

p.67. ¿Dónde es el fuego? . . . El fuego es en la escuela. The deictic use of *ser*: almost *Where is it that the fire has broken out? It is in the school.* Dangerous to imitate.

p.67. encantador malandrín, *evil* (or *vile*) *enchanter.*

p.67. los vecinos tornan a salir escapados, *again the people* (or *local inhabitants*) *rush out of their houses.*

p.67. mil cábalas, *countless conjectures* (or *suppositions*).

p.68. chusco, (*practical*) *joker.*

PEQUEÑA GUIA . . .: 'THE TIME THEY LOSE IN SPAIN'

This chapter was not printed in *El Imparcial*; it first appeared in the 1905 edition of the book.

p.68. el doctor Dekker. 'El famoso doctor Dekker no existe [. . .]; el doctor Dekker soy yo mismo' (*OC* VII, 178–9). A perusal of Medical Registers, Lists of Fellows (F.R.G.S. as well as F.R.C.S., since Mr Dekker is also referred to as *geógrafo*), travel bibliographies and the British Museum catalogue confirms the fact. Mr Dekker and his book are Azorinian fictions. Fish Street Hill, on the other hand, where Mr Dekker is stated to have rooms, does exist: by the Monument in E.C.2. Perhaps Azorín came to know the street during June 1905 when he was in London for a few days covering the state visit of Alfonso XIII for the newly established Spanish daily, *A B C* (*OC* III, 866–79).

p.69. Capdevielle . . . Baena . . . Ibarra. The owners of the hotels referred to immediately afterwards.

p.69. el Hotel de la Paz . . . el de París . . . el Inglés. These were three of the principal hotels in Madrid at the beginning of the century. The first, in the Puerta del Sol, the main square of the capital, no longer exists; the París (Puerta del Sol) and the Inglés (Calle de Echegaray) are still important, though somewhat out-categoried by more modern luxury hotels. A writer of today would produce a similar effect by invoking the Palace, the Ritz and the Castellana Hilton.

p.69. caminando avizor de una parte a otra, *wandering ever watchful from place to place.* In seeking to explain Azorín's pen-name, scholars have thought of *azor* (*goshawk*), the keen-sighted bird of prey that looks down from on high, and of the verb *azorarse* (*to take fright, shy away*), which suggests the author's timidity and bewilderment. It may also be relevant to point out that *Azorín* is almost an anagram of *avizor* and one can hardly think of a word that better describes the *pequeño filósofo*'s scrutiny of the world around him.

p.69. el chocolate, *his chocolate* (drink), *his cocoa.*

p.70. no es óbice para que él saque, *is no impediment to his taking out.*

p.70. oficiales primeros . . . quintos. Azorín produces an ironic effect by adding to the three numbered categories that exist in the Spanish Civil Service.

p.70. El Imparcial o El Liberal. Liberal newspapers of the time.

p.70. 'hoy precisamente, así al pronto', *just today, without due notice* (or *straight off the cuff*). The characteristically evasive expressions of inefficient bureaucracy.

p.71. pinzas. In the Biblioteca Nacional the word **pinza** now refers simply to the metal tally (*placa de metal*) that is handed to the reader on entry to the Reading Room, indicates his seat number and is given up when books are requested. It may originally have incorporated a clip to hold one's request forms (*papeletas*) and have taken its name from this.

p.72. 'Un hombre . . . un viaje de seis leguas'.

Un homme, qui vient après moi et qui me passe, me fait faire un demi-tour; et un autre, qui me croise de l'autre côté, me remet soudain où le premier m'avoit pris; et je n'ai pas fait cent pas, que je suis plus brisé que si j'avois fait dix lieues (From a description of life in Paris; Montesquieu [1689–1755], *Lettres persanes*, Letter 24).

p.72. Preciados. A street that runs into the Puerta del Sol. The first edition of *La ruta* reads *del Crédito Lyonés*, but by 1912, the year of the second edition, this bank had moved from the Puerta del Sol, and Azorín changed his text accordingly.

p.72. El doctor Dekker hiende . . . vendedores, *Doctor Dekker forces his way with difficulty through the mob of unemployed civil servants, street orators, petty thieves, political agitators, priests, chulos* (Madrid low-class dandies), *policemen, street-vendors.* The Puerta del Sol at the turn of the century was a popular meeting-place, 'the rendez-vous of the newsmonger, the scandal-monger, the place-hunter, and of every other idle do-nothing Madrilenian' (the reviser of Richard Ford's *Handbook*, 9th ed. 1898, p.43), 'foro popular ciudadano, lleno de políticos callejeros, de vagos y de cesantes' (Pío Baroja, *Memorias*; cit. L. S. Granjel, *Panorama de la Generación del 98*, Madrid, 1959, p.29), and was renowned for its 'incómodo enjambre de vagos, plantones, golfos, mercachifles al menudeo y paseantes en corte, que invaden la acera' (Mariano de Cavia, in *El Imparcial*, 8 February 1905).

p.72. los apechusques del brebaje, *the appurtenances of the beverage* (or *brewage*).

p.73. El famoso economista Novicow . . . medidas y monedas. In his book *Les Gaspillages des sociétés modernes* (Paris, 1894) J. Novicow urged the economic advantages of brief, straightforward linguistic expression, with the written language as a faithful reflection of the spoken language. The saving in labour and materials, he estimated, from the use of a more phonetic form of writing in French and English would be sufficient to pay for the construction of the Trans-Siberian railway.

p.73. en ristre, *at the ready* (lit. *in lance-rest*).

GUIDANCE TO CRITICAL READING
AND COMMENTARY

I. LA PARTIDA

Oppressed by the monotonous sameness of life and by his inability to find inspiration for his writings, Azorín resolves to visit the places associated with that other malcontent and seeker after illusion, Don Quixote.

The chapter opens abruptly with an action. It is followed immediately by an indication of the author's state of mind and a suggestion of its causes and effects: the feeling of life's monotonous repetitiveness; the confined room from which the author's mind wanders to the *patio*; the white sheets of paper that he is unable to fill. When the initial action is repeated, it appears as a resolution, an attempted break away by the author from his sadness and lack of inspiration. But again the sadness returns, and again we are reminded of the unused sheets of paper. But now there is an indication of the author's solution to his depression (*una maleta*). Notice how the *blancas cuartillas* and the *maleta* have both been made to stand out (and not only by the use in each case of the same verb, *destacar*). And notice how these two elements, the one a cause of despair and the other a means of escape, are brought together in the next sentence. But Azorín has apparently not yet decided where he will go. The insistence in these first paragraphs is on the author's desire to escape from his life in Madrid, not on his desire to visit any particular place. Notice how, through the chapter, the emphasis gradually changes. Notice how, with the help of Doña Isabel, Azorín seems to come step by step to localize his intentions (the reflections prompted by her sigh are especially relevant and should be examined closely).

And yet we know from external evidence that this is untrue. We know that Azorín was about to set off on a journalistic commission for *El Imparcial* and that he had already received his 'instructions' from the editor (*OC* VI, 193). Why, then, has he misinterpreted the facts? How is the journey-author relationship thereby changed for the reader? We know, too, that despite the sadness and resignation that run through this chapter (*no tengo más remedio que . . ., tengo que . . ., he de . . .,* etc.; note examples), Azorín's collaboration in the country's most important newspaper was the fulfilment, 'al cabo de muchas tentativas infructuosas' (*OC* VI, 227), of a personal ambition. But there is little evidence of satisfaction with present reality in this chapter. How can the change be explained? (Has Azorín's good fortune perhaps been 'recollected in tranquillity'? Why should he see his situation differently on reflection?) How does the change affect the initial tone of the book, and what is its relevance to the figure of Don Quixote?

Notice evidence of Azorín's state of mind and its alleged causes. Notice, especially, evidence of his dissatisfaction with the present, of his nostalgia for the past and of his hope for the future. Examine closely the paragraph beginning *Después yo me quedo solo con mis cuartillas* (pp.3–4) where these different elements are gathered together and find their solution in the figure of Don Alonso Quijano, *nuestro símbolo y nuestro espejo.* Consider the significance of these last words.

II. EN MARCHA

Azorín has just reached Argamasilla de Alba, the alleged village of Cervantes' hero, and he reviews his day: from being awakened in the morning in Madrid to his installation in the inn at Argamasilla, some one hundred and twenty miles away to the south.

Notice, first, the presentation of the city (turmoil in the daytime and impassivity—and even inhumanity—in the silence of early morning). But the author is leaving the city behind. He is on the threshold of adventure and his excitement reveals

itself in his description of the scene at the station: the 'awakening of human energy', the insistence on ties of affection
(*simpatía profunda; una sincera amistad*), pointers to the ordinary
people of La Mancha whom he is going to meet. The author
is delighted and gives himself up to *especulaciones filosóficas*
whose very triteness and scant justification—like the insistence
on his ties of affection—is perhaps an indication of his determination to rediscover happiness. But the journey to Argamasilla is a long one and the impression is one of increasing
monotony, broken momentarily by the glimpse of a windmill,
then of more windmills, then by the guard's warning of
arrival. Azorín's excitement is rekindled, and it reveals itself,
characteristically, in an arabesque of feeling and imagination
(p.8). Finally, in the inn at Argamasilla Azorín seeks to
project himself into the world of the Manchegan knight.

In 1905 the only morning train from Madrid to the station
of Argamasilla was the 7.30 a.m. *tren mixto*, arriving at 2.31
p.m. From the station to the village was a further nine miles
by road in the public coach. How important a part do such
details play in this chapter? Notice that the seven-hour train
journey is reviewed in a single paragraph. Notice, too, that
though the author is looking back on his day, the presentation
is not primarily narrative; he takes his stance in different
moments of time and uses each as a starting-point for description or probing or reflection or emotion: *he abierto el balcón*; /
*aún el cielo estaba negro. . . . / Yo me he vestido . . .; / un coche
pasaba* (p.4); *Las calles aparecen desiertas, mudas*; / *parece que . . .*
(p.4); *Yo llego a la estación. / ¿No sentís vosotros . . .?* (p.5);
*El momento de sacar nuestro billete correspondiente es llegado ya. /
¿Cómo he hecho yo . . .?* (p.5), etc. During the description or
probing or reflection or emotion, time passes unnoticed and
we find ourselves in another moment of time, established, as
it were, on another observation post. And as the here-and-now
is for Azorín a point from which to survey or to meditate on
the present, so also it is a point from which to survey the past
and the future. He is ever conscious of himself as a point
within the flux of time:

después de los afanes del día, las casas [. . .] nos muestran
en esta fugaz pausa, antes de que llegue otra vez el inminente
tráfago diario, toda la frialdad [. . .] (p.5)
todo el paisaje que *ahora* vemos es igual que el *paisaje pasado*;
todo el paisaje pasado es el mismo que el que contemplaremos *dentro de un par de horas* (p.7).

III. PSICOLOGIA DE ARGAMASILLA

In Chapter I Azorín gradually defined his quest, and at the end
of Chapter II he projected himself and his reader into Don
Alonso's life and dreams. Chapter III begins and ends with a
glimpse of the noble Manchegan himself, not yet knighted,
reading and living in imagination one of his beloved tales of
adventure.

Examine closely the first sentences of the chapter. Notice
the author's insistence on the careful observation of details.
A fictitious character of the past is presented as though he
were a living person of the present. Or is it we who are projected into the past? Read the first chapter of *Don Quixote*,
which Azorín has taken as his starting-point, and pay special
attention to the passage quoted in the notes (p.78). How is
Azorín's treatment different from Cervantes'? How does he
seek to convince us of Don Alonso's real-life existence?

Having evoked Don Alonso in his restlessness and his longing, Azorín then presents him to us as the supreme representative of the psychology of Argamasilla as it is revealed in
the *Relaciones topográficas*. Study the Appendix (pp.218–20) and
compare closely the passages there quoted with Azorín's
account of them. Of course, the Appendix itself is a selection
based on Azorín's and the significance of his omissions is therefore not apparent (notice, however, that he omits references to
the village's prosperity). Where Azorín does base himself on
the *Relaciones*, the long-winded, legalistic language of the scribe
has given way to a much lighter, more concise form of

expression (notice especially his rendering of the preamble), and Don Luis de Córdoba's request to be excused appointment has been developed into a delightful scene (compare Azorín's presentation of Don Alonso at the beginning of the chapter). But Azorín allows himself more liberties than these with his source. Note them and consider their significance.

Now observe the following words:

> Todas las cosas son fatales, lógicas, necesarias; todas las cosas tienen su razón poderosa y profunda. Don Quijote de la Mancha había de ser forzosamente de Argamasilla de Alba (p.9).

This is a clear statement of determinism: the notion that all phenomena are interrelated in a vast network of causality, each element being at once result and cause. Examine Azorín's evidence for considering Don Quixote to be a characteristic product of the psychology of Argamasilla. How do you think a psychologist's or a sociologist's treatment might differ?

IV. EL AMBIENTE DE ARGAMASILLA

In the previous chapter Azorín invoked racial influences on Don Quixote's character; now he emphasizes environmental influences. Examine these and trace the lines of Azorín's determinist thought with particular reference to page 14 (with its climax in *¿No es éste el medio . . .?*) and page 17 (where the earlier generalization is exemplified in the figure of Don Alonso: *¿no es éste el medio . . .?*).

But this is not a scholar's approach. Azorín starts from his own personal experience of the environment of the village. He has lost all notion of time and space because nothing happens to give him the necessary points of reference. Time passes, but its passing is not registered by vital action; it is imposed upon the author from outside by elements that mark the same slow passage of time in the same way day after day. And though he may wander through the streets of Argamasilla, Azorín finds nothing to localize his wanderings; only the occasional glimpse of a passing *labriego* or of *un galgo negro, o un galgo gris, o un galgo rojo*. The inn and the casino are his only fixed points and in neither can he establish contacts: in the inn his greetings and his questionings evoke no reply; the men in the casino are concerned solely with their vines; the author's only friends are the cock and the cat.

Notice the following points and consider their relevance to the atmosphere described: the author's references to the Levante (p.14) and his evocation of the *rápida tregua* (p.16); his indications of imposed action (of the type *un gallo canta* [. . .]. *Yo he de levantarme*, p.13); and his insistence on recurrent elements (the cat and the cock, the *galgo*, the *estufa*, conversations and attempted conversations; at times with a significant change from the indefinite to the definite article).

Consider the view that the logical centre of the chapter is *¿No es éste el medio . . .?* (p. 14) and that the emotional centre is *¡Ay, Jesús!* (p.16). And what is the effect on these last words of the lines immediately following? Are you convinced logically, in view of the characters presented, that this environment does produce Quixotic idealists? And, more important, are you convinced emotionally? If you find a difference, can you explain it?

After considering the above points, it would be valuable to examine the following passage in which Azorín reflects on the influence of provincial life—'en un pueblo de la costa de Granada' (Angel Ganivet, *OC* II, 13)—on Ganivet's autobiographical protagonist, Pío Cid:[1]

El pueblo es la soledad, la monotonía, la inacción exterior; todos los días vemos las mismas caras; todos los días

---

[1] Angel Ganivet, famous especially for his *Idearium español* and for his two Pío Cid novels, was born in Granada in 1865 and committed suicide in Riga, on the Baltic, in 1898. Azorín's essay forms part of a volume of tributes by contemporaries and near-contemporaries of the deceased writer.

repetimos las mismas palabras. El paisaje es perdurablemente el mismo; a la tarde, vosotros recorréis, con los
mismos pasos que ayer y que mañana, el mismo camino que
serpentea entre colinas yermas o se aleja, recto, interminable,
por la llanura inmensa. Por la noche, en el Casino solitario,
permanecéis, absorto, inmóvil, mientras el viento ruge
fuera, o un silencio profundo, sólido, envuelve la ciudad
entera, que duerme. Y en este sosiego provinciano, ante
las mismas caras siempre, ante el mismo paisaje siempre,
vuestro espíritu va divagando por las regiones del ensueño,
y vuestro yo se crece, se aisla, se agiganta, se desborda hasta
en vuestros menores piques y obras . . . .

('La psicología de Pío Cid.' In *Angel Ganivet*, Valencia,
1905, pp.50–1)

A different character, a different village, a different part of
Spain; but very similar conclusions. What do you think is the
significance of this? The obsessions revealed in Chapter I are
relevant.

V. LOS ACADEMICOS DE ARGAMASILLA

In Chapters V and VI Azorín introduces us to some of the
people he has come to know during his stay in Argamasilla:
first the *académicos*; then a number of other characters.

In this chapter Azorín is happy. He has escaped from the
feeling of oppressiveness and stagnation that was emphasized
in the previous chapter and he finds delight in the 'Quixotic'
enthusiasms of the local *académicos*. Here he finds *discreción* and
amabilidad, here he makes contact with people, here he finds
buenos hidalgos who share his enthusiasm for the Manchegan
knight. Perhaps they even surpass him in their enthusiasms.

What characteristics of the *académicos* seem to give Azorín
pleasure? Several of the qualities that he most emphasizes have
already been attributed to other characters in the book (starting

with Doña Isabel) and will reappear frequently. Moreover, Azorín looks for related qualities in rooms and buildings. Notice them as they appear.

In his meeting with the *académicos* Azorín is content. On the other hand, the present-day *académicos* of Argamasilla have reservations about his portrayal of their predecessors. Can you suggest reasons?

Now consider the chapter in its relationship to the preceding one. Imagine the reality of a typical day in Azorín's brief stay in Argamasilla: a conversation, perhaps, with people at the inn; suggestions about the inhabitants he might wish to meet—the priest, the doctor, the schoolmaster, the mayor (they are the notables to whom one is referred constantly in one's wanderings through the villages of Spain)—; a walk round the village itself; a visit, perhaps, to one of the local figures; a call at the casino; a chance meeting with Don Luis or Don Antonio or Don Francisco. . . . Why has Azorín presented his real-life experiences in separate and very different chapters? How would Chapter IV have lost its effect if elements from Chapter V had been introduced into it? A sixteen-hour day can still seem unendingly long and lonely even if half of it is taken up with activity and social contacts. But would a five-page chapter be able to reproduce this over-all effect of slowness and solitude if half of it were devoted to describing activity and social contacts? Could it be that Azorín deforms reality in order to present it more faithfully? And may the same not be true of his treatment of housing and population statistics on pp.14–15? (See the corresponding Note, p.80.)

VI. SILUETAS DE ARGAMASILLA

Azorín presents, in their alleged essential outline (*siluetas*), four more local characters: La Xantipa, Juana María, Don Rafael and Martín.

Notice that La Xantipa's first utterance is presented as

recurrent (*de cuando en cuando*) and it recalls her only utterance in Chapter IV. Azorín has not reported the other *dos o tres veces* that discretion requires him to have talked to her before probing her sorrows. He confines himself to what he feels to be relevant and characteristic. How does he emphasize La Xantipa's misfortunes? How does he evoke her inability to cope with the legal machinations in which she has become involved? Notice the acceptance implied in *Yo no quería creerlo*, instead of a determined *Yo no quise* (i.e. refused to) *creerlo*; notice the contrast between *Ella quería vender* and the repeated *tuve que vender*; and notice the role of Gabriel. The author's presence has rekindled their hope of salvation (*ella me mira emocionada*; *Gabriel me mira también*; *Mercedes me mira también*), but we know, though they do not, that Azorín also is confused; he can do nothing. Examine the use of silence in this section, and look closely at the last sentence, noting especially the contrast *no me doy cuenta . . . pero siento . . .*, and the generalization from the here and now, *este momento, esta casa, estas figuras*, to the *soplo de lo Trágico* (and in this latter respect compare the presentation of the *figuras fantásticas* in the casino [p.17] and of the *viejas figuras de hidalgos castellanos* at the end of Chapter V).

In the section devoted to Juana María there is a revealing declaration by the author of his emphasis on details of the here and now (*Vosotros entráis . . . tocan un mueble*; in the light of this passage reconsider the first sentence of Chapter III). But notice that in the opening lines of the 'silhouette', after the initial description, the probing for details is laid aside in favour of the all-important statement that Juana María is *manchega castiza*. Why is Azorín impressed by Juana María as he is not impressed by the *damas*? What similarities does he find, and what differences? Examine the significance, in their context, of the words *si estáis en la posada* and *como resumen o corolario a lo que se iba diciendo* and *Esta es la mujer española*. Is Azorín really writing about an individual girl called Juana María? Consider the resemblances between this 'silhouette' and the preceding one.

Don Rafael had a brilliant position in the world of politics; now he is a broken man. What similarities do you notice between his physical state, his mental state and the state of the property in which he lives? What is the effect of these similarities on the reader? Examine closely the presentation of Don Rafael in the light of comments on the preceding 'silhouettes', noting especially (but not exclusively) the progression from present details to general reflections.

The three characters so far presented have urged upon us the misfortunes of time's passing: —*ya lo sabéis*— *desdichas, muertes, asolamientos, ruinas*, the slipping away of promise and illusion. The fourth character, however, Martín, greets the offer of future satisfaction with good-natured irony. And since he is not tempted by illusion, so also he is not haunted by disillusion. He is intent on enjoying more and more fully each successive present moment. *Y ésta*, comments Azorín, *es una grande, una suprema filosofía*, etc. (p.28; progression again to a general observation). But remember also the *profunda atracción* for him of broken characters like Don Rafael (p.26). Is there a contradiction here? What do you feel is Azorín's own attitude? (Notice especially the last lines of the chapter and relate them to Azorín's view of the recurring sameness of life.) How is Azorín's own irony of presentation relevant here?

Examine the unity of this chapter. How individualized are these four characters? How do they belong together? What do they contribute to the book so far?

VII. LA PRIMERA SALIDA

In Chapters VII and VIII Azorín describes his first sally: to Puerto Lápice where Don Quixote is alleged to have been knighted. In Chapter VII he presents his twenty-eight-mile journey by road to the Puerto; in Chapter VIII he will evoke his visit with the local doctor to the remains of the famous inn.

In the first sentence of the chapter Azorín gives an admirable summary of what he does *not* do.[1] There is in this chapter no impartial summary of the day's events; much less is there a presentation of all the details and commonplaces of a ten-hour journey. Instead, the author evokes, in characteristic fashion, a succession of isolated moments in his journey—(1) 6 a.m., (2) shortly after 7 a.m., (3) on sighting the hills of Villarrubia, (4) 11 a.m., etc. (there are nine moments in all)—and he takes his stand successively in each of these moments of time to survey the scene around him. But his survey is temporal as well as spatial. Each moment, for Azorín, is a mere instant in the flux of time, and from his successive present moments he recalls the past that he has left behind: *ya fuera del pueblo* (2), *Ya han quedado atrás . . .* (3), *Ya llevamos caminando cuatro horas. . . . Atrás, casi invisible, ha quedado . . .* (4), etc. He considers, also, what still awaits him: the road stretching away in front (2), the illusion of a distant—and non-existent—village (3), the hills that he is now approaching (4), etc. Each present moment, then, is like a watch-tower on space and time. But it is also a spring-board to meditations: on his delight in the freshness of early morning (1), on the Manchegan system of crop rotation (3), and very especially, in the rest of the chapter, on Don Quixote who also travelled along this route (4, 5, 6, 8). Consequently, if Azorín does not tell his reader everything he does and everything he sees in his journey to Puerto Lápice, he does tell him much that he does not do (physically) and much that he does not see. In his own present contact with the Manchegan countryside, Manchegan towns and Manchegan people, Azorín finds a starting-point for his own arabesques of feeling and reflection.

Now notice, in the successive moments of time referred to

[1] For a well-known and similarly successful disarming of an audience, recall Mark Antony's lines:

> I come not, friends, to steal away your hearts;
> I am no orator, as Brutus is;
> But, as you know me all, a plain, blunt man . . . .
> (*Julius Caesar*, III, ii)

above, a gradual progression from excitement to monotony (In this point as in others Chapter II is similar). And observe the increasingly large part given up to reflections as the journey proceeds. Notice, too, how Don Alonso Quijano is presented as the incarnation of the author's own reaction to the Manchegan countryside (and in this respect consider the significance of the repeated demonstrative in *Por este camino, a través de estos llanos, a estas horas precisamente* . . ., p.30).

Finally, examine Azorín's use of repetition and of overlapping of meaning (i.e. repetition of the notion without repetition of the word, as in *el ánimo desesperanzado, hastiado, exasperado* and *la llanura es la misma; el horizonte es idéntico; el cielo es el propio cielo radiante; el horizonte es el horizonte de siempre, con su montaña zarca*), and examine the coaction of substantival repetition and adjectival overlapping and gradation in *la llanura ancha, la llanura inmensa, la llanura infinita, la llanura desesperante*. What is the effect of these things on the reader? What qualities—in the scenery and in his own reaction to the scenery—does Azorín most emphasize?

VIII. LA VENTA DE PUERTO LAPICE

Apparently encouraged by the maid's enthusiastic reference to Don José Antonio, Azorín decides to go and see him. It is not yet seven o'clock but the village is awakening and some of the locals have already set out for neighbouring towns and villages. Here contrast my own generalized, anaemic, milk-and-water summary of these happenings with Azorín's vivid presentation of the actual, individual events. Recall his dislike of burying individuals in collective nouns (*'todos' es Juan, Ricardo, Pedro, Roque, Alberto, Luis, Antonio, Rafael, Tomás, es decir, el pequeño labriego, el carpintero, el herrero, el comerciante, el industrial, el artesano*, p.6) and his skill in recreating for his reader the actual experience of activity—or inactivity—that he himself has known (*los faroles de los mozos que pasan, cruzan,*

giran, tornan, marchan de un lado para otro, p.5). You will have
noted many such examples by now. There are further, very
obvious, examples in the paragraph beginning *Yo decido ir a
ver a don José Antonio* . . . (with a general deduction at the end
of the paragraph).

And yet, despite this vivid communication of personal per-
ceptions, is one convinced that these arise always from an
impartial view of reality as it really is, of reality as it would
appear to any acute and sensitive observer? Consider the
presentation of Don José Antonio and his wife. Notice the
use of *tal vez*, of *acaso*, of *quizá*, as Azorín supplements
observed reality with his own hypotheses and imaginings. Is
it in fact Doña María who is presented, or is it a typical *señora
de pueblo*? Perhaps it is significant that Azorín forgot her real
name (above, p.85): real names individualize; Azorín does not.
But in saying this we appear to be contradicting what was said
in the previous paragraph about Azorín's insistence on individual elements. Is there such a contradiction, or can the two
characteristics be reconciled? Consider, for example, how
hypotheses and imaginings, too, may take on the detail and
the vividness of observed reality (in the paragraph beginning
Doña María se levanta, p.34). And recall Juana María: in her
silhouette Azorín appeared to proceed from the particular
(Juana María) to the general (*la mujer española*); here the progression appears to be in the opposite direction, the general
(*estas señoras de pueblo*) serving to characterize the particular
(Doña María). Is there really a conflict? Azorín is clearly concerned both with the individual observed detail and with the
general truth that can be associated with it. Can the sensitive
observation of physical reality and the author's intense subjectivity here come together to offer a solution of the problems
posed in this paragraph?

The famous inn is almost non-existent; only the ground
itself and a few ruins remain as a reminder of its former
activity. Puerto Lápice, like Argamasilla, was once a cross-
roads of trade and travel. Here Cervantes stayed. Here Don
Quixote stood vigil over his arms. But it is the hour of de-

parture. Don José Antonio is ill and he knows there is no cure
for him. Azorín takes his leave.

Account for the feeling of nostalgia produced by these
pages. Despite the title of the chapter, the inn occupies little
more than a quarter of it. Don José Antonio occupies a greater
space. What is his relevance, since we now realize that Azorín
does not allow himself to be fettered unduly by reality? Is he
a means of emphasizing the reader's impression of the inn?
And the inn, perhaps, a means of emphasizing the reader's
impression of Don José Antonio? (In this respect compare the
presentation here with that of Don Rafael and his setting,
p.25). Even my summary in the last paragraph retains something of the author's effect: consider the complexity of meaning forced upon the words 'But it is the hour of departure' by
their context. Similarly, consider the effect of context on the
words *Ha llegado la hora de partir* (p.36). Now look back at Chapter IV and examine the full meaning of the following words in
their context: *Todo está en profundo reposo* (p.15), and *Las
puertas están cerradas; las ventanas están cerradas* (p.16).

IX. CAMINO DE RUIDERA

After his sally towards the north-west, Azorín returned to
Argamasilla de Alba. Now he has ventured out almost twenty
miles in the opposite direction. He is in the inn at Ruidera and
he describes his journey from Argamasilla. Why does he use
the plural *aposentados*? Who is the subject of *escribiendo estas
cuartillas*?

There is no valid evidence for considering that Cervantes in
fact based Don Quixote on the figure of Don Rodrigo Pacheco
or for associating Don Quixote with any particular house in
Argamasilla. Some scholars have maintained that Cervantes
was not even thinking of Argamasilla de Alba as the village of
his hero. In view of this, consider Azorín's evocation of Don
Alonso in the lines *Por esta misma parte . . . 'de día y de noche'.*

Notice especially the verb tenses, with the author's oscillation between statement (the imperfect indicative and the preterite) and supposition (the conditional). Notice also the juxtaposition—and near fusion—of the real present and the imagined past, and of Don Alonso Quijano and Don Rodrigo Pacheco. The picture, too, acts as a link. And what is the relevance of *tal vez*?

Examine the paragraph beginning *El carro camina por un caminejo hondo y pedregoso*. Notice how progression (A) and pauses to survey the situation (B) alternate: *El carro camina* . . . (A), *hemos dejado atrás* . . . (B); *desfilamos* . . . (A), *Ya hemos entrado* . . . (B); *Subimos hasta él* (A), *Se halla asentado* . . . (B); [unexpressed climbing of the tower (A)], *Yo he subido con ella* . . . (B). Azorín's account is necessarily temporal, but it progresses with insistence on successive present moments. Compare in this respect the points raised in the commentaries on Chapters II and VII.

Notice the characteristic contrast between *la vista descubre* and *la cañada se pierde* (p.39; compare *se divisan* . . . *se ve perderse*, p.7, and *aparecía* . . . *se perdía*, p.29). Discovery and loss are constantly recurring elements in Azorín's view of life—and of the world around him (see the last paragraph of the commentary on Chapter I). Examine, too, the contrasts—dreams and reality, vastness and smallness, sameness and novelty, earth-coloured and green, sound and silence—in the paragraph beginning *El castillo de Peñarroya no encierra ningún recuerdo quijotesco* (p.39), and consider how the contrasted planes are more vivid because of their juxtaposition. Consider, too, the significance of *acaso* in *acaso un águila, en la lejanía, se mece majestuosa en los aires* (p.39). For a realist the eagle is either there or it is not there. Compare with this use of *acaso* the corresponding use of *acaso* and *quizá* in the paragraph on Doña María (p.34). Azorín is now seeking to present a typical scene as he was earlier trying to present a typical *señora de pueblo*.

Observe the generally antiquated postposition of the weak pronoun object in Azorín's presentation of the fulling-mills (corresponding to Cervantes' own '*Miróle Sancho*'). Comment on *Y aquí acaeció, ante estos batanes que aún perduran, esta íntima y dolorosa humillación del buen manchego* (p.40). Is it relevant to the chapter that fulling-mills had almost ceased to be used in La Mancha? Do you find any general implications and resonances in the sentence *Y yo prosigo en mi viaje; pronto va a tocar a su término* (p.41; compare the end of the commentary on Chapter VIII)? Why should Azorín need village peace for his *spirit*? In what elements does he find a promise of spiritual peace (in the penultimate paragraph)? Notice how they are made to stand out.

X. LA CUEVA DE MONTESINOS

After a night's rest in Ruidera, the author resumes his journey and visits the famous Montesinos cave (*D.Q.* II, XXII–XXIII).

Examine closely the first two sentences. In the first, consider especially the force of *ya* and the effect of listing and repetition (and for the author's modest reference to himself as a mere *cronista*, recall the beginning of Chapters VII and IX). In the second sentence, notice the A–B progression observed in the previous chapter but now inverted and transposed into the past (as a guide consider 'He pasado veintiocho horas en el carro (B), descanso un momento (A); ha venido la mañana . . . (B), salimos para la cueva . . . (A)'). Azorín's style is notable for its series of short paratactic main clauses and for its relative lack of subordination. Nevertheless, there are two forms of subordination that he uses frequently: adjectival subordination to press upon us the qualities of an object, and the one with which we are here concerned: adverbial, temporal subordination as he surveys the past (B) from his different observation points in time (A). Thus, with the adverbial phrases *después de veintiocho horas de carro* and *venida la mañana*, one can consider, a few lines further on, *cuando, ya en lo alto de los lomazos, hemos dejado atrás la aldea* (B), *ante nosotros se ofrece un panorama nuevo, insólito* (A) and, further on still, *Cuando nosotros hemos salido a la luz del día* (B), *hemos respirado ampliamente* (A). But temporal subordination of this type is often unexpressed, too, and a switch of time indicated by simple paratactic juxtaposition and a change of verb tense: *Otro largo rato ha transcurrido* (B). *El paisaje se hace más amplio* (A). Before leaving this important problem of time in Azorín, consider what effect is produced by using, as Azorín so frequently does, perfects (as in *he descansado* and *hemos salido*) where one might expect preterites.

The landscape between Ruidera and the Montesinos cave is very different from that described in earlier chapters. Notice the differences and the way in which they are pressed upon the reader. Notice also the similarities and consider why Azorín should again be prompted to think of the *conquistadores* and of similarly great, solitary men of will-power and ideals (compare pp.14, 31).

The paragraph beginning *Otro largo rato ha transcurrido* (p.42) illustrates many of the characteristics of Azorín's writing referred to in earlier sections, and every sentence in it merits close study and commentary. Later, in the descent into the cave, consider how Azorín brings together the reader, Don Quixote and himself in a common exploit, but notice also the changes that have taken place since Don Quixote's day. '*¡Oh, señora de mis acciones y movimientos —repite Don Quijote—, clarísima y sin par Dulcinea del Toboso!*' But Don Quixote does not *repeat* these words. Why does he repeat them in Azorín's account? The description of the depths of the cave (from *La atmósfera es densa, pesada* to the end of that paragraph, p.45) is Azorín at his best (contrast, repetition, listing, gradation, the repeated holding back of the psychological object, i.e. the new element in the description: *un gotear pausado, un agua callada, toda la sugestión*; consider the effects of such holding back). Significantly, this paragraph contains Azorín's most idyllic description of nature: *los cielos azules . . . las nubes amigas de los estanques*, etc. Why 'significantly'? Notice how the author proceeds from details to *sugestión* and *poesía inquietadora*.

Examine the significance of Don Quixote's words '*Dios os lo perdone, amigos*', etc. in their Azorinian context. The chapter closes with Azorín the *pequeño filósofo* (cf. pp.4, 6, 7, etc.). Compare other cases where the here and now becomes a pointer to something general (for example, La Xantipa and the *soplo de lo Trágico*, pp.22–3) or something distant (for example, *Por este camino . . . esta figura dolorosa*, p.30).

XI. LOS MOLINOS DE VIENTO

In this chapter we find Azorín thirty-five miles away to the north, in Campo de Criptana. Did he make the long journey by road westwards from Ruidera to Manzanares where he could catch the train to Alcázar de San Juan, or did he return to Argamasilla and take the train from Cinco Casas? As Azorín himself is wont to say in such circumstances, 'No me lo preguntéis; yo no lo sé.' Such details are unimportant. What is important is that now Azorín is in the inn at Criptana, the town of the famous windmills.

In the first half of the chapter he evokes, in characteristic fashion, his arrival at the station and at the inn: the *coches de pueblo* (whose fascination for him we have already seen in Chapter II, p.7); the *buenas señoras* (who may or may not be called Doña Juana, Doña Angustias or Doña Consuelo); the old inn with its escutcheon and its stone doorway and its cobbled entrance; the silence emphasized by the ticking of the clock, and the ticking of the clock emphasized by the silence; Azorín's feeling that, like Don Quixote before him, he is in a realm of mystery and magic, a feeling intensified by the half-lit complexity of passages and stairs through which he is escorted to his room (notice how Azorín communicates this complexity to his reader—*La de dentro . . . bajamos por otros*—and consider the effect, in this paragraph, of the profusion of diminutives). After his evening meal the author wanders through the moonlit streets of the town and again he is transported into a realm of fantasy (notice the elements that stimulate Azorín's imagination and thereby give him pleasure. Why these in particular?). Consider how this repeated progression to fantasy (in the *encantada mansión* and in the streets of the town) is relevant to Don Quixote and his adventure with the windmills (as a guide, compare *desatando nuestra fantasía* and *la fantasía del buen manchego se exaltara*).

And yet, despite this declared parallel between the author-reader experience on the one hand and Don Quixote's experience on the other, there is a difference: Azorín's fantasy was prompted by the nocturnal magic of dark inn, flickering candle-light and shadowy moonlit streets; Don Quixote, on the other hand, was moved by 'giants' that in the cold light of Azorín's day have lost their magic of novelty and strangeness. There is a feeling of disillusion. It is in vain that Azorín invites our *understanding* of Don Quixote's action (*¿Cómo extrañar . . . maravillosas?*); *el misterio, el encanto, la sugestión de la noche pasada* have gone. We do not now live Don Quixote's experience through our own (as we did, for example, in Chapters III, IV and VII). As at the end of the previous chapter, there is a dissociation of writer and reader from the Manchegan knight's standpoint.

Consider the effects of the above difference on the structure and unity of the chapter. If the case for Don Quixote's fantasy rests only on its reasonableness (*¿Cómo extrañar . . .?*), it is perhaps relevant—as it should not be in a poetic work—to examine the real-life facts and to remember that they are mistaken (above, p.89).[1] Finally, still connected with the question

[1] Of course, in the commentary on Chapter III, also, emphasis was laid on the distortion of facts, but in those pages it was for purely pedagogic reasons: to show how Azorín departs from facts to establish a superior, more coherent, poetic unity. In the present case it is perhaps just that poetic unity that is lacking.

Nevertheless, a friend and colleague whose judgement I esteem, disagrees that there is any disunity of the kind I here suggest, and other

of emotional unity, usually one of Azorín's strongest points, is there not a conflict of effect between the raging storm wind and the women with their skirts about their heads on the one hand and, on the other, the manner of the women's return from the sanctuary, *lentas, negras, entristecidas*?

Can it be that the basic weakness of this chapter lies in the author's attempt to do two different—and even contradictory—things: to bring Don Quixote and the reader together in a common experience of magic, and to establish in Criptana a contrast between past energy (*novedad estupenda*; *máquinas inauditas*) and present abandon (darkness; the insistent *giran y giran*; the repeated ticking of the clock; the tolling of the church bell)? In this respect recall the distribution of material between Chapters IV and V (referred to in the commentary on Chapter V). Perhaps Azorín's enthusiasm for his journey is flagging. He apparently travelled down to La Mancha third class (p.6); it may be significant that now he travels first (p.46).

XII. LOS SANCHOS DE CRIPTANA

Hitherto, in his references to *Don Quixote*, Azorín has concentrated attention on the figure of the knight; now the Sancho Panzas of Criptana demand recognition for the *espíritu práctico, bondadoso y agudo* of the squire. They waken Azorín at four o'clock in the morning and take him on a jovial and light-hearted excursion to the hermitage of Villajos.

Notice, in my preceding paragraph, a slight shock, a slight incongruence: between the *espíritu práctico, bondadoso* and 'They waken Azorín at four o'clock in the morning'. Practical? Kindly? To waken someone at four o'clock in the morning? Notice the same type of incongruity in Azorín's opening

---

scholars would no doubt object to other sections of my 'Guidance . . .' as well. I cannot emphasize too strongly that my aim in these pages is not to give answers but to prompt thought and discussion. Reasoned disagreement is a far more pleasing reaction than apathetic acceptance.

paragraph. It gives an admirable setting for the ironic tone of the chapter. But irony is not confined to a single chapter any more than any of the other characteristics that we have been examining is confined to a single chapter. Recall, for example, the irony of the author's exchange with Doña Isabel (*Muchas veces . . . sobre la tierra*, p.2) and the *honesta ironía* of his conversation with the *académicos* of Argamasilla (p.21). Recall, too, Juana María's *dulce sonrisa de ironía* (p.25), and Martín's *expresión de socarronería y de bondad* (p.27), and the repeated ironic call of the cuckoo (pp.30, 32), and the *ironía honda y desconsoladora* of Don Quixote's adventure with Juan Haldudo and of life in general (p.31). Notice also, in Chapter V, the ironic effect of the author's repeated echoing of Don Cándido's words (*acérquese usted al fuego.* / *Yo me acerco al fuego*, p.18; *¿ha visto usted las antigüedades de nuestro pueblo?* / *Yo he visto ya las antigüedades de Argamasilla de Alba*, p.18; *¿Ha oído usted nunca algo más estupendo?* / *Yo no he oído, en efecto, nada más estupendo*, p.19; *Señor Azorín . . . ¿quiere usted que vayamos un momento a nuestra Academia?* / *Vamos, don Cándido . . . a esa Academia*, p.20), and the humorous presentation of the *académicos'* alarm when doubts are expressed about Argamasilla's 'Quixotic' claims (Don Cándido's reactions on pp.18–19; the reactions of other *académicos* on p.21). Notice, finally, the ironic effect produced by the author's own slightly incongruous, over-emphatic or mock-heroic presentation of a fragment of experience (*habéis aprendido una enorme, una eterna verdad*, p.6; *Y ésta es una grande, una suprema filosofía*, p.28; *cosas atañederas a los yantares*, p.28; *hizo saber a su escudero su propósito incontrastable de acometer esta aventura* [with the contrast of disillusioning reality that follows; the *ironía honda y desconsoladora* again], p.40).

Now, with these examples in mind, examine the present chapter closely for evidence of Azorín's irony. What part do you consider irony plays in the author's attitude to life? Is it perhaps significant that he is most ironic—though it is never the caustic irony of his earlier writings—in his presentation of views and attitudes that are different from his own? For example, despite his declared conviction in Chapter V about Argamasilla's Cervantine claims, a few weeks earlier he had written an article in which he suggested that Cervantes, newly married, met the original of his hero—who is, after all, a character of fiction—in Esquivias, the village of his bride, Doña Catalina de Palacios (p.36).[1] Similarly, though he praises the joyful approach to life of Martín and the Sanchos of Criptana, his own approach to life is very different. Perhaps there is even a touch of regret that it should be so, and perhaps, in his praise of other people's enjoyment, there is a touch of irony at his own inability to share their enjoyment. May it be that, at such moments especially, he is conscious of himself as *un pobre hombre que, en los ratos de vanidad, quiere aparentar que sabe algo, pero que en realidad no sabe nada* (p.4)?

Notice that, despite the joviality of the excursion and the *suculento y sanchopancesco yantar*, these *discretísimos amigos* are *hidalgos*, not peasants, and the emphasis is on Don Bernardo, musician and chemist, and his Centenary hymn to Cervantes. *¿Será realmente un Sancho Panza, como él asegura a cada momento?* But amidst the animation and the confinement of this excursion (*metido en una galera entre don Bernardo y don León*) Azorín has little opportunity to indulge in such reflections and the chapter stands out from the rest of the book by its lack of imaginative arabesques. Here more than elsewhere the author finds forced upon him that enjoyment of the present moment that he had observed—and extolled—in his silhouette of Martín. But time, perhaps for that very reason, weighs heavily upon him. Don Bernardo's hymn, always the same two lines (first sung, then shouted, then bawled), recurs obsessively amidst the immeasurable passage of the hours. But if Azorín has lost all precise notion of passing time—*¿Dos, tres, cuatro, cinco horas?*—, it is not because of his joyous involvement in

[1] A certain *hidalgo* Quijada is mentioned in the 1576 *relación* on Esquivias (cf. Don Quixote himself: 'tenía el sobrenombre de Quijada, o Quesada', *D.Q.* I, 1). Azorín's article, 'Génesis del *Quijote*', appeared as a prologue to M. Henrich, *Iconografía de las ediciones del Quijote de Miguel de Cervantes Saavedra* (Madrid, 1905).

the animation of the excursion. His very consciousness of time's passing suggests that he is not completely at his ease, and the road back (in reality, three miles!) is *largo, interminable*. Azorín is warm in his praise of the jovial Sancho Panzas of Criptana, but the subjective writer who uses reality as a mere starting-point for his own reflections and imaginings may at times find that reality pressing too closely upon him. One recalls again that, despite his *botas rotas* and his *sombrero grasiento*, Azorín had travelled to Criptana first class.

XIII. EN EL TOBOSO

From Sancho Panza to Dulcinea, from the boisterous company of Don Bernardo and his friends to the silence, solitude and decay of El Toboso. Azorín is in his element: *El Toboso es un pueblo único, estupendo*. This is one of the finest chapters in the book and it would be an excellent chapter to look at closely for a general revision and synthesis of points noted in earlier commentaries. Here a few general and supplementary observations must suffice.

Notice, first, the characteristic review of the author's journey—the time sequence, the insistence on particular areas of experience (emphasized by insistence also on what is absent: *no veis ni un árbol, ni una charca, ni un rodal de verdura jugosa* [in this respect compare the evocation of the *pueblecitos moriscos de Levante*, p.14]). Notice also how, at every step, the author invites the reader to share his experiences (*habéis salido, preguntáis, se os contesta, Ya estamos*, etc.). Notice the brief conversation that gives a momentary pause, an instant's contrast, and enables the author to return with renewed force to his description of the forbidding emptiness and monotony of the landscape (compare, here, the first pages of Chapter VII). Time passes but its passing brings only an intensification of his initial observations and reactions. Observe the progression from physical description at the beginning of the chapter to more generalized, more emotive description as the journey proceeds. The sky takes on the same leaden colour as the earth, and as we draw near to the village, decay and neglect are added to the scene. The total impression is summed up and generalized still further in the last sentences before we enter El Toboso (*Sentís que una intensa sensación . . . toda la tristeza de la Mancha*).

Within the village itself everything is silence, abandon, decay. Notice the profusion of elements that reveal this decay, and observe the evocation, by negation, of silence and abandon. What part does the sky play in the description of El Toboso? How logically relevant is it to the village's decay and how emotionally relevant? Notice the progression from *ceniciento* to *trágico* (p.57). Why the *grieta* and why the *resplandor* (p.58)? Why—*y esto acaba de completar vuestra impresión*—why the cypress and why the olive (compare the laurel and the cypress on p.3)?

'How has El Toboso come to this state of decadence?', asks the author. From his present impression he is probing into the village's past. His evocation is centred on Dulcinea and the once noble house that is alleged to have been hers. It is an oil-mill now. Its glory and its nobility have gone. An aged *hidalgo* slips silently by amidst the shadows and the ruins of the forsaken village.

Consider why El Toboso, as it is presented in this chapter, is for Azorín *un pueblo único, estupendo* (both adjectives are important).

XIV. LOS MIGUELISTAS DEL TOBOSO

Don Cándido, Don Luis, Don Francisco, Don Juan Alfonso and Don Carlos were the *académicos* of Argamasilla; Don Silverio, Don Vicente, Don Diego, Don Jesús and Don Emilio are the *académicos* of El Toboso (but not in the pejorative sense that they themselves apply to Cervantine scholars). Compare the two chapters in which these *académicos* are presented and consider the relevance to the present chapter of the problems raised in the notes on the earlier one. Notice, too, the mingling of affection and irony in Azorín's presentation. Examine the evidence adduced by the two groups of *académicos* in support of their villages' claims to Cervantine connections.

La ruta de Don Quijote is dedicated to Don Silverio. What qualities in him do you think caused Azorín to make this dedication? Which other characters in the book might he have considered for this honour? Notice the similarities established between Don Silverio and the village itself. In what other characters have corresponding similarities been noted, and what is their significance for an appreciation of *La ruta de Don Quijote*?

XV. LA EXALTACION ESPAÑOLA

Azorín brings his Manchegan travels to a close in Alcázar de San Juan, the principal town in the area. To what extent is this chapter a review of elements already emphasized earlier in the book? There are two main types of element to be considered: on the one hand, in the first paragraph, the monotony, the stagnation, the solitude, the harshness of countryside and climate, the relentless passage of time—all elements in the *vivir doloroso y resignado de estos buenos labriegos*; on the other hand, in the rest of the chapter, the frantic, fruitless escapes into realms of fantasy and magic. In studying the first, you should examine especially resemblances between this chapter and Chapter IV, in studying the second, you will probably pay most attention to Chapters III, VII and XI. But in this latter question of escape into fantasy there are marked differences between the treatment in this chapter and the treatment elsewhere in the book. Consider how both the escape itself and the author's attitude to that escape have changed. How does this add to or detract from the merit of the book as a whole?

Notice also how these two main types of element—stagnation and fantasy—are presented differently: the first with its basis in the here and now of Alcázar; the second, by a survey of La Mancha, with its centre and its main emphasis on Argamasilla de Alba. Examine the differences closely and consider the merits and demerits of each method.

We have seen again and again Azorín's tendency to generalize from his own immediate experience. Notice how at the end of the penultimate paragraph he even finds in the alleged oscillation between stagnation and fantasy a key to the understanding of Spanish history. With what evidence? And it is this fantasy, this *exaltación loca y baldía*, that Cervantes condemned in *Don Quixote*, says Azorín; only the true idealism of the Manchegan knight is to be preserved. How unexpected this conclusion is after the lyrical self-involvement of the author with Don Quixote and with the illusions and misfortunes of the Manchegan people (contrast, for example, the second half of the silhouette of Don Rafael in Chapter VI)! Perhaps the emotional dissociation from Don Quixote's adventure with the windmills (pp.49-50) can be seen as a pointer to the change.

Azorín, then, at the end of his journey, abandons the role of sympathetic observer and, to the detriment of the poetic unity of his book, assumes the more austere role of critic and prober into national destinies. Perhaps he is angry that La Mancha has not afforded him the illusioned escape that he looked for in Chapter I, or perhaps he simply feels the need of his Generation to follow Unamuno and Ganivet in speculations on the so-called 'problem of Spain'. Whatever the reason, we find a clear reminder here of a younger Azorín, angry with his national heritage and angry with himself. It is Azorín the admirer of Nietzsche and the *hombre-voluntad* (above, pp.xiii, xvii), Azorín the would-be reformer and guide. It is an Azorín we respect; it is not, perhaps, the Azorín we love and prize as one of the great figures of modern Spanish literature.

PEQUEÑA GUIA . . .: 'THE TIME THEY LOSE IN SPAIN'

We are back in Madrid and we are still with Azorín the critic. The last paragraph of the previous chapter recalled the Englishman's love of Don Quixote as a fearless idealist with faith in his ideals, and in Chapter IX Azorín noted other evidence of the Englishman's Cervantine and Quixotic enthusiasms (*¿No veis en esto el culto que el pueblo más idealista de la tierra profesa al más famoso y alto de todos los idealistas?*, p.39). In this final chapter of the book Azorín imagines one of these Quixotic and enthusiastic Englishmen in Spain, determined to find that everything there is *the best in the world* and finding it, alas, only because of his own Quixotic faith and resilience (notice that Mr Dekker bears his pencil, if not his lance, *en ristre* as becomes the true knightly adventurer). Observe Mr Dekker's approach to a general problem through personal experience, but notice also that this personal experience is a mere confirmation of what he expected to find. Transposed from an intellectual to an emotional plane, this is an admirable statement of Azorín's own approach to La Mancha. Consider the view that in Chapter I Azorín revealed already the principal elements that later he discovered during his travels and attributed to the Manchegan environment.

*   *   *   *

After re-reading *La ruta de Don Quijote* without the harassment of notes, the student will find it enjoyable and revealing to read the third part of Azorín's autobiographical trilogy, *Las confesiones de un pequeño filósofo* (1904).

A CRITICAL STUDY

Rosendo Roig:	—¿Por qué no escribió usted principalmente libros de poesía?
Azorín:	—El día que me lean atentamente no me harán esa pregunta.

('Azorín, en sus noventa y un cumpleaños.' In *Ya*, 9 June 1964)

I. THE INTELLECTUAL BASIS: DETERMINISM

La ruta de Don Quijote is the account of a literary pilgrimage through Don Quixote's La Mancha: to his probable native village whose name Cervantes did not wish to recall; along the routes that Don Quixote himself travelled; to visit the scenes of some of his most celebrated adventures. What are these places like today? What sort of people live there? What is the countryside itself like? These are some of the things that Azorín sets out to tell us. But he is not content to describe; he seeks also to explain. Why should the greatest of knight errants have been born here in Argamasilla de Alba?, he asks. What is there in the countryside of La Mancha, in the climate, in the way of life of the people, to encourage the idealistic dreams and the individual striving that we find in Cervantes' hero? There is nothing capricious or spontaneous in life, he believes; everything is determined; Don Quixote was clearly a product of La Mancha in general and of Argamasilla de Alba in particular.

This is a manifestly determinist point of view: the emphasis on life as an interrelated network of causality, the approach to literature through environment and to environment through literature, the presentation of a fictional hero as a product of real-life circumstances, the insistence on psychological explanation, the search for formative influences in race and environment. It is characteristic of the age and notably of Spanish writers of the so-called 1898 Generation at the turn of the

century: the application to history, literature and psychology
(and very especially, in Spain, to questions of national psychology) of evolutionary notions derived from the natural
sciences.[1] Three years before *La ruta de Don Quijote* appeared,
the author's autobiographical character, Antonio Azorín, had
proclaimed his own determinism:

> yo soy un determinista convencido [. . .]. El Universo es un infinito
> encadenamiento de causas y concausas; todo es necesario y fatal;
> nada es primero y espontáneo (*OC* I, 932).

In *La ruta de Don Quijote* Azorín the author expresses his view
in similar terms (cf. *causas y concausas*, p.12) and applies it to
Don Quixote:

> Todas las cosas son fatales, lógicas, necesarias; todas las cosas tienen
> su razón poderosa y profunda. Don Quijote de la Mancha había de
> ser forzosamente de Argamasilla de Alba (p.9).

Let us examine his evidence. He establishes two main classes
of influence: those of race and those of environment. In
Chapter III he emphasizes race; in Chapter IV he emphasizes
environment.[2]

Race

At the beginning of Chapter III we see Don Alonso in his
alleged home in Argamasilla de Alba, absorbed in a novel of
chivalry, sighing deeply at moments, fidgeting nervously in
his seat, glancing up eagerly from time to time at an old, rusty
sword hanging on the wall. 'Why should this particular
village produce such a man?', asks Azorín. *Todas las cosas
tienen su razón poderosa y profunda. Don Quijote había de forzosamente de Argamasilla de Alba* (p.9). Don Quixote is the

---

[1] It is relevant to remember that Darwin's *Origin of Species* appeared in
1859. But the immediate influence in Spain was the French philosopher,
historian and literary critic, Hyppolite Taine (1828–93). On Azorín's own
indebtedness to Taine see J. A. Abbott, 'Azorín and Taine's determinism',
in *Hispania* XLVI (1963), 476–9.

[2] Compare *Las confesiones de un pequeño filósofo*, Chapters XIV and XV,
where the author establishes a similar duality.

product and the supreme expression of the restless, agitated, tormented, exasperated spirit of the people of Argamasilla. The 1575 *relación* on the town is there as evidence: the feverish activity caused by the royal decree, the restlessness of the wily Don Luis de Córdoba el Viejo who cannot sit still for a quarter of an hour, epidemics that have driven the villagers from place to place, plagues of locusts, the unhealthy situation of the village, the fever of litigation.

¿No es natural, que todas estas causas y concausas de locura, de exasperación, que flotan en el ambiente hayan convergido en un momento supremo de la historia y hayan creado la figura de este sin par hidalgo, que ahora en este punto nosotros, acercándonos con cautela, vemos leyendo absorto en los anchos infolios y lanzando de rato en rato súbitas y relampagueantes miradas hacia la vieja espada llena de herrumbre? (p.12).

It seems a convincing case. But let us look more closely at the facts.

Attention has already been drawn to a significant omission (above, p.99): Azorín makes no mention of the more optimistic aspects of the report: the presence of ample wood and game (§18), the river that never lacks water at any time of the year (§20), the flour-mills and the fulling-mills (§22), wells with drinking water (§23), the abundance of bread and meat (§26). At the time of Azorín's visit to Argamasilla de Alba, Don Juan Alfonso Padilla Cortés, one of the *académicos—tan parco, tan mesurado, de tan sólido juicio* (p.21)—was preparing a history of the town. Describing Argamasilla as it was in the last decades of the sixteenth century, when the *relación* was drawn up, when Don Alonso Quijano is alleged to have lived there, he wrote:

Tan grande fue su apogeo en aquellos tiempos que los pueblos inmediatos llegaron a darle el nombre de *río de la Plata y jardín de la Mancha (Apuntes históricos*, p.44).

A more recent scholar has pressed the same point: Argamasilla in the sixteenth century was 'un poblado rico y próspero' and

K

the river was nicknamed *río de plata* because of the fertility of
the surrounding land (Angel Dotor Municio, *Estampas manchegas*, Bilbao, 1947, pp.15, 20). Certainly, when one compares
the 1575 report on Argamasilla with the contemporary reports
on other towns and villages one does not feel that it was in a
particularly unfortunate position and, at a time when epidemics were frequent, the representatives of Argamasilla were not
alone in replying to Question 17 ('si es . . . sana o enferma')
that it was a 'pueblo enfermo'.

But Azorín allows himself more notable liberties with his
source than that of biased selection. For example, can one
properly infer *inquietud administrativa* from the preamble to the
report (p.10)? Might not 'all these comings and goings' be a
natural reaction to the receipt of a royal decree? And there is
no justification in the *relación* for the words TORNAN A *conferenciar* (p.10, l.3), which strengthen Azorín's case for
cabildeos and *inquietud administrativa*. Another point: in the
preamble to the report all three nominated representatives of
the town are referred to as 'personas antiguas' (i.e. older
members of the community), indicating compliance with the
royal order that those chosen should be 'las [personas] que
más noticia tuviesen de las cosas del pueblo y su tierra'
('Instrucción y memoria'). By applying the term to Don Luis
alone and placing it after the words *hombre un poco escéptico,
hombre que ha visto muchas cosas* (words for which there is no
justification in the report), Azorín suggests the slyness of the
'old hand' and thereby converts Don Luis' illness into a ruse
to evade a prosaic, unimaginative, un-Quixotic task. Yet
another point: the 1575 report mentions not *plagas de langostas*
(p.11), but one plague of locusts that ruined the crops some
twenty-seven years before (§39). And in his penultimate paragraph, where he summarizes the law-suits of aspirants to
nobility (and to non-payment of the commoner's taxes, which
was perhaps more to the point), Azorín introduces important
extra elements of aspiration and agitation by rendering the
words 'por que no tienen probada la filiacion y tambien por
que su padre estubo puesto en el dicho libro [de los pecheros]'

as *sin duda porque, a pesar de todas las sutilezas y supercherías, 'no han podido probar su filiación'*. Finally, Azorín changes the key dates given in the report, according to which the village was founded in La Moraleja around 1515, moved later to the 'cerro boñigal', and thence to its present site in 1531 or thereabouts. Attention has already been drawn to the conflict resulting from Azorín's version and an explanation been suggested of that conflict (above, p.78): on the one hand, the author wishes to associate his initial portrait of Don Alonso Quijano with the atmosphere of *hiperestesia nerviosa* that he finds in the 1575 report, presenting the one as a living example of the other; on the other hand, he wishes to explain Don Alonso as the *inheritor* of those influences by his birth (*aquí había de nacer*, p.11). But in this case the author loses more than he gains by misrepresenting the *relación*. If 1515 were substituted for 1555 in the two places where it appears, Don Alonso could be presented as a racial inheritor of the people's agitation and still be shown as middle-aged in 1575.[1]

Azorín's determinist case, then, does not survive a critical survey of its evidence. Logically we are not convinced that Don Quixote was a characteristic and necessary product of Argamasillan race. Moreover, in an essay written in January 1905, approximately six weeks before he was in La Mancha writing *La ruta de Don Quijote*, Azorín had invoked the 1576 *relación* on Esquivias, in the province of Toledo, to suggest that it was there, perhaps, in 1584, that Cervantes, newly married, met the original of his hero: an *hidalgo* named Quijada (cf. Don Quixote himself: 'tenía el sobrenombre de Quijada, o Quesada', *D.Q.* I, 1):

¿No ha nacido acaso aquí, en Esquivias, durante estos paseos, escuchando las fantasías del caballero Quijada, la idea primera de

---

[1] It is possible, of course, that there is a printer's error here, or a misreading of the manuscript article, 'escrito con lápiz' (*OC* VI, 194, 227), that Azorín originally sent to *El Imparcial*. But the text was revised for its publication in book form and the dates were not changed. Perhaps there is simply a misreading or miscopying by Azorín of the *Relaciones topográficas* themselves, as in his substitution of *muchos* for 'malos' (p.12, l.1).

este libro [*Don Quixote*]? ¿No ha comenzado aquí a formarse esta
nebulosa llena de misterio y de fuerza que ha de cristalizar luego en
la obra de arte? No preguntemos a la erudición ni a la historia; la
historia y la erudición no podrán darnos en este caso sino una ayuda
secundaria; este es un problema puramente psicológico.

> ('Génesis del *Quijote*', in M. Henrich, *Iconografía de las ediciones
> del Quijote de Miguel de Cervantes Saavedra*, Madrid, 1905, p.xlii)

After the apparently antagonistic, 'erudite' criticism of the
last paragraphs we must take warning from Azorín's words:
no preguntemos a la erudición ni a la historia. Perhaps we have
been wrong to lay such emphasis on the author's misuse of
his sources, on his negligent scholarship, on the academic
unreliability and inadequacy of his case. Don Quixote is after
all a character of fiction, and Azorín claims to be no more than
'a little philosopher', *un pobre hombre que, en los ratos de vanidad,
quiere aparentar que sabe algo, pero que en realidad no sabe nada*
(p.4). This problem of determining who and what was the
original Don Quixote is not a matter of erudition, he tells us;
it is a purely psychological problem. It may well be so. But of
whose psychology?

Environment

In Chapter III Azorín sought to determine racial influences
on Don Quixote's character and drew support from the 1575
relación; in Chapter IV he emphasizes environmental influences
and finds evidence in his own present experience of the
countryside, the village and the daily life of the inhabitants.

The opening lines point to the most important elements: the
author feels lost in time and lost in space; during his stay in
Argamasilla nothing vital has happened to give him adequate
points of reference; time and space stretch unendingly around
him, with neither variety of scene nor the distraction of personal contacts. Life in Argamasilla, Azorín suggests, is isolation from one's fellow-men, it is inaction, it is monotony, it is
submission to time's cycle. Man, he feels, can find no satisfaction here, and the very vastness of plain and sky that helps to
make man conscious of his isolation serves also to arouse his

longing, to entice him with the hope of escape from this oppressive, earth-bound, time-bound village existence to a realm of freedom and illusion and striving and adventure (*Aquí cada imaginación . . . la prosperidad sólida y duradera de una nación?*, p.14). So it must have been with Don Alonso Quijano el Bueno:

Decidme, ¿no es éste el medio en que florecen las voluntades solitarias, libres, llenas de ideal — como la de Alonso Quijano el Bueno —; pero ensimismadas, soñadoras, incapaces, en definitiva, de concertarse en los prosaicos, vulgares, pacientes pactos que la marcha de los pueblos exige? (p.17).

Again the case seems convincing, and more so when it is the magic of Azorín's language that guides us and not the fleshless summary of a critic. But for the present it is the ideas that we are probing and not the spell that Azorín casts over them. And as mere ideas, as the logical statement of a determinist case, the chapter is unsatisfactory.

As a preliminary to discussion it should be pointed out that whereas Azorín's case for racial influences is contained almost entirely in Chapter III (and therefore seeks to associate Don Quixote specifically with the village of Argamasilla, *Argamasilla de Alba, y no otra cualquier villa manchega*, p.9), his case for environmental influences is not confined to Chapter IV. Both in the alleged oppressiveness of village life and in the surrounding enticements of plain and sky Argamasilla proves to be typical of what Azorín later finds elsewhere in La Mancha. Thus, to take first the oppression of life within the village, Azorín affirmed, even in Chapter IV, that the inn's *aire de vetustez, de inmovilidad, de reposo profundo, de resignación secular* was to be found in all Manchegan houses (p.14), and later, in El Toboso, he generalizes in a similar manner and notes in the ruins that surround the town *algo . . . que parece como una condensación, como una síntesis de toda la tristeza de la Mancha* (p.57). He returns to this sadness—and to the loneliness, and to the silence, and to the inaction—when he brings his Manchegan travels to a close in Alcázar de San Juan, *la capital geográfica de la Mancha* and the 'most typical' of Manchegan towns (pp.65–66). Meanwhile, outside the towns stretch the unending plains and overhead, the transparent sky, drawing man away to realms of fantasy (e.g. *Y nosotros, tras horas y horas . . . de nuestro espíritu*, p.31). Near the Montesinos cave the scenery is different, but its enticement to dreams, Azorín suggests, is not, and he thinks again of *conquistadores* and other strong-willed individualists (pp.42–3). And as with the sadness of the towns, so also with the 'hallucination' of the surrounding countryside the author recalls his findings in Chapter XV (pp.65–6). This is his conclusion:

Decidme, ¿no comprendéis en estas tierras los ensueños, los desvaríos, las imaginaciones desatadas del grande loco? La fantasía se echa a volar frenética por estos llanos; surgen en los cerebros visiones, quimeras, fantasías torturadoras y locas (p.66).

The environmental influences that were emphasized in Chapter IV, then, are not peculiar to Argamasilla de Alba and do not therefore establish any particular relationship between Don Quixote and that town. Indeed, if one looks back to the passage quoted on pp.101–2, one may even suspect that Don Quixote could as well have been shown to be the product of an Andalusian village. But we are touching here on the writer's personal view of reality, and for the moment we must leave the problem unprobed.

Azorín's case for environmental influences on Don Quixote's character rests on the assumption that Don Quixote, a native of La Mancha, was formed in the sixteenth century by the same influences that Azorín, a visitor to the region, feels to exist there in the twentieth century. Our first question is this: Can La Mancha of 1575 be equated with Azorín's La Mancha of 1905?

Reference has already been made to the picture of prosperity presented by Don Juan Alfonso and by Angel Dotor (above, pp.125–6) and the point need be pressed no further. It will be sufficient to note that in his description of Manchegan villages Azorín encourages doubt of his own case. In Argamasilla, for

example, he has found loneliness and inaction, but in Don
Quixote's day, he declares later, *el mismo pueblo de Argamasilla
era frecuentado de día y de noche por los viandantes que marchaban
a una parte y a otra* (p.35). Similarly, in the famous inn at
Puerto Lápice, of which now only a few traces remain, *¡cuánta
casta de pintorescos tipos, de gentes varias, de sujetos miserables y
altos no debió de encontrar Cervantes [. . .] en las veces innumerables
que en ella se detuvo!* (p.36). The next town described is Campo
de Criptana: in 1575 it was apparently a go-ahead place
if one can judge from the *novedad estupenda* of its windmills,
máquinas inauditas, maravillosas (p.49), but in 1905 it is plunged
in darkness, time ticks on, the church bell rings, and the
windmills turn monotonously (p.50). From Criptana Azorín
travels to El Toboso. Nowhere does he find more traces
of greatness and nobility. But they are only traces, and
Azorín wonders how the town can have reached such a state
of decadence:

El Toboso —os dicen— era antes una población caudalosa; ahora
no es ya ni la sombra de lo que fue en aquellos tiempos (p.58).

Faced with this evidence of former activity, of former energy,
of former prosperity, of former greatness, is it not difficult to
accept Azorín's view of Don Quixote as the inevitable product
of the village solitude, desolation and inertia, and of the
boundless countryside austerity, that he himself discovered in
his 1905 visit?

But let us assume that La Mancha in 1575 *was* the same as
that discovered by Azorín in 1905. Even then, is one convinced
that the combination of oppressive village life and surrounding
countryside would produce the solitary, strong-willed idealist?
Can one accept that the *aire de vetustez, de inmovilidad, de reposo
profundo, de resignación secular* of the Manchegan houses (p.14),
that the *profundo reposo* of the deserted Manchegan streets
(p.15), that *todo este silencio, . . . todo este reposo, . . . toda esta
estaticidad formidable* of the whole Manchegan village (p.17)
would forge those *grandes voluntades, fuertes, poderosas, tremendas,*

pero solitarias, anárquicas, de aventureros, navegantes, conquista-
dores (p.14) that Azorín imagines? Might not the heavy, monotonous, oppressive atmosphere of repose presented in Chapter
IV discourage rather than favour the appearance of the solitary
hero? The evidence adduced by Azorín himself suggests this.
Recall, for example, the men in the casino, concerned only
with their vines, and recall La Xantipa's sigh, and recall
Azorín's own feelings of compelled reaction (*he de levantarme,
es preciso salir,* etc.) that run through the chapter. Here, surely,
is an atmosphere that breeds conformity and imposes resignation, however the vastness of plain and sky may entice men.
Nor does history set up against this suggestion the host of
Manchegan *aventureros, navegantes, conquistadores* that Azorín
would lead us to expect. F. A. Kirkpatrick's classic study *The
Spanish Conquistadores* (New York, 1934) is there as evidence:
of the twelve figures who occupy most space in the index of
this study only one, Diego de Almagro, was from La Mancha—
though not from near Argamasilla—and only one from any
other part of Castile.

And what of the alleged influence of the Manchegan
countryside on character? Azorín's case is not as simple as he
makes us feel it to be. For our discussion we can take three
scenes that prompt the author to think of men of will and
action: the plain around Argamasilla when viewed from
within the village (Chapter IV), the plain around Argamasilla
when viewed from Miguel's donkey-cart (Chapter VII) and
the hilly country beyond Ruidera (Chapter X). In the first case
Azorín sees the countryside as a means of escape from the
oppressiveness of life in Argamasilla and he emphasizes the
promise and the fascination of its immensity:

allá, al final de la calle, la llanura se columbra inmensa, infinita, y
encima de nosotros, a toda hora limpia, como atrayendo todos
nuestros anhelos, se abre también inmensa, infinita, la bóveda
radiante (p.14).

In the second case, he is impressed also by the plain's barren-
ness and monotony:

el llano continúa monótono, yermo. Y nosotros, tras horas y horas
de caminata por este campo, nos sentimos abrumados, anonadados,
por la llanura inmutable, por el cielo infinito, transparente, por la
lejanía inaccesible (p.31).

But the discovery, here, of monotony has not lessened the
importance for Azorín of the land's vast, unbroken extent, and
he equates this unbroken extent with the longing it is alleged
to produce:

Esta ansiedad, este anhelo, es la llanura gualda, bermeja, *sin una
altura*, que se extiende bajo un cielo sin nubes hasta tocar, *en la inmensidad remota*, con el telón azul de la montaña (pp.31–2; my
italics).

Beyond Ruidera the scenery is different: *no es ya la llanura
pelada* [. . .]; *no son las lejanías inmensas* (p.42); the flat lands have
given way to a landscape of hills and slopes and glens and
ravines. Azorín, however, finds it *no menos abrumador, no menos
monótono, no menos uniforme que la campiña rasa* (ibid.), and inspired by the landscape's harshness as he was earlier by the
Vega's immensity, he again thinks of great heroes of the past:

Hay en esta campiña bravía, salvaje, nunca rota, una fuerza, una
hosquedad, una dureza, una autoridad indómita que nos hace pensar
en los conquistadores, en los guerreros, en los místicos, en las
almas, en fin, solitarias y alucinadas, tremendas, de los tiempos
lejanos (pp.42–3).

In short, whereas the similar landscapes described in Chapters
IV and VII have produced different emotional reactions in
Azorín—excitement in the former case and exasperation in the
latter—the different landscapes described in Chapters VII and
X have evoked similar reactions. Moreover, though there is no
element common to these three landscape descriptions, Azorín
assumes that all three landscapes must have encouraged the
same sort of character. Different causes can, of course, give a
similar result, but the coincidence here would be remarkable.
    For the present we must leave these problems unsolved and
note the final words of the last quotation: *nos hace pensar en los*

conquistadores, en los guerreros, en los místicos, en las almas, en fin, solitarias y alucinadas, tremendas, de los tiempos lejanos (pp.42–3). They force upon us again the temporal distinction that momentarily we have been trying to overlook. If the environment is the same today as it was in the sixteenth century, why are its effects not the same? These iron-willed idealists whom Azorín evokes from the past, where are they today? Where do we find them among the living Manchegans of *La ruta de Don Quijote*? The *académicos* of Argamasilla, *viejas figuras de hidalgos castellanos* (p.21), are too vivacious, too enthusiastic, too Quixotic, to be described in Chapter IV, for their presence there would disrupt the atmosphere of solitude and inertia that Azorín is emphasizing—another indication of the disharmony between the alleged environment and its alleged influence on character. But for all their Quixotic enthusiasms, the *académicos* are not solitary adventurers of the type Azorín recalls from the past, and their activities are centred peacefully and innocuously on the chemist's shop. And in Puerto Lápice Don José Antonio is not very different; nor are the Sanchos of Criptana, despite their greater boisterousness. And Don Silverio, *el tipo más clásico de hidalgo que he encontrado en tierras manchegas* (p.61), is perhaps also the most Quixotic Manchegan whom Azorín has met, and his eyes are bright and his hands expressive and his words vivid and impetuous as he talks about Cervantes. But he is a remnant of the past:

existe una secreta afinidad, una honda correlación inevitable, entre la figura de don Silverio y los muros en ruinas del Toboso, las anchas puertas de medio punto cegadas, los tejadillos rotos, los largos tapiales desmoronados (p.61).

And in which of the book's other living characters does one find even the spark of that enthusiastic combination of an ideal and its realization that Azorín finds in Don Quixote and the *conquistadores*, except, of course, in Mr Dekker, F.R.C.S., the most Quixotic character of all, a member of the *pueblo más idealista de la tierra* (p.39), who goes to Spain determined to find that everything is 'the best in the world' and fulfils his ideal only because of his own resilience (pp.68–73)? The implication is that Spain today has lost its will and its energy. Today the generous, creative idealism of Don Quixote has gone and there remains only *exaltación loca y baldía* (p.68). But why has there been such a change? The determinist influences with which Azorín seeks to embrace alike past and present can surely not explain it.

Inaction that repels and vastness that attracts—these are the basic formative influences of the Manchegan environment on which Azorín insists. But from a determinist point of view some of the means by which inaction and vastness are communicated to us are both unjustified and irrelevant. One example of each must suffice. And first, inaction. Consider the disarming effect of the author's directness and modest withdrawal behind his population and housing statistics on pp.14–15. The reader feels the inertia of Argamasilla across the centuries even before the author himself makes the point. But in 1575 the population of Argamasilla was over twice what it had been in 1556 and by the mid-eighteenth century it had fallen to less than a third of the 1575 figure (215 *vecinos* and 160 houses in 1752), rising subsequently to the 850 *vecinos* of 1905.[1] If one incorporates these additional facts into the passage referred to, the impression of inertia is destroyed and the author's case for village oppressiveness is weakened. Similarly—to turn now to an example of vastness—the elements to which vastness is attributed in the first two paragraphs of Chapter IV make us feel the spaciousness of Argamasilla before we even glimpse the more important plain and sky. But can they really be seen as valid elements in a determinist case? Are they logically relevant to the spirit of adventure?

[1] *Apuntes históricos*, pp.23, 77, 83. See also Antonio Domínguez Ortiz, *La sociedad española en el siglo xvii*, I (Madrid, 1963), p.326 (253 *vecinos* in 1656) and Pascual Madoz, *Diccionario geográfico-estadístico-histórico de España*, II (Madrid, 1847), p.541 (311 *vecinos* and 246 houses in 1842). During the second half of the nineteenth century the population of Argamasilla more than doubled; during the first half of the twentieth it more than doubled again. If increasing population indicates dynamism Azorín visited Argamasilla at one of the most dynamic periods in its history.

La Mancha in the sixteenth century, then, was not the sad, abandoned land of inertia and resignation presented by Azorín in *La ruta de Don Quijote*. Moreover, even if it was, Azorín's determinist case for environmental influences still cannot satisfy. A third important question remains: Was La Mancha in 1905 really the unhappy land discovered by Azorín? Don Juan Alfonso, *académico*, Knight of the Order of Isabel la Católica, Knight Hospitaller, whose judgement Azorín so esteemed (p.21), believed it was not. In his scholarly *Apuntes históricos*, which were in active preparation at the time of Azorín's visit, he noted how Argamasilla had fallen into decay after the expulsion of the *moriscos* at the beginning of the seventeenth century, how it had lived through the eighteenth century in a state of 'postración y abandono' (p.112) and had entered into a new period of prosperity in the nineteenth century because of the disentailment of Church lands, the planting of vines and the increase of irrigation. Argamasilla in his own day, he felt, was healthy, active and prosperous, the garden of La Mancha again as it had been at the beginning of the seventeenth century. Here is his description, so different from Azorín's:

Sus campos están cubiertos de eterna verdura. Sus viñedos con sus verdes pámpanos, sus frondosas alamedas, sus huertas con sus frutos variados, su río y acequias con caudal exuberante y cristalino, todo contribuye a dar un aspecto hermoso y pintoresco a la moderna población de Argamasilla [. . .]. Es la más bonita y alegre población manchega (op. cit., pp.118–19).

The *académicos* of today are quick to give their support. '¿Encuentra usted aquí la soledad e inacción que dice Azorín?', one of them asked me in the crowded casino. Don Jaime Olmo, the president of the Cervantes society in El Toboso, expressed his view in a more forceful tone: 'Nosotros no somos ningún pueblo tristón; somos un pueblo alegre. Azorín escribió la obra cuando necesitaba paraguas colorado' (a reference to the red umbrella that Azorín is reputed to have used —together with monocle and silver snuff-box—in his early, 'angry' days). Indeed, after some weeks in La Mancha with notebook and camera trying with difficulty to illustrate Azorín's more sombre findings, I must agree: today at least La Mancha is neither as monotonous, nor as abandoned, nor as resigned as Azorín would have us believe.

Here is the evidence of two final witnesses, a scholar the one, a traveller and writer the other. The real La Mancha, says Dr Martínez Val, is all plain:

> sin embargo [he continues], hay en ella innegable variedad, de la que prescindieron muchas veces las descripciones literarias, que repiten la palabra 'monotonía' con machacona insistencia.
>
> (José María Martínez Val, 'Paisaje geográfico manchego'.
> In *Cuadernos de Estudios Manchegos* 1, 1947, 17)

Víctor de la Serna makes the same point with greater emphasis: the idyllic Manchegan landscape, he alleges, has been misrepresented by 'tristes señores cargados de melancolía y de buen lenguaje' (*Por tierras de la Mancha*, Ciudad Real, 1959, p.12). As for the 'llanura tan bella y tan fértil' around Argamasilla de Alba, he sees it as 'el paraíso manchego' (op. cit., pp.39–40).[1]

---

[1] On the other hand, it must be pointed out that many writers have been convinced by Azorín's view of La Mancha and have recalled his descriptions during their own travels and quoted them in their studies on the area. But this is a common enough phenomenon: one's view of a given landscape is formed by one's reading and consciously or unconsciously one projects that view upon the landscape when one visits the area. Art, it is said, imitates nature. It has also been said that nature imitates art. Azorín himself has made the point repeatedly:

> Lo repetiremos: el paisaje somos nosotros; el paisaje es nuestro espíritu, sus melancolías, sus placideces, sus anhelos, sus tártagos. Un estético moderno ha sostenido que el paisaje no existe hasta que el artista lo lleva a la pintura a las letras. Sólo entonces —cuando está creado en el arte— comenzamos a ver el paisaje en la realidad. Lo que en la realidad vemos entonces es lo que el artista ha creado con su numen (*OC* III, 1171)

> A Castilla, nuestra Castilla, la ha hecho la literatura. La Castilla literaria es distinta —acaso mucho más lata— de la expresión geográfica de Castilla (*OC* III, 1186)

> El campo, ¿no será una bella leyenda de los poetas? [. . .] Lector: si

La Mancha, then, is perhaps not the harsh, monotonous, forsaken, resigned land that Azorín presents in *La ruta de Don Quijote*. But what of man's isolation and what of La Mancha's spaciousness, both of which play such an important part in Azorín's determinist case? Man, says Azorín, is alone amidst the vast inertia of village life and in his loneliness looks with longing towards the distant vastness of plain and sky and gives himself up to dreams and adventure. Azorín bases his case on his own personal experience, and especially on his alleged inability to enter into contact with people in Chapter IV. But is a visitor, on the first day after his arrival in a town, in a position to infer from his own lack of contact with people the general solitude of life in that town?[1] Besides, later chapters are there to belie this solitude. And who are *don Juan, don Pedro, don Francisco, don Luis, don Antonio, don Alejandro,* whose absence he laments in Chapter IV itself (p.15)? Letters of introduction apparently paved the way for Azorín's visit (above, p.85) and in his travels he found *hidalgos discretos y amables* to accompany him, at times even more boisterously than he himself might have wished.

As for the spaciousness to which the author gives such emphasis, we have seen that at times it is of doubtful logical relevance to his case (above, p.135). At other times he clearly exaggerates: neither the exit from his *fonda* nor the entry into the casino is as long and involved as he suggests (*al fin*, p.14; *al cabo*, p.15), and the journey from the station at Campo de Criptana to the *lejano pueblo* (p.47) is only half a mile. As for the journey from Criptana to Cristo de Villajos—*¿Dos, tres, cuatro, cinco horas?* (p.53)—Azorín may well disclaim all notion of time, for the distance by road is approximately three miles;

Azorín te invita a hacer un viaje a Levante, no le acompañes. Alquila un piso en la calle de la Montera; pásate las tardes en la biblioteca del Ateneo (*OC* VII, 183).

[1] Azorín reached Argamasilla on the Saturday (above, p.74) and the church bell ringing for high mass (p.13) shows it to be Sunday. By the following Sunday the author had already passed through Puerto Lápice (above, pp.84–5).

one can walk it comfortably in under an hour. Finally, to an *observer* (as opposed to one who *knows* of its vast extent) does a flat plain seem as immense, at least from ground level, as many a view from a high pass or mountain top? I can recall many landscapes that have impressed me by their immensity, especially in Spain. The countryside around Argamasilla is not one of them.

II. THE TRUE BASIS: PERSONAL OBSESSIONS

Azorín's presentation of Don Quixote as a characteristic product of Argamasilla de Alba is intellectually unconvincing. Written sources and Manchegan reality are alike distorted. Biased selection, misrepresentation, exaggeration, contradiction, all play their part. Azorín is not a scholar.

And yet, as we read *La ruta de Don Quijote*, we are rarely disturbed by these things. On the contrary, we are impressed by the unity of the work and by the harmonious integration of its various elements. If reality has been distorted, we feel, the finished work of art has nevertheless taken on a valid, consistent reality of its own.

It is this new, artistic reality that is henceforth to be the object of our study, and we shall begin, in this chapter, by probing the author's underlying obsessions. More specifically, we shall see how in Chapter I, written before Azorín set out on his journey, there is emphasis on the same elements that he subsequently attributes to Manchegan influence. I shall thereafter suggest that these elements form the basis of his interpretation of La Mancha and of Don Quixote.

Guiding obsessions

Azorín, we have observed, disguises the real-life motives for his journey and the real-life satisfaction that this journalistic collaboration in *El Imparcial* in fact afforded him (above, pp.96–7). Instead, we find him at the beginning of Chapter I immersed in sadness, obsessed by life's weary monotony, tormented by his lack of inspiration, driven inevitably (*sin remedio alguno*) to seek relief in travel. Doña Isabel understands nothing of his sense of mission but in her sigh Azorín finds a guide to what he looks for in his beloved *pueblos*: silent, deserted streets; tumbledown arcades; pointers to the Spain of tradition with her old monuments and her Gothic churches and her traditional trades; reminders of his childhood, of his youth, of the people with whom he has been happy; the cock's crowing in the morning and the slow striking of the village clock at night. In the following lines the author gathers together the principal threads of the chapter (indicated by editorial numbers to aid subsequent discussion) and is prompted to think of Don Alonso Quijano who suffered torments similar to his own:

Yo le digo al cabo a doña Isabel:
—Doña Isabel, es preciso partir [*iv*].
Ella contesta:
—Sí, sí, Azorín; si es necesario, vaya usted [*iv*].
Después yo me quedo solo con mis cuartillas, sentado ante la mesa [*i*], junto al ancho balcón por el que veo el patio silencioso, blanco. ¿Es displicencia? ¿Es tedio? [*i*] ¿Es deseo de algo mejor que no sé lo que es, lo que yo siento? [*iii*] ¿No acabará nunca para nosotros, modestos periodistas, este sucederse perdurable de cosas y de cosas? [*i*] ¿No volveremos a oír nosotros, con la misma sencillez de los primeros años, con la misma alegría, con el mismo sosiego, sin que el ansia enturbie nuestras emociones, sin que el recuerdo de la lucha nos amargue, estos cacareos de los gallos amigos, estos sones de las herrerías alegres, estas campanadas del reloj venerable, que entonces escuchábamos? [*ii*] ¿Nuestra vida no es como la del buen caballero errante que nació en una de estos pueblos manchegos? Tal vez, si nuestro vivir, como el de don Alonso Quijano el Bueno, es un combate inacabable, sin premio, por ideales que no veremos realizados . . . [*iii*]. Yo amo esa gran figura dolorosa que es nuestro símbolo y nuestro espejo. Yo voy —con mi maleta de cartón y mi capa— a recorrer brevemente los lugares que él recorriera (pp. 3-4).

With the numbered elements, which recall the leit-motivs of

the chapter, the author touches on his most insistent pre-occupations:

(*i*) his dissatisfaction with the present: its loneliness and confinement, its oppressive repetitiveness, its disillusion and its tedium (cf. earlier, the feeling of life's *repetición monótona, inexorable, de las mismas cosas con distintas apariencias,* the repeated *gesto de cansancio, de tristeza y de resignación,* the repeated *vuelvo a* —supported by *torno a*—, and expressions such as *otra vez* and *mismo* and *otro* and *una vez más, como siempre*; there is nothing in the present to attract him: *Yo no pienso en nada; yo tengo una profunda melancolía*).

(*ii*) his nostalgia for the past—its simplicity, its joy, its calm—when he could listen unharassed to the sounds of village life (cf. earlier, the reflections prompted by Doña Isabel's sigh: his lament for a happier past, both personal and national, that the agitations of life in Madrid have taken from him).

(*iii*) his illusion for the future, a vague longing for something better that he cannot himself determine and which may never be attained (cf. earlier, the indications of his desire to escape from Madrid—the *maleta; ¿Donde iré yo . . .?; a los pueblos . . . que yo amo*—and his alleged *misión*),

(*iv*) his feeling of life's inevitability, irrespective of what he himself may want (cf. earlier, life's 'inexorable' repetition that imposes sadness and resignation; *sin remedio ninguno; no tengo más remedio que . . .; yo tengo que . . .; ¡Todo sea por Dios!; ¡Ay, Señor!*).

This, then, is Azorín as he reveals himself in Chapter I: dissatisfied with the present, nostalgic for the past, haunted by illusion, oppressed by the feeling of life's inevitability. Having gathered his threads together, he thinks of Don Alonso Quijano el Bueno. Is our life not like his? He interrupts himself in his excitement; he has found an outlet for his longing; he will follow in the steps of the Manchegan knight. The progression is important: Don Quixote appears not as the cause of Azorín's obsessions but as the result of them; it is Azorín's own preoccupations that set the tenor of the book, not the

L

ingenioso hidalgo's adventures. Don Quixote is a symbol and a mirror. Azorín sets out in search of himself.

(*i*) *Dissatisfaction with the passing present*

La ruta de Don Quijote, we have seen, opens with an expression of despair at the monotony of the passing present: 'its loneliness and confinement, its oppressive repetitiveness, its disillusion and its tedium' (above, p.141). It is no momentary state of mind in Azorín; it is a recurring obsession. Consider, for example, the evidence of his autobiographical novel, *La voluntad* (1902):

Todo es igual, todo es monótono, todo cambia en la apariencia y se repite en el fondo a través de las edades [. . .]; la Humanidad es un círculo, es una serie de catástrofes que se suceden idénticas, iguales (*OC* I, 888).

These words are spoken by Azorín's master, Yuste, but they are valid also for Antonio Azorín himself:

Azorín torna a quedarse ensimismado. Lo mismo que el maestro Yuste, su espíritu padece la obsesión de estas indefinidas combinaciones de los átomos. ¿Serán realmente eternas? ¿Se repetirán los mundos? Su misticismo ateo encuentra en estas metafísicas un gran venero de especulaciones misteriosas (*OC* I, 934)

'Y es lo cierto —piensa Azorín mientras baja por la calle de Toledo— que yo tengo un cansancio, un hastío indefinible, invencible . . .' (*OC* I, 939).

'Azorín, en el fondo, no cree en nada' (*OC* I, 912); he is haunted by his 'pesimismo instintivo' (ibid.); he sees life as a 'dolorosa y estúpida evolución de los mundos hacia la Nada' (*OC* I, 917), an endless dance of death (*OC* I, 933). His own life, we are told, is 'toda esfuerzos sueltos, iniciaciones paralizadas, audacias frustradas, paradojas, gestos, gritos' (*OC* I, 995).

By 1905 much of the anger and the revolt revealed in the above quotations—the 'audacias frustradas, paradojas, gestos, gritos'—has gone. The feeling itself, however, remains. Life is an eternal repetition of hours and actions, *una repetición monótona, inexorable, de las mismas cosas con distintas apariencias* (p.1). Azorín, then, looks for relief in his Manchegan travels, and the awakening of human energy (*el despertar de la energía humana*, p.5) that he witnesses in the station appears to give strength to his hopes. Here he feels *simpatía* (ibid.), here he finds *amistad* (ibid.), here he notes pointers to the ordinary people of La Mancha whom he is going to meet (p.6), here he has material for his *especulaciones filosóficas* (p.7). Everything promises well. But the journey to Argamasilla is a long one, and gradually monotony and oppression descend. The plain stretches away into the distance, *solitaria, monótona, yerma, desesperante* (p.7):

Y las estaciones van pasando, pasando; todo el paisaje que ahora vemos es igual que el paisaje pasado; todo el paisaje pasado es el mismo que el que contemplaremos dentro de un par de horas (p.7).

There is little sense of relief here. The author is finding in the countryside the same monotony that earlier obsessed him in Madrid. There is a momentary thrill as he catches sight of windmills; then tiredness descends on him again. But the journey is almost over. *Una sacudida nerviosa nos conmueve. Hemos llegado al término de nuestro viaje* (p.7). Here, perhaps, the real escape begins. But we know that it does not. Argamasilla awaits the author with its relentless sameness and inertia, with its slow passage of time, with its *aire de vetustez, de inmovilidad, de reposo profundo, de resignación secular* (p.14), with its inhabitants who decline conversation (pp.13, 15, 16) or sit, *silenciosas, inmóviles*, in the casino, breaking the silence only by an occasional reference to the vine crop, and then leave as they have come, *lentas y mudas* (pp.15–17). But still the author is tempted by illusion:

allá, al final de la calle, la llanura se columbra inmensa, infinita, y encima de nosotros, a toda hora limpia, como atrayendo todos nuestros anhelos, se abre también inmensa, infinita, la bóveda radiante (p.14).

There is no mention of the plain's monotonous sameness;

only of the incentive it offers to striving and adventure. A sorry delusion. No sooner has Azorín set out on his journeyings across the Manchegan plain than he comes face to face again with sameness and monotony:

La jaca corre, desesperada, impetuosa; las anchurosas piezas se suceden iguales, monótonas; todo el campo es un llano uniforme, gris, sin un altozano, sin la más suave ondulación (p.29).

There is no need to insist with abundant quotation. This is Azorín's La Mancha: distant promise evolving to present despair. The journey that begins in Chapter II amidst animation and excitement ends in Chapter XV with the bringing together of Manchegan town, countryside and people in a common atmosphere of loneliness, tedium, silence and anguish (pp.65–6). There has been no escape, then, for the author; no change of sky without a change of heart. *Viajante, cargado con el peso de mil desdichas* (p.47), Azorín has found in La Mancha what he took with him from Madrid.

It is not La Mancha, then, that impresses itself on Azorín; it is Azorín who impresses himself on La Mancha. In case there should still be any doubt, his autobiographical writings are there with their own evidence. In Yecla, we are told, there is 'un ambiente de inercia, de paralización, de ausencia total de iniciativa y de energía' (*La voluntad*; *OC* I, 987). The scenery described is different from that of Don Quixote's La Mancha, but the impression it produces is the same, and there is the same oppressiveness of deserted streets and forbidding casino:

La calle está solitaria: de tarde en tarde pasa un labriego; luego, tras una hora, un niño; luego, tras otra hora, una vieja vestida de negro apoyada en un palo . . . Enfrente aparece el perfil negruzco de un monte; los frutales, blancos de flores, resaltan en las laderas grises; una paloma vuela, aleteando voluptuosa en el azul; el humo de las chimeneas asciende suave. Y de pronto resuena el grito largo, angustioso, plañidero, de un vendedor . . .

[. . .] ¿Qué hacer? Entro en el Casino: un viejo lee *El Imparcial*; otros dos viejos hablan de política.

—Fulano —dice uno— será presidente del Consejo.

—Yo creo —contesta el otro— que Mengano se impone.

—Dispense usted —observa el primero—, pero Fulano tiene más trastienda que Mengano.

—Perdone usted —replica el segundo—, pero Mengano cuenta con el Ejército.

¿Qué he de hacer yo en un Casino donde se habla de tal ex ministro o de cuál jefe de partido? Voy a una barbería (*La voluntad*; *OC* I, 962).

Such is Yecla. The following reflection is prompted by life in Monóvar:

En los pueblos sobran las horas, que son más largas que en ninguna otra parte, y, sin embargo, siempre es tarde. ¿Por qué? La vida se desliza monótona, lenta, siempre igual. Todos los días vemos las mismas caras y el mismo paisaje; las palabras que vamos a oír son siempre idénticas (*Antonio Azorín*; *OC* I, 1043).

But Yecla and Monóvar are in the Levante.[1] Are they not, then, *pueblecitos moriscos* [. . .], *todo recogidos, todo íntimos* (p.14)? Alas, only when Azorín is absent from them. And where are *la veleidad, la movilidad y el estruendo de las mansiones levantinas* (p.14)? In Azorín's longing, perhaps; like the delights of the Manchegan villages—until he visited them; like the enticements of the Manchegan countryside—until he found himself face to face with them.[2]

But let us return to *La ruta de Don Quijote*. The author's self-projection does not stop at isolated Manchegan scenes. In the inn at Argamasilla, for example, he notes *vetustez, inmovilidad, reposo profundo, resignación secular*, and immediately generalizes to Manchegan houses in general and beyond that to Spain itself (*tan castizos, tan españoles*, p.14). Similarly, at the end of his travels he looks back on Argamasilla and finds in it the microcosm of Spanish history:

---

[1] 'puesto que también se extiende el concepto [Levante] a Murcia [where Yecla is situated]' (*OC* VI, 41). Later, however, in his memoirs, Azorín will propose a contrast between Monóvar, 'la ciudad apacible', and Yecla, 'la ciudad adusta' (*OC* VIII, 353–6, 372–7).

[2] Recall also Azorín's evocation of life in an *Andalusian* village (above, pp.101–2).

¿No es ésta la patria del gran ensoñador don Alonso Quijano? ¿No está en este pueblo compendiada la historia eterna de la tierra española? (p.68).

Azorín, then, projects himself on to La Mancha and, through La Mancha, on to Spain. But the first sentence of this quotation, too, is important, for it suggests that he projects himself also, through La Mancha, on to Don Quixote. And Don Quixote, it will be remembered, epitomizes Azorín's own reaction to the oppressiveness of the Manchegan present:

Decidme, ¿no es éste el medio en que florecen las voluntades solitarias, libres, llenas de ideal —como la de Alonso Quijano el Bueno—; pero ensimismadas, soñadoras, incapaces, en definitiva, de concertarse en los prosaicos, vulgares, pacientes pactos que la marcha de los pueblos exige? (p.17).

But we are passing here from the oppressiveness of the present to the illusion of the future. I shall develop this latter aspect of the problem in the relevant section.

(ii) Nostalgia for the past

Obsessed with the monotonous sameness of the passing present, Azorín recalls with nostalgia visions of a happier past. A mere sigh is enough to set him dreaming (pp.2–4). In the villages of La Mancha, he feels, he may find again the delights that life in Madrid denies him. How easily the dreamer forgets the lessons of experience:

No he podido resistir al deseo de visitar el colegio en que transcurrió mi niñez. 'No entres en esos claustros —me decía una voz interior—; vas a destruirte una ilusión consoladora. Los sitios en que se deslizaron nuestros primeros años no se deben volver a ver; así conservamos engrandecidos los recuerdos de cosas que en la realidad son insignificantes.' Pero yo no he atendido esta instigación interna (*Las confesiones de un pequeño filósofo*; *OC* II, 93–4).

Azorín knows well enough the 'ambiente de foscura, de uniformidad, de monotonía eterna' (*OC* I, 930) that he has found—and described—in Spanish provincial towns and villages, but he rejects his experience, allows himself to be enticed by the illusion of a happier past that perhaps still lives on, sets out on his Manchegan quest—and finds the vision of bygone happiness that he takes with him from Madrid.

Formerly, he says, Argamasilla was a town of bustle and activity (p.35), but now nothing happens. Formerly, the windmills of Criptana, *máquinas inauditas*, astounded men with their novelty, but now they turn monotonously over a town plunged in darkness (Chapter XI). Characters and scenes are brought together at moments to emphasize the decay. Don Rafael, we are told, was formerly a successful man of the world, but now he is a broken character, *un poco echado a perder*, like his orchard, *algo abandonada*, like all the orchards of Argamasilla, *algo abandonadas* (p.25). And in Puerto Lápice there is a parallel between the ruins of the famous inn, once a scene of life and animation, and the local doctor, Don José Antonio (*él está enfermo* [. . .]; *él sabe que no se ha de curar* [. . .]; *este buen amigo de una hora a quien no veré más*, p.36)—an especially valuable example, this one, for to establish the harmony in decay of character and setting, the author is obliged to anticipate with José Antonio the nostalgia that reality as yet denies him.

But the classic case of decay in *La ruta de Don Quijote* is that of El Toboso, *un pueblo único, estupendo* (p.56). Of course, El Toboso is not unique because it is different from what Azorín has found elsewhere, but because it symbolizes so completely the general decay of La Mancha, because it is *como una condensación, como una síntesis de toda la tristeza de la Mancha* (p.57). That is also why, for Azorín, it is *estupendo*. Here, above all, he can find reflected his own nostalgia for the irretrievable past. Everything in El Toboso, he finds, can be seen as the expression of his own preoccupation with the ravages of passing time. It is not only the blocked-up doors, the fallen walls and the dilapidated houses. Even the sky is rent apart as though in ruin, and the light that floods through is the reddish, sinister dying light of evening. At the end of the chapter, whilst 'the shades of night close in' (*las sombras de la noche se allegan*; with symbolic significance, of course), the author's impression of the town is epitomized in the figure of the *viejo hidalgo con su capa* as he passes slowly by amidst the remnants of a glorious past. Cypresses stand out darkly, over the ruins, heavy with their funereal associations. But remember Don Jaime Olmo's words: 'No somos ningún pueblo tristón; somos un pueblo alegre.' He may well be right, but it matters little. It is the sadness of Azorín, not the sadness of El Toboso, that concerns us in *La ruta de Don Quijote*.

Azorín, then, seeks to convince us that in its individual inhabitants and in its regional history La Mancha is a land of faded energy, decayed greatness and bygone happiness. But we were forewarned. Azorín finds in La Mancha what he felt in Madrid: that past times were always better than the present. Besides, despite the occasional contrasting reference to the Levante (p.14), the distinction between what is Manchegan and what is not Manchegan is often blurred. Doña Isabel, for example, who is not stated to be Manchegan, does not stand out from others who are, and in her nostalgia-prompting sigh Azorín finds significantly *una visión neta y profunda de la España castiza* (p.2), not simply of any one region. Similarly, Don Silverio, so in harmony with the decayed glory of El Toboso, is not merely the most characteristic of Manchegan *hidalgos*, but *el tipo más clásico de hidalgo que he encontrado en tierras manchegas* (p.61), suggesting that such 'classical' reminders of Spain's noble past are found elsewhere too. Azorín's Manchegan experiences, then, are not exclusively Manchegan.

Nor are his present experiences exclusively present. In the 'silhouette' of Don Rafael, Azorín passes from his presentation of a defeated character to a review of the history of public works in Argamasilla: first, three centuries before, then in the eighteenth century, then in the nineteenth, then again in the nineteenth (pp.26–7). The suggestion is, of course, that the fading of estimable qualities is a recurring characteristic of Manchegan history. But we cannot allow Azorín to stop there, for the passage recalls forcibly the Prologue to *La voluntad* (1902). There also, there is emphasis on oscillations across the centuries between energy and inertia in building, and there also, this is seen to reveal the psychology of the inhabitants. But the town is not Argamasilla de Alba; it is Yecla. The following lines indicate merely the framework of the whole:

La antigua iglesia de la Asunción no basta; en 1769, el Concejo decide fabricar otra iglesia; en 1775, la primera piedra es colocada. Las obras principian; se excavan los cimientos, se labran los sillares, se fundamentan las paredes. Y en 1804 cesa el trabajo.

En 1847, las obras recomienzan [. . .].

Las obras languidecen [. . .].

La fe revive. En 1857, las obras cobran impulso poderoso [. . .]. 'Marcha la obra con tanta lentitud, que da indignación el ir por ella.' La Junta destituye al arquitecto [. . .] (*OC* i, 801–2).

'Todas las grandes obras de este pueblo están sin terminar', we are told later; 'Esto indica que en el pueblo yeclano hay un comienzo de voluntad, una iniciación de energía, que se agota rápidamente, que acaba en cansancio invencible' (*OC* i, 991):

Y eso es Yecla: un pueblo místico, un pueblo de visionarios, donde la intuición de las cosas, la visión rápida no falta; pero falta, en cambio, la coordinación reflexiva, el laboreo paciente, la voluntad (*OC* i, 991).

How like Argamasilla de Alba!

Decidme, ¿no es éste el medio en que florecen las voluntades solitarias, libres, llenas de ideal —como la de Alonso Quijano el Bueno—; pero ensimismadas, soñadoras, incapaces, en definitiva, de concertarse en los prosaicos, vulgares, pacientes pactos que la marcha de los pueblos exige? (p.17).

But now let us return to Azorín himself whose personality, I repeat, is at the basis of all such selection and creation:

Su espíritu anda ávido y perplejo de una parte a otra; no tiene plan de vida; no es capaz del esfuerzo sostenido; mariposea en torno a todas las ideas; trata de gustar todas las sensaciones. Así, en perpetuo tejer y destejer, en perdurables y estériles amagos, la vida corre inexorable, sin dejar más que una fugitiva estela de gestos, gritos, indignaciones, paradojas . . . (*La voluntad*; *OC* i, 913)

Azorín, decididamente, no puede estar sosegado en ninguna parte, ni tiene perseverancia para llevar nada a término (*Antonio Azorín*; *OC* i, 1105).

How wary we must be of accepting facile generalizations about the author's probings into the alleged 'problem of Spain'! The 'problem of Spain' is, for Azorín, his own problem. Spain, past and present, becomes the expression of his own personal preoccupations. In the Spanish past as in the Spanish present Azorín finds the story of his own life.

But I bring this section to a close with Don Quixote, the alleged object of Azorín's wanderings. The author has presented Don Rafael as a broken character and he has generalized his findings to the history of Argamasilla. It is proper that at the end of this progression we should come back again to the Caballero de la Triste Figura, under his most doleful name, for was he not also, ultimately, a defeated character? *¿Que hay en esta patria del buen Caballero de la Triste Figura*, asks Azorín, *que así rompe en un punto, a lo mejor de la carrera, las voluntades más enhiestas?* (p.27). Again the direction of the progression is important: Don Quixote is the outcome of Azorín's reflections, not the cause.

(iii) The illusion of future happiness

Energies fade, noble towns fall into ruin, happiness passes away, and in the present one is left with merely the remnants of greatness and with the feeling that past times were better (Section *ii*). For the rest the present offers isolation, monotony, inertia, stagnation (Section *i*). It is too late to enjoy, except in dreams, what exists no more.

But what of the future? Perhaps the future can satisfy the illusion that time's passing denies. The following lines, from *Las confesiones de un pequeño filósofo* (1904), are fundamental for an understanding of Azorín's attitude:

yo os digo que esta idea de que siempre es tarde es la idea fundamental de mi vida; no sonriáis. Y que si miro hacia atrás, veo que a ella le debo esta ansia inexplicable, este apresuramiento por algo que no conozco, esta febrilidad, este desasosiego, esta preocupación tremenda y abrumadora por el interminable sucederse de las cosas a través de los tiempos (*OC* II, 43).

His nostalgia for the past, his dissatisfaction with the present, his vague longing for some future happiness, and always, between past, present and future, the relentless landslide of time. Again, then, in Chapter I of *La ruta de Don Quijote* Azorín pointed to a basic preoccupation: his vague *deseo de algo mejor* that he himself cannot define (p.3), his notion of life itself as *un combate inacabable, sin premio, por ideales que no veremos realizados* (p.4). It was at this point that he thought of Don Alonso Quijano el Bueno and resolved to follow him in his quest.

As in the previous two sections Azorín finds evidence of what he takes with him. Don Quixote and his contemporaries share the author's restlessness and longing: *el pueblo entero de Argamasilla es lo que se llama un pueblo andante* (p.9). Azorín draws attention to the comings and goings of the people, emphasizes their legislative and administrative feverishness, recalls Don Luis de Córdoba, too restless to be seated for a quarter of an hour, and evokes, in short, *un ambiente de hiperestesia sensitiva, de desasosiego, de anhelo perdurable por algo desconocido y lejano* (p.11). The name of Don Rodrigo Pacheco himself, claimed to be the original Don Quixote, is first mentioned amidst those of litigants and aspirants to nobility (p.12), and the knight, *absorto en los anchos infolios*, appears as the supreme expression of the restlessness of the town (p.12).

But all this evidence of *anhelo perdurable por algo desconocido y lejano* refers to Argamasilla in the past. In the present Azorín finds inertia and stagnation, with only a remnant of the old enthusiasms living on still in those *viejas figuras de hidalgos castellanos* who meet in the back room of the chemist's shop. But if Argamasilla stagnates, Azorín himself does not. Illusion haunts him still and he finds in plain and sky an incentive to his longing (p.14). We feel the same 'nervous tremor' that we were invited to feel earlier, as the train reached the station of Argamasilla (p.7). And it is repeated through the chapter:

Todo está en profundo reposo. El sol reverbera en las blancas paredes; las puertas están cerradas; las ventanas están cerradas. Pasa de rato en rato, ligero, indolente, un galgo negro, o un galgo gris, o un galgo rojo. Y la llanura, en la lejanía, allá dentro, en la línea

remota del horizonte, se confunde imperceptible con la inmensa
planicie azul del cielo (p.15)

Fuera, la plaza está solitaria, desierta; se oye un grito lejano; un
viento ligero lleva unas nubes blancas por el cielo (p.16)

Las puertas están cerradas; las ventanas están cerradas. Y de nuevo
el llano se ofrece a nuestros ojos, inmenso, desmantelado, infinito,
en la lejanía (p.16).

In each of these passages (and in a longer one at the end of the
chapter that sums up the effect) the progression is the same:
first the emphasis on man's isolation; then a glance at plain or
sky, our incitements to escape (as the rusty sword incited Don
Alonso, pp.8–9, 12).

But we studied the outcome in Section *i*: an ever-receding
mirage of illusion; sameness and monotony that serve only to
incite still further longing:

Y nosotros, tras horas y horas de caminata por este campo, nos
sentimos abrumados, anonadados, por la llanura inmutable, por el
cielo infinito, transparente, por la lejanía inaccesible. Y ahora es
cuando comprendemos cómo Alonso Quijano había de nacer en
estas tierras, y cómo su espíritu, sin trabas, libre, había de volar
frenético por las regiones del ensueño y de la quimera ¿De qué
manera no sentirnos aquí desligados de todo? ¿De qué manera no
sentir que un algo misterioso, que un anhelo que no podemos
explicar, que un ansia indefinida, inefable, surge de nuestro
espíritu? (p.31).

As in the previous two sections, we have seen how a personal obsession that revealed itself in Chapter I, in Madrid,
has found its reflection in La Mancha: in the landscape, in the
people and, more particularly, in the character of Don Quixote.
As in those sections, also, we can take a final step and note
how Azorín generalizes his impressions to embrace Spanish
history as a whole:

¿No está en este pueblo [Argamasilla] compendiada la historia
eterna de la tierra española? ¿No es esto la fantasía loca, irrazonada e
impetuosa que rompe de pronto la inacción para caer otra vez
estérilmente en el marasmo? (p.68).

Illusion and inertia. But the tone, now, is one of real condemnation. In his last article, from which these lines are taken, the critic has taken over from the poet. There has been a shift of emphasis from illusion to futile fantasy and the lyrical self-involvement of the sympathetic observer has given way to the austerity of a younger Azorín, 'admirador de Schopenhauer, partidario de Nietzsche' (*La voluntad* [a significant title], *OC* I, 968), angry with his national heritage and angry with himself. His view of Spanish history in the above passage is still autobiographical, but it is the autobiography of a sterner Azorín who has still not completely disappeared. In 1902 the author observed two men in conflict within him: 'el *hombre-voluntad*, casi muerto' and 'el *hombre-reflexión*, nacido, alentado en copiosas lecturas, en largas soledades, en minuciosos autoanálisis' (*OC* I, 968). 'El que domina en mí, por desgracia, es el *hombre-reflexión*', he continued. By 1905 the *hombre-reflexión* dominates even more clearly, but few readers would share the author's regret. In *La ruta de Don Quijote* the latter part of Chapter XV, and the last paragraph in particular, disrupts the emotional unity of Azorín's account of his Manchegan travels.

(iv) The feeling of life's inevitability

Dissatisfied with the present (Section *i*), Azorín looks fondly to the past (Section *ii*) and to the future (Section *iii*). But both recede as he approaches. The happier past that he dreams into Spanish villages is converted, with his coming, into stagnant present, and the illusioned enticement of the future is always out of reach. Real life, then, is essentially sad. To observe life, he wrote in *La voluntad*, is to be brought face to face with its inescapable sorrow:

Comprender es entristecer; observar es sentirse vivir . . . Y sentirse vivir es sentir la muerte, es sentir la inexorable marcha de todo nuestro ser y de las cosas que nos rodean hacia el océano misterioso de la Nada . . . (*La voluntad*; *OC* I, 898).

One cannot escape, then, from the monotonous sameness of

the passing present. One can dream one's dreams, and amidst the awakening energy and the new-found friendships of a railway station one can even feel oneself, momentarily, on the threshold of unknown adventure.[1] But in the long run reality will impose itself again. 'Las cosas nos llevan de un lado para otro fatalmente' (*OC* I, 935), and provincial towns and villages especially are relentless reminders of the reality of grief and of the pointlessness of longing and of effort:

> todo esto [la vida de los pueblos] es como un ambiente angustioso, anhelante, que nos oprime, que nos hace pensar minuto por minuto (¡esos interminables minutos de los pueblos!) en la inutilidad de todo esfuerzo, en que el dolor es lo único cierto en la vida, y en que no valen afanes ni ansiedades, puesto que todo (¡todo: hombres y mundos!) ha de acabarse, disolviéndose en la nada, como el humo, la gloria, la belleza, el valor, la inteligencia (*La voluntad*; *OC* I, 834–5).

It is an 'ambiente angustioso, anhelante' like this that Azorín finds in Argamasilla. There is no escape: *un gallo canta* [. . .] *he de levantarme* (p.13); *las campanas suenan* [. . .] *es preciso salir* (p.13); *estas campanadas que el reloj acaba de lanzar marcan el mediodía. Yo regreso a casa* (p.15); *después de comer hay que ir un momento al Casino* (p.15); *He acabado ya de cenar; será necesario el volver al Casino* (p.16). And the sky and the village seem to share the author's own compulsion: *suenan las campanadas graves y las campanadas agudas del Ave María; el cielo se ensombrece* (p.16); *Esta es la hora* [of the *rápida tregua*]; after it, *el silencio más profundo* [. . .] *ha de pesar durante la noche sobre el pueblo* (p.16).

Amidst this helpless servitude to time's cycle the author feels lost: he is alone, unable to make contact with people,

---

[1] Cf. 'Vamos a partir; la diligencia está presta. ¿Adónde vamos? No lo sé; éste es el mayor encanto de los viajes. . . .

Yo no he podido ver una diligencia a punto de partida sin sentir vivos deseos de montar en ella; no he podido ver un barco enfilando la boca del puerto sin experimentar el ansia de hallarme en él, colocado en la proa, frente a la inmensidad desconocida.

Vamos a partir. ¿Adónde vamos? No lo sé: éste es el mayor encanto de los viajes . . .' (*Las confesiones de un pequeño filósofo*; *OC* II, 78).

unable to localize his wanderings or to register time's passing
by vital action. Oppressed by the stagnation of village life as
he was earlier oppressed by the harassments of life in Madrid,
enticed by the surrounding vastness of plain and sky as he was
earlier enticed by an illusioned view of village life, Azorín is
driven to seek relief in travel. And in Chapter IV, as in Chapter I, it is Don Alonso Quijano el Bueno who appears as the
incarnation of his feeling of compelled reaction.

From Azorín's own feeling of compelled submission to
what life imposes, then, we arrive at the notion of Don
Quixote as a necessary product of the environment in which
he lived. And we are beginning to see Azorín's determinism in
its proper perspective. We can see now that it comes not from
the head but from the heart.[1] Those elements of spaciousness
that were logically irrelevant to his case (above, p.135), that
feeling of solitude which was that of an outsider and therefore
not valid for Don Quixote (above, p.138), the misused facts
that served to emphasize the impression of inertia and stagnation (above, p.135), the suggestion that the sky and the silence
of night were enveloped in the same network of inevitability
as the author himself (above, p.154), the attribution of Don
Quixote's longing for adventure to a stagnation that Azorín
himself admits did not exist in the sixteenth century (above,
p.131)—all these elements that fail to satisfy us from a purely
logical, determinist point of view, do satisfy us as coherent and
mutually complementary manifestations of a particular view
of life.[2]

[1] Compare the following, similar transition from feeling to a declaration of determinism:
   Las cosas nos llevan de un lado para otro fatalmente; somos de la
manera que el medio conforma nuestro carácter (*La voluntad*; *OC* I, 935).
[2] Only the last of the cases listed calls for expansion; the rest are self-
evident.
   In the intoxication of self-projection Azorín assumes Don Quixote to
have shared his own despair at the monotonous passing present and to
have been driven out by that despair in search of adventure. On the other
hand, in his hunger for happiness, Azorín tries to believe that past times
were better than the present. But if La Mancha in Don Quixote's day was

Moreover, it is as the incarnation of that particular view of life, as Azorín's *símbolo* and Azorín's *espejo* (p.4), that Don Alonso Quijano el Bueno appears in *La ruta de Don Quijote*. But it is not only Don Alonso Quijano, and in previous sections we have seen how real people and places too, and even Spanish history, become the bearers of the author's personal obsessions. Similarly, in the present section, one can recall the harmony of character and environment that is emphasized in the portrait of Don Rafael (p.25) and in the description of Don Silverio (p.61), and the resignation expressed in Doña Isabel's *¡Todo sea por Dios!* (p.2) and La Xantipa's *¡Ay, Jesús!* (pp.16, 22) and Juana María's *¡Ea, todas las cosas vienen por sus cabales!* (p.24). And *haber de* is there as one of several characteristic means by which Azorín presses his sense of inevitability upon us: *he de mover perdurablemente* [. . .]; *he de llevar* (p.2), *aquí había de nacer el mayor de los caballeros andantes* (p.11), *el nuevo pueblo* [Argamasilla], *por su situación, por su topografía, ha de favorecer este estado extraordinario* (p.11), etc. And one cannot resist the purely personal statement of inevitability with reference to Don José Antonio: *él sabe que no se ha de curar* [. . .]; *este buen amigo de una hora a quien no veré más* (p.36). It falls completely outside the rational pattern of Azorín's determinism, but not outside the more important emotional atmosphere of inevitability.

Events, the countryside, the people, Don Quixote—all come together in the same network of inevitability that obsessed the author in Madrid before he set out on his travels. In Alcázar de San Juan, *la capital geográfica de la Mancha* (p.65), he brings his travels to a close and sets the final tone of his trip:

¿Habrá otro pueblo, aparte de éste, más castizo, más manchego, más típico, donde más íntimamente se comprenda y se sienta la alucinación de estas campiñas rasas, el vivir doloroso y resignado de

as active and dynamic as Azorín in his longing supposes (above, p.148), the knight's quest cannot then be explained as an illusioned escape from the stagnant present. We have here an admirable example of conflict between logic and emotion, and a clear illustration of the prevalence of emotion in Azorín's writings.

estos buenos labriegos, la monotonía y la desesperación de las horas
que pasan y pasan lentas, eternas, en un ambiente de tristeza, de
soledad y de inacción? (p.65).

From the will to action and the striving for a distant ideal
(Section *iii*) Azorín has brought us back to monotony, sadness
and inertia (Section *i*). Spain's ability to fulfil its dreams has
gone and we are back with the regret for unattained illusion
(Section *ii*). Without a true ideal, says Azorín, *los pueblos y los
individuos fatalmente van a la decadencia* (p.68). Here, then, in the
last chapter of his travels, Azorín brings together, as he did at
the beginning of the book, his most insistent obsessions. But
now they are presented not in personal terms but in terms of
the land he has been visiting. La Mancha has not changed
Azorín, but in projecting around him his own intense, personal vision of life, Azorín has changed La Mancha.

Reality in its significance

We are beginning to see that *La ruta de Don Quijote* is no
mere realistic catalogue of characters, scenes and events.
Despite his claim at the beginning of Chapter VII, Azorín does
not, in that chapter or in any other, tell his reader, *punto por
punto, sin omisiones, sin efectos, sin lirismos, todo cuanto ha*[ce]
y v[e] (p.28). Immediate physical reality is selected and supplemented, emphasized in certain of its aspects and played
down in others, compared and contrasted with other scenes
distant in time or place, probed for its possible influences on
persons real and fictitious, past and present, and used, again
and again, as a starting-point for *especulaciones filosóficas* (p.7)
and for arabesques of feeling and imagination. Similarly, in
his descriptions of people, though Azorín urges his reader to
observe *todos los detalles, todos los matices, todos los más insignificantes gestos y los movimientos más ligeros* (p.8), it is in fact the
significant, not the insignificant, details that really concern
him and it is these that he describes for us and these that
prompt his reflections:

Y de cuando en cuando el busto amojamado de don Alonso se

M

yergue; suspira hondamente el caballero; se remueve nervioso y afanoso en el ancho asiento. Y sus miradas, de las blancas hojas del libro pasan súbitas y llameantes a la vieja y mohosa espada que pende en la pared [. . .]. Y ¿por qué este buen don Alonso, que ahora hemos visto suspirando de anhelos inefables sobre sus libros mal-hadados, ha venido a este trance? ¿Qué hay en el ambiente de este pueblo que haya hecho posible el nacimiento y desarrollo, precisa-mente aquí, de esta extraña, amada y dolorosa figura? (pp.8–9).

Yet again, in his sources, Azorín draws our attention to *pormenores, detalles, hechos, al parecer insignificantes* [in the 1575 *relación*], *que vendrán a ser la contraprueba de lo que acabamos de exponer* (p.12). But the words *al parecer* are important. The details referred to are not insignificant; they confirm the author's interpretation. Whether it be in the presentation of scenes, events, people or sources, Azorín concentrates always on what is significant.

But significant in what way? Significant, firstly, of course, for what is thereby revealed of those scenes, events, people or sources. But we must go further. Significant, then, for what is revealed of those things as Azorín sees them and interprets them; significant, we can say, as details 'que *vengan* a ser la contraprueba' of what the author finds in them. But we can go still further, I suggest, and the previous sections have prepared the way. The author's selection from and supplementation of reality is determined basically by his own individual view of life. The details chosen by him for their significance in reveal-ing characters, sources, scenes and events, are relevant also to his own reflections and significant ultimately only as manifest-ations of his own obsession-ridden *yo*.[1]

[1] Here it is necessary to draw attention to the commonly accepted contrary view:

La ruta de Don Quijote es un libro sencillo; una especie de diario de viaje; trabajo rápido de periodista [. . .] que emprende una correría por la Mancha actual y alrededor de los moradores de los pueblos más importantes ha reunido sus impresiones manchegas [. . .]. Funda-mentalmente, se trata de la atmósfera general de los pueblos y aldeas [. . .]. Su actitud [i.e. Azorín's attitude] es la de historiador de lo coti-

I start with character portrayal. Consider the 'silhouette' of Juana María. Azorín invites his reader to observe the gestures and movements of ladies at a social gathering: *sus gestos* [. . .], *sus movimientos* [. . .], *cómo se sientan, cómo se levantan, cómo abren una puerta, cómo tocan un mueble* (p.24). But notice the sequel:

Y cuando os despedís de todas estas damas, cuando dejáis este salón, os percatáis de que tal vez, a pesar de toda la afabilidad, de toda la discreción, de toda la elegancia, no queda en vuestros espíritus, como recuerdo, nada de definitivo, de fuerte y de castizo (p.24).

The scene has not impressed itself on the author's mind and he therefore tells us nothing further about it. The gestures and movements remain undescribed. Instead, Azorín turns our attention to another scene that has impressed him. We are in a country inn and we notice a girl sitting over in the corner, almost in darkness:

Vosotros cogéis las tenazas y vais tizoneando; junto al fuego hay asimismo dos o cuatro o seis comadres. Todas hablan; todas cuentan —ya lo sabéis— desdichas, muertes, asolamientos, ruinas; la muchacha del rincón calla; vosotros no le dais gran importancia a la muchacha. Pero, durante un momento, las voces de las comadres enmudecen; entonces, en el breve silencio, tal vez como resumen o corolario a lo que se iba diciendo, suena una voz que dice:
—¡Ea, todas las cosas vienen por sus cabales! (p.24).

Immediately our attention is aroused as earlier it was not. It is the manner of expression, says Azorín. It may well be so, in

<hr/>

diano, a lo Goncourt, la de pensador y pedagogo [This last is the translators' reference—with approval—to Fritz Ernst's view].
(Werner Mulertt, *Azorín*, Madrid, 1930, pp.114, 115, 124).
Mulertt thereupon generalizes beyond *La ruta de Don Quijote* and characterizes Azorín as 'el agudo, crítico observador, el que procura seguir la técnica de los Goncourts y tan sólo pintar lo que sus ojos ven y lo que sus oídos oyen' (op. cit., p.138). It is this view of Azorín as a faithful describer of the Spanish countryside and of Spanish life ('descritor de la tierra y de la vida españolas', ibid.) that has caused scholars to recommend his books warmly for school use as—to quote one historian—'un limpio espejo de la mejor, de la España eterna' (José María Martínez Val, in *El Magisterio Español*, 3 April 1947; cit. Angel Cruz Rueda, in *OC* I, xxvi).

part, but is it not also what is expressed (*tal vez como resumen o corolario a lo que se iba diciendo*) that attracts him: the feeling of necessary resignation to time's misfortunes? Juana María has epitomized in her words a personal preoccupation of the author himself. In the final paragraph he reflects on her as the classic type of Spanish woman. There is no conflict with what has gone before. Azorín's Spain is Azorín projected on to people and places.

In his portrait of Juana María, Azorín turned our attention from an elegant drawing-room because he found nothing there to impress us. Similarly, in his portrait of La Xantipa, he passes in silence over the details of what was said on the 'two or three' occasions that they talked together before she revealed her sorrows (p.22). It is the sorrows alone that concern the author and everything is made to serve the communication of those sorrows: the repeated sighs, the bewildered account, the inability to cope with the legal and financial complications, the pregnant silences enhancing the tragedy of what is revealed, the difficult shuffling of old age, the mistrust of others emphasizing the hope placed in Azorín:

Yo doblo la primera hoja; mis ojos pasan sobre los negros trazos. Y yo no leo, no me doy cuenta de lo que esta prosa curialesca expresa, pero siento que pasa por el aire, vagamente, en este momento, en esta casa, entre estas figuras vestidas de negro que miran ansiosamente a un desconocido que puede traerles la esperanza, siento que pasa un soplo de lo Trágico (p.23).

The portraits of Juana María and La Xantipa are clearly the outcome of selection from experience and equally clearly they come to epitomize characteristic reactions to life of the author himself. One suspects also that reality has been supplemented, but one cannot be sure. With Doña María (p.34) one can, for Azorín does not describe her directly but, amidst the suppositions implied by *acaso* and *quizá*, presents her as a model of the *señoras de pueblo* for whom he feels such affection. Significantly, he has forgotten her real name (above, p.85).

Finally, the clearest case of all of character creation in *La ruta de Don Quijote* is that of Don Alonso Quijano el Bueno, a fictitious character who is presented as real and alive. The Manchegan knight, it is suggested, is a product of the restlessness and agitation of sixteenth-century Argamasilla (pp.8–9, 12). But the evidence of the 1575 *relación* has been selected to justify this view. The restlessness and agitation are clearly the author's own.

So far my emphasis has been on character presentation. It can as well be on the description of landscapes or of towns and villages, for here also physical reality is selected and supplemented, and here also physical reality becomes a pointer to the author's own inner being. Consider, for example, in Chapter IV, Azorín's brief, sad reference to the impressive grove of trees that stretches for over a mile along the banks of the Canal del Gran Prior and is one of the delights of Argamasilla: *sobre las techumbres bajas y pardas, destaca el ramaje negro, desnudo, de los olmos que bordean el río* (p.16). Later, when absence is beginning to feed nostalgia, the trees (presumably the tall poplars now) will appear in a happier light: *nuestros ojos [. . .] columbran el ramaje negro, sutil, aéreo, de la arboleda que exorna el río* (p.30). And where are the *académicos* in Chapter IV? Azorín reached Argamasilla on the Saturday afternoon and the *misa mayor* (p.13) is on Sunday. Did Azorín —who apparently travelled with letters of introduction— really not meet them on that day? And did La Xantipa and Mercedes and Gabriel really receive the author's greetings and questions with the silence that he suggests (pp.13, 15, 16)? But whilst the trees are presented only in their bareness (not *sutiles*, not *aéreos*, not *exornan*), whilst *don Juan, don Pedro, don Francisco, don Luis, don Antonio, don Alejandro* are evoked only in their absence (p.15), whilst La Xantipa and Mercedes and Gabriel persist in an obstinate silence broken only by an *¡Ay, Jesús!* of resignation, spaciousness is everywhere, often in elements irrelevant to logical argument and often exaggerated beyond the bounds of observable reality: the yard of the inn, Azorín's room, the dado, the fireplace canopy, the way out to the street, the entrance to the casino. Similarly, inertia is pressed upon the reader not only by selection from what Azorín finds in Argamasilla, but also by contrasting reference to what he does not find (*la veleidad, la movilidad y el estruendo*, p.14; *No hay ni ajetreos, ni movimientos, ni estrépitos*, p.14; etc.), and by a judicious misuse of history (pp.14–15), and by the obsessive recurrence of certain elements (the cat and the cock, the greyhounds, the conversation in the casino, the stove, etc.). Azorín's is not a realistic description of Argamasilla. It is creative literature. Ordinary logic and ordinary reality matter little. By his insistence on the here and now of *his* Argamasilla, Azorín makes the reader *feel* the vast solitude and stagnation that he himself has felt and thereby gives the work its own logic and its own reality. Enveloped in the total atmosphere of the chapter, physical details take on symbolic value relevant to the whole:

'Desde 1900 hasta la fecha —me dicen— no se han construido más allá de ocho casas.' Todo está en profundo reposo. El sol reverbera en las blancas paredes; las puertas están cerradas; las ventanas están cerradas (p.15).

In their context the words *profundo reposo* indicate stagnation rather than mere repose, and the closed doors and windows are symbols of the author's isolation from his fellow-men. They reappear, with similar symbolic value, on the following page.

My final example is one of landscape. From amidst the solitude and inertia of Argamasilla de Alba, Azorín gazed with longing at the boundless expanse of plain and sky, and in Chapter VII, full of hope, stirred by the *alegría* and the *voluptuosidad* and the *fortaleza* of the early morning air, he sets out on his first sally. But there is in this chapter none of the narrative completeness that his opening sentence would lead us to expect. Instead, we are presented with a succession of isolated moments in his journey: (1) 6 a.m., (2) shortly after 7 a.m., (3) on sighting the hills of Villarrubia, (4) 11 a.m., (5) noon, (6) when the distant mountain can be seen more clearly, (7) 2 p.m., (8) 5 p.m., (9) the moment of writing. Except for the two lines devoted to the author's arrival at Puerto Lápice (where the description is left for the following chapter), Azorín takes his stand successively in each of these moments of time to survey the scene around him: first the freshness of the morning which seems relevant to the author's own excitement as he starts out on his journey (1), then the vastness of the plain, but still with delightful elements (2), then the monotony of the plain and the author's *ánimo desesperanzado, hastiado, exasperado*, that longs for signs of habitation (3), then the nostalgic glance back to the distant trees of Argamasilla and the first of the author's reflections on Don Alonso Quijano (4). In reality the scenery between Argamasilla and Puerto Lápice changes little, but by the careful selection of detail Azorín, writing at the end of the day, recreates for his reader his own experience of increasing monotony and increasing despair; that is, of life's relentless condemnation of human illusion. Significantly he thinks at this point (5) of one of Don Alonso's adventures:

¿No sería acaso *en este paraje, junto a este camino*, donde Don Quijote encontró a Juan Haldudo, el vecino de Quintanar? ¿No fue ésta una de las más altas empresas del caballero? ¿No fue atado Andresillo a *una de estas carrascas* y azotado bárbaramente por su amo? [. . .the description of Don Quixote's intervention and the outcome . . .] Esta ironía honda y desconsoladora tienen todas las cosas de la vida . . . (p.31; my italics).

First the physical setting, in the author's own *physical* here and now; then the adventure itself; then the reflection that generalizes from the particular and reveals the special significance of that adventure for the author's own *emotional* here and now. From his next observation point in time (6), the author centres his impression of the Manchegan countryside more clearly still on the would-be knight and presents him as a product of the boundless expanse of the Manchegan plain and sky (p.31). But the following lines are significant:

¿De qué manera no sentir que un algo misterioso, que un anhelo que no podemos explicar, que un ansia indefinida, inefable, surge de *nuestro* espíritu? (my italics).

Azorín explains Don Quixote's reaction through his own, as he did at the end of Chapter IV, through the indefinable longing, the *deseo de algo mejor que no sé lo que es* (p.3), that springs from *his* spirit in La Mancha as it sprang from *his* spirit in Madrid, before he set out on his travels. Azorín, in short, presents Don Quixote as the physical expression of successive Manchegan environments. But those Manchegan environments are themselves the expression of Azorín. Don Quixote and La Mancha come together—selected and supplemented— as external manifestations of the author's inner being.

Azorín, as we shall see in the next chapter, is a sensitive observer of real-life details, of 'pequeños hechos' (*OC* ii, 82), of those 'microscópicos detalles' and 'despreciables minucias' that he says constitute daily existence and, ultimately, history itself (*OC* i, 931). Moreover, he is a superb artist in communicating those details to his reader. But *La ruta de Don Quijote* is no mere realistic catalogue of 'pequeños hechos'. Most of the 'pequeños hechos' that La Mancha offers to an impartial observer have found no place in Azorín's obsessive *blancas cuartillas*, and with those that have there is selection, grading, supplementation and verbal orchestration, so that everything becomes an expression of Azorín's own personal reaction to La Mancha, which is also his personal reaction to life. In 1904 Azorín had pointed to this characteristic of his writing in *Las confesiones de un pequeño filósofo* and invited his reader to react in a similar manner to the 'pequeños hechos' that he himself presented:

Yo no quiero hacer vagas filosofías; me repugnan las teorías y las leyes generales, porque sé que circunstancias desconocidas para mí pueden cambiar la faz de las cosas, o que un ingenio más profundo que el mío puede deducir de los pequeños hechos que yo ensamblo leyes y corolarios distintos a los que yo deduzco. Yo no quiero hacer filosofías nebulosas: que vea cada cual en los hechos sus propios pensamientos (*OC* ii, 82).

'Que vea cada cual en los hechos sus propios pensamientos.' This is indeed what Azorín himself does, and not only his thoughts but also his feelings. A sigh can evoke in him *una visión neta y profunda de la España castiza* and become the starting-point for a page of recollections (pp.2–3), and the glimpse of a *dama fina, elegante, majestuosa, enlutada* can set his imagination afire and distract him—and his reader—from the tedium of a journey (p.8). But the very skill with which he selects his facts, with which he orders them and supplements them and orchestrates them, highlighting them by contrasts and enveloping them in adjectival atmosphere, prevents the reader from accepting the invitation to find his own thoughts in the author's data. Because of the vivid and consistent communication of his own personal view of life Azorín captures our attention and convinces us. As sensitive readers we are made to suspend critical disbelief and to share with the author his own interpretation of the 'pequeños hechos' of Manchegan life. It is his very success as a creative writer and a prose poet, I suggest, that has caused him to be misrepresented as a mere 'historiador de lo cotidiano', 'pensador y pedagogo', faithful 'descritor de la tierra y de la vida españolas' (above, p.158 n.). Azorín's *Dichtung* (poetry and fiction) carries with it the conviction of *Wahrheit* (truth and reality). We shall be examining why in the following chapter.

Reactions to the present: anguish, delight and irony

Azorín, I have said, is dissatisfied with the present and looks for illusion in the past and the future. Though basically justified, this distinction is nevertheless too rigid. Azorín does not find in the passing present only the mirror of his own sorrow (women in mourning, towns in ruins, broken wills and resignation to life's misfortunes) or a mere incentive to nostalgic probings of the past and illusioned hopes for the future. Happiness for Azorín is not confined to past and future. Amidst its vast panorama of sadness, present reality has its oases, too, elements that delight the author and prompt him to communicate that delight to his reader. Thus, alongside the oppressive present of Chapter IV one must consider also the happy present of Chapter V. Why is there such a distinction? Why should Azorín feel apparent distaste for the present in the one case and manifest delight in the other? What does the meeting with the *académicos* offer the author that his experiences in Chapter IV deny him? These are the questions with which we are here initially concerned.

One difference stands out: in Chapter IV Azorín is unable to enter into contact with people; in Chapter V he finds himself among friends. It is a fundamental distinction from which others follow. We must therefore examine it more closely. In Chapter IV there is no evidence of 'cortesía' or 'discreción' or 'amabilidad'. The villagers disregard their visitor. Azorín's only friends are the cat and the cock (with *amigo mío también*, p.13, becoming *mi otro amigo*, p.16, to emphasize that these are his only friends). In Chapter V, on the other hand, there is insistence, from the very first lines of the chapter, on the friendliness and the discretion of the *académicos*. Here Azorín is received with affection and respect; *todos charlamos como viejos amigos*; and when the *académicos* hear of their visitor's conviction about Argamasilla's Quixotic claims, *todos [le] miran con una profunda gratitud, con un intenso reconocimiento*. Azorín is content.

Now let us place this difference in the perspective of what has gone before. Azorín's reflections in Madrid on Spanish towns and villages pointed clearly to an unsatisfied longing for ties of affection (*nuestras madres; estos buenos amigos nuestros; las queridas herrerías; en compañía de Lolita, de Juana, de Carmencita o de Rosario*), and in his description of the journey to Argamasilla he urged—at times with cloying insistence—his discovery of such ties in people and places (*una vieja y amable casa; una simpatía profunda por las estaciones; una sólida, una sincera amistad con este hombre sencillo, discreto y afable; mi nuevo amigo* [twice]; *mi flamante amigo; un coche simpático; esta vieja y amable fonda*). But in Chapter IV the promise of the *vieja y amable fonda* is not fulfilled. Without people to distract him, Azorín is driven inwards upon himself, is haunted again by his obsession with life's *repetición monótona, inexorable, de las mismas cosas con distintas apariencias* (p.1), and sees the world around him as an expression of his own isolation amidst the emptiness and stagnation of life. In Chapter V, on the other hand, Azorín finds *buenos hidalgos* to offer him their friendship and, with their friendship, a distraction from his obsessions.

From this basic distinction much else follows, and by continuing our comparison of Chapters IV and V we shall see how elements of reality common to both take on anguished or delightful overtones according to whether they are associated with the loneliness of the earlier chapter or the friendship of the later one. Consider, for example, spaciousness on which such emphasis has been laid in previous sections of this study. It does not always suggest to Azorín life's emptiness or offer him merely an escape to illusion. It may also offer him present enjoyment. It depends on his state of mind, and this in turn depends primarily on his relationship with people. Thus, in Chapter IV the potentially pleasant spaciousness of *ancho corral* and *ancho zócalo* and *día claro, radiante* gives way gradually, amidst the author's increasing awareness of absent affection, to vastness of time and space and comes to reinforce his feeling of isolation. In Chapter V, on the other hand, spaciousness is pleasant: *una casa amplia, clara, nueva y limpia*; *la ancha reja*; *el río tranquilo, que se detiene en un ancho remanso*; *esta clara estancia*. Similarly, there is an emotional distinction to be noted in the sunlight that presses this spaciousness upon us: in Chapter IV it reverberates on white walls and emphasizes man's isolation (p.15); in Chapter V it is a *sol tibio, esplendente, confortador*, a *sol vivo y confortador*, and it serves to emphasize the delight of the scene. Yet again, silence and repose become synonymous in Chapter IV with stagnation; in Chapter V they are synonymous with the *sencillez* and the *sosiego* that Azorín longed for in Madrid (p.4). And *casticismo* (being truly traditional; authenticity, venerability), on which Azorín insists so much in his travels, this too reveals the same duality. Where the author is alone with his obsessions, it is associated with oppressive *vetustez* and *inmovilidad* and *reposo profundo* and *resignación secular (tan castizos, tan españoles)*; on the other hand, where Azorín feels himself to be on the verge of adventure (Section *iii*) or amidst friends, it is associated with *un coche simpático* (*venerable*, p.7) or *una dama fina, elegante* (*tan española, tan castiza*, p.8) or, in Chapter V, with *hidalgos*, literature (Ariosto, Cervantes), art (Velázquez, El Greco) and crafts (*soberbios platos antiguos; un fornido aparador de roble; un rico marco de patinosa talla; una antigua y maravillosa alfombra*).[1]

The above comparison of Chapters IV and V, besides illustrating something characteristic of the book as a whole, throws light also on Azorín's evolution from the angry, anti-traditionalist iconoclast of his early years (see Introduction) to the love of Spanish tradition that characterizes his later writings. In 1902, it will be remembered, Azorín noted two men in conflict within himself: the *hombre-voluntad*, almost dead, and the generally predominant *hombre-reflexión*. By 1905 the *hombre-reflexión* predominates even more clearly, but the *hombre-voluntad* lingers on still to remind the author, when distraction is lacking, of the illusion of past and future, of what he has lost and what he may still attain, to press upon him, in short, dissatisfaction with his present existence. But the offer of affection gives him his distraction, and thanks to *buenos hidalgos* and gracious *señoras de pueblo* Azorín finds oases of delight amidst the anguished landscape of his obsessions. In their company silence and spaciousness lose their torment and become attractive. In their company, too, *casticismo* loses its more anguished associations and is related, instead, to a

[1] Not completely relevant to the presence or absence of friends, but important in a comparison of Chapters IV and V—and as an indication of the personal basis of the author's selection from reality—one might observe also Azorín's emphasis on the sounds of cleaning in Chapter IV (p.13) and on the cleanliness that he finds in Chapter V (*casa . . . limpia; escaleras fregadas y refregadas; estos hábitos tan limpios*). In the following lines from *Lecturas españolas* (1912) one of Azorín's many *alter ego*'s anticipates the delights of retirement:

Cuando vuelvo a casa, ya está todo en orden y limpio. No tolero que den grandes y ruidosos golpes en los muebles. Quiero que se limpie todo en silencio (*OC* ii, 644).

In Chapter IV, where he is discontent, Azorín hears the cleaning being done; in Chapter V, where he is happy, he merely sees—and emphasizes—the result.

noble tradition of art, letters and crafts. In short, because they satisfy his manifest longing for affection, the *buenos hidalgos* and *señoras de pueblo* offer Azorín a momentary refuge from his obsessions; in doing so, they enable him to discover delight in Spanish tradition after the angry iconoclasm of his early years.[1]

Moreover, once his eyes are opened to the delights of Spanish tradition, Azorín will find solitude less oppressive and the guidance of amiable human contacts less necessary. He will be able to be alone amidst Spanish towns and villages without finding in them only a mirror of his own obsession with life's emptiness. There are signs of this in *La ruta de Don Quijote* (notably in the delight of his evening walk through Campo de Criptana), but later, such moments will become more frequent and eventually predominate. Of course, Azorín will still find in the world around him a reflection of his inner being, but despite his persisting obsession with time's passing, it will be a happier, more contented being. Silence and solitude will become increasingly attractive to him; the states of mind it evokes, increasingly pleasant:

Entre las casuchas viejas destaca un caserón fornido, de saledizos balcones y aleros. He llamado a la puerta. Durante el rato que han tardado en abrirme he permanecido gozando de esta calma secular, gozando de este silencio profundo no turbado. El viejo herrero y el mozuelo han salido al umbral de la herrería y me miraban curiosos. Para el cortesano, para el hombre de las grandes ciudades, nada hay comparable a este silencio reparador, bienhechor, de los viejos y muertos pueblos; él envuelve toda nuestra personalidad y hace que salgan a luz y floten, posesionados de nosotros, dominándonos, los más íntimos estados de conciencia, sentimientos e ideas que creíamos muertos, que causaban angustias el ver cómo poco a poco iban desapareciendo de nosotros (*Lecturas españolas; OC* ii, 614)

Saturémonos durante un momento de ruido, de luz, de idas y venidas, de afanes y de fatigas de la muchedumbre en las grandes calles, y

---

[1] Significantly, it is only when he has escaped from the influence of their charm and their friendship that Azorín reveals his angriest side of all (p.68).

huyamos luego hacia la apartada callecita en que hay una casa silenciosa y limpia. ¿Podríamos trabajar nosotros en medio del estruendo de una gran calle? ¿Cómo armonizar este estrépito con el recogimiento y el silencio de la reflexión? [. . .] Huyamos hacia la silenciosa callejuela; ahora, lejos de la muchedumbre, estamos ya nosotros con nosotros mismos. Ahora, ya nos pertenecemos. De tarde en tarde, un vendedor ambulante lanza un grito en la calleja. Todo es silencio. Tal vez en esta casa hay un ancho zaguán con un farolón del siglo XVII. En la calle —lo habéis visto en algunas de Madrid— se extiende un largo muro, por encima del cual asoman las copas de unas acacias y se ven colgar unas hiedras . . . ¿Qué libro estábamos leyendo esta mañana? ¿Cuántas cartas ha traído para nosotros el correo? (*Madrid, guía sentimental*; *OC* III, 1303).

The transition towards the end of the latter passage (at *Tal vez*) is delightful. Azorín has cut himself off from the bustle and the crowds of the capital; he has found a silent, secluded spot where he can be his true self, and he begins to evoke objects that are dear to him. Silence and solitude are no longer empty. Azorín will find increasingly in the present the happiness that in *La ruta de Don Quijote* he still looks for principally in the past and the future.

These last words are important, for they remind us that in studying Chapter V for evidence of present enjoyment in *La ruta de Don Quijote*, we have been studying a minority case, a momentary distraction from the oppressive monotony of the passing present exemplified in Chapter IV. We are back, then, with the *ansia* that Azorín felt in Madrid before he set out on his travels. And the author's attitude now is apparently one of distaste. But is it really so? After all, Azorín finds ultimately, in the stagnation of village life and the monotony of the unending plain, a reflection of his own inner being. It is an unhappy world but at least he can feel it as his own. Perhaps, amidst the general emptiness of life, he even finds a certain satisfaction in communion with his grief. He does, after all, feel a *profunda atracción* for broken men like Don Rafael, and El Toboso, in its decay, he finds *estupendo*. What better consolation than to set up against the inadequacies of life the authenticity of one's own despair? Listen to Azorín's teacher, Yuste:

El dolor es bello; él da al hombre el más intenso estado de consciencia; él hace meditar; él nos saca de la perdurable frivolidad humana (*La voluntad*; *OC* I, 890).

Azorín longs for friendship and is attracted by Manchegans who offer it. But it must be a muted friendship appropriate to his meditative temperament. He may esteem *las grandes voluntades, fuertes, poderosas, tremendas* of the past (p.14), but in present reality such characters would shatter his reflective world of self-projection. The Nietzschean world of will and superman that he extolled in the 1890's has faded to a distant and nostalgic ideal: 'Soy un hombre de recogimiento y soledad; de meditación, no de parladurías y bullicios' (*Antonio Azorín*; *OC* I, 1114). He needs people to distract him but not to impose themselves. His ideal lies in the quietness and gentleness of Doña Isabel (p.1), in the simplicity and ingenuousness of the *castizo manchego* whom he meets at the station (p.5), in the discretion and 'exquisite courtesy' and 'profound gratitude' of the *académicos* (pp.20–1), in the timid *deseo de parecer bien* and the *ingenuidad* and *sencillez* and *ansia de agradar* of Doña María (p.34). Timid and reserved himself, Azorín delights to find even greater timidity and reserve in others. Perhaps this is one of the delights for him of travel to provincial towns and villages. Besides, travel such as this is a means of making contact with people without becoming too involved with them, of discovering joy and inspiration without allowing one's subjectivity to be fettered:

Y es que no se llega a dominar la realidad circundante sino cuando nos hallamos desasidos de esa realidad. Y entonces es cuando el artista es artista. De otro modo, se mezclan al arte elementos que lo desnaturalizan (*OC* VIII, 391).

But at times in *La ruta de Don Quijote* the author's acquaintances press themselves upon him rather too insistently or present him with interpretations or attitudes to life that he cannot share. He is alarmed; like Doña María, *se azora levemente* (p.34; remember that this is one of the proposed explanations of his pen-name, above, p.94); and he takes refuge in irony. It is not the harsh and bitter irony that we find in some of his earlier writings. It is irony mingled with affection.

Consider, for example, his description of the *académicos* of Argamasilla. They are clearly men who have delighted him with their old-world courtesy and discretion, and with their enthusiasm for Argamasilla and its Cervantine associations. But a few weeks before visiting Argamasilla Azorín had written an article in which he sought to establish a connection between Don Quixote and a certain *hidalgo* by the name of Quijada referred to in the 1576 *relación* on Esquivias, the home of Doña Catalina de Palacios whom Cervantes married in 1584 (above, pp.127-8). But how is Azorín to express his disagreement with these *buenos hidalgos* who take his doubts so seriously and for whom Argamasilla's Cervantine associations are so important? He gives Don Cándido a hint of his reservations, but he cannot persist: *yo pienso que he cometido una indiscreción enorme* (p.19); *¿Qué voy a decirle yo a don Cándido, a este buen clérigo, modelo de afabilidad y de discreción?* (p.20). Captivated by the charm of his hosts, Azorín declares himself convinced by their claims. Only the irony of his presentation suggests his continuing reservations.

Similarly, in his 'silhouette' of Martín, Azorín praises the old man's goodness and his insistence on present enjoyment, but Azorín himself is noted for his asceticism ('Solitario y asceta — ni bebe, ni fuma', above, p.xv), and the silhouette is a masterpiece of incongruity and irony. Notice especially the over-emphatic, highflown presentation of Martín's delight in *cosas atañaderas a los yantares* (pp.27-8). Food and drink are favourite objects of irony for Azorín (compare the *sabroso, sólido, suculento y sanchopancesco yantar* of the Sanchos of Criptana, and the incongruous *dejando caer en los gaznates sutil néctar manchego*, p.54; compare also *los apechusques del brebaje* that are at last brought to Mr Dekker, p.72). And in the final paragraph of the silhouette, however much Azorín may praise

Martín's delight in the present as *una grande, una suprema filosofía*, this is not his own philosophy. But he does not object. As with the *académicos*, his reservations reveal themselves only in the irony of his presentation.

In the above two cases irony reveals itself as a form of self-defence, a means by which Azorín protects himself from conflict with the world around him. In the scene with the *académicos* it is an intellectual belief that is in question; in the presentation of Martín it is an attitude to life and the irony is greater. But in my final example it is something more important still: it is the intimacy of the author's whole subjective, meditative approach to La Mancha and its people. I refer, of course, to his excursion with the jovial, boisterous Sanchos of Criptana. First there is the rude awakening, then the *zarandeos terribles* of the cart in which they travel, then Don Bernardo's hymn to Cervantes (in his first performance the musical chemist sings *en voz baja*, the next time *grita*, the third time *vocea*). How foreign to the intimate, reserved, reflective world of Azorín! '¿Cómo armonizar este estrépito con el recogimiento y el silencio de la reflexión?' (*OC* III, 1303). When he does try to give himself up to reflection, Azorín is interrupted in his thoughts and obliged to join his new-found friends in sight-seeing (p.54). But noise and the insistent presence of jovial companions are not the only elements likely to have disturbed Azorín. In the *sabroso, sólido, suculento y sanchopancesco yantar* he was apparently obliged to depart from his usual abstemiousness and imbide *sutil néctar manchego*. No wonder the hours seemed slow beyond reckoning (as they were amidst the stagnation of Argamasilla) and the three-mile road back to Criptana *largo, interminable*. But Azorín expresses no displeasure. On the contrary, he emphasizes the discretion of his friends, at times with delightful incongruity, as at the beginning of the chapter where, *a las cuatro de la madrugada, entre sueños suaves,* he hears *algo como el eco lejano de un huracán, como la caída de un formidable salto de agua,* and a few moments later when the author, *aterrorizado [. . .], confuso, espantado [. . .], cada vez más perplejo, más atemorizado,* is addressed by one of these *afectuosos*

N

[*y*] *discretos señores*. Notice, too, the ironic *tremendismo* of the author's description (the adjectives just listed; *estentóreos alaridos*; *este misterio tremebundo*; etc.), and the repeated contrast between Don Bernardo's enthusiasm and the author's reserve (so that Don Bernardo is obliged to take the initiative at every step in the performance and praise of his own hymn). And notice how the triple assurance *ya vamos a llegar* is interspersed with indications of time's slow passing. And notice the irony of such expressions as *ya don Bernardo me ha hecho una interesante revelación* and *va a decirme, sin duda, algo importante* and *No sé por qué tengo un vago barrunto de lo que don Bernardo va a decirme*. But there is no need to press the case with further examples. On this day especially, it appears, the author found elements that could not be reconciled with his own subjective, contemplative *yo*, elements that offered him neither mirror nor distraction, neither an epitome of personal obsession nor an oasis of refuge from obsession. 'No siento aquella furibunda agresividad de antes', he wrote in 1902; 'ahora lo veo todo paternalmente, con indulgencia, con ironía' (*OC* I, 964). The excursion with the Sanchos of Criptana appears to have stretched his paternalism and his indulgence to their limits.

*   *   *   *

On a plane of mere logic or intellect, I have suggested, as the expression of a determinist case, *La ruta de Don Quijote* is unsatisfactory. Nor should it be seen, as Mulertt saw it, simply as the work of an 'agudo, crítico observador, el que procura seguir la técnica de los Goncourts y tan sólo pintar lo que sus ojos ven y lo que sus oídos oyen' (above, p.158 n.). The terms 'libro sencillo', 'una especie de diario de viaje', 'trabajo rápido de periodista', 'impresiones manchegas' (ibid.), if true in part, are nevertheless misleading. They suggest that the book is a mere series of notes and observations, of disparate and unintegrated scenes.[1] But as I have tried to show in this chapter

[1] In this respect consider the often expressed criticism that Azorín fails to fuse the 'notas vivaces e inconexas' of his writings into a unified whole:

and shall show further in the next, this is far from the truth.
Apart from one or two possible lapses the book is a coherent,
consistent, integrated work of art. And at the centre of it,
giving it its essential unity, is not La Mancha—nor Don
Quixote—but Azorín himself, a sensitive being obsessed with
the passage of time and with his own vain quest for illusion.

In my last sentence, however, I am going rather further
than writers on Azorín are wont to allow.[1] Notably, I am in

Bastante penetrante para darse cuenta de que la vida es vivaz e inconexa,
[Azorín] no parece serlo para sentir que más en lo hondo la vida es sin
embargo *una*. Esta insuficiencia de su sentido sintético se manifiesta
en su incapacidad como creador (Salvador de Madariaga, *Semblanzas
literarias contemporáneas*. Barcelona, 1924, p.227).

I shall be considering this point further in my next chapter. For the moment, notice Azorín's own repeated insistence on the importance of
synthesis in a work of art:

Las cosas tienen una apariencia que todo el mundo ve; pero las cosas
tienen una relación íntima, secreta, que sólo el poeta sabe poner de
manifiesto (*OC* ii, 650-1)

En una descripción de un paisaje habrá que guardar un orden determinado; un paisaje no es una enumeración de pormenores; es, sí, un
conjunto armónico, perfecto; ha de existir entre los pormenores una
subordinación, una jerarquía (op. cit., Riopérez, p.153).

[1] Sin una sola discrepancia, la crítica ha señalado la importancia de
estas descripciones paisajísticas en la obra de Azorín, y tanto como su
intrínseco interés su amplia diversidad; la realidad española es, muy
posiblemente, el tema, único, en torno al cual creó el escritor su obra
entera (Luis S. Granjel, *Retrato de Azorín*. Madrid, 1958, p.219).

At times the emphasis has been on the importance of physical reality
(Spain as geography), at other times on spiritual and historical realities
(Spain as destiny). See Granjel (pp.219-21) for a brief survey of critical
opinion.

Against so much unanimity is to be set, however, the following view,
which is closer to my own:

La Castilla de Azorín en nada se parece a la de Galdós, Picavea, Unamuno, Machado, Mesa, etc. Es un estado de alma, una materialización
de la personalidad de Azorín. Es, sin duda, una Castilla para todos, pero
es de Azorín exclusivamente. A través de ella claro que comprendemos
una buena parte del alma y la tierra castellana, pero entendemos mejor
el alma y la personalidad de Azorín (Ramón Pérez de Ayala, *Ante
Azorín*. Madrid, 1964, p.140).

disagreement with the authors of the two finest studies known to me on this aspect of Azorín's writing: Marguerite C. Rand in her impressive book *Castilla en Azorín* and Santiago Riopérez y Milá in his prize-winning study 'España en Azorín' (see Bibliography, p.217). Both writers emphasize the unifying veil of melancholy in which Azorín envelops his descriptions of the Castilian countryside, and both quote the important words 'el paisaje somos nosotros; el paisaje es nuestro espíritu, sus melancolías, sus placideces, sus anhelos, sus tártagos' (*OC* III, 1171; cf. above, p.137 n.). But both, I believe, see Azorín's Spain as being basically justified by realities outside the author: by physical reality and, beyond this and more importantly, by spiritual and historical realities ('los valores emocionales y espirituales de Castilla', Rand, p.21; 'la entraña verdadera de España', Riopérez, p.103). Thus, of *La ruta de Don Quijote* they write as follows:

En el libro en que Azorín describe la ruta de Don Quijote encontramos profunda originalidad, porque el autor no se contenta con el simple relato de la apariencia. Cierto es que describe con color y seguro trazo los pueblos y tierras manchegas, pero, además, lo que tiene mayor importancia, nos hace ver cómo cada pueblo tiene una individualidad con esencia histórica y espiritual propia (Rand, p.462)

Pero en ellos [the *La ruta* articles] estaba Azorín, con su sello inimitable, descubriendo la faz auténtica y la entraña profunda de España (Riopérez, p.135).

In her 'Conclusión' (pp.703-29) Marguerite Rand considers in turn Azorín's personal contribution to the 1898 Generation's vision of Castile and the interrelation of his most important themes. What I have been suggesting in this chapter is that these two aspects of Azorín's writing can in fact be brought together in a higher synthesis, his vision of Castile being determined fundamentally—not merely in the tone of melancholy but in the vision itself—by his own personal preoccupations.

III. THE COMMUNICATION OF PERSONAL EXPERIENCE

Despite Azorín's declared determinism and despite his clear acceptance of determinist assumptions in *La ruta de Don Quijote*, from a purely determinist point of view the work is unsatisfactory. It is emotion, not intellect, that gives the work its real unity and it is as the communication of a particular, personal view of life that it must ultimately be judged. If a poet writes of the Castilian peasant that his eyes 'ache from too much gazing on eternity', it is irrelevant to object that his aching eyes are perhaps caused, rather, by excess of wine or excess of sun. It is not reality that concerns us when we read poetry; it is the poet's own particular vision of reality. It is irrelevant to ask 'Is this true?'; what we must ask ourselves is 'Is this convincing in its context? Does the poet make me, the reader, forget my own view of reality and, during my reading at least, accept his?' These are the questions we are concerned with, also, when we read Azorín, for Azorín, too, is a poet, one of the great prose poets of the Spanish language.

Azorín's 'yo'

A fundamental requirement, if *La ruta de Don Quijote* is to convince the reader, is that it should be a unified, integrated whole. We are beginning to see that, apart from one or two lapses, it is. Its unity lies in the consistent and obsessive expression of the author's own personal preoccupation with time's passing. Happiness slips away, hopes for the future are perhaps a delusion; amidst the monotonous sameness of the passing present Azorín clings to the sole certainty of his own suffering *yo*. It is from this *yo* that we take our present starting-point.

The first page of the book will serve as an illustration. On this page there are fifteen verbs in the first person singular. Only seven of them are unaccompanied by the personal pronoun *yo*: that is, there are only seven cases of the type *veo* to eight of the type *yo veo*. To appreciate the significance of this, one must compare with other writers. A random check of ten modern Spanish writers has given me a range of non-*yo–yo* varying from 10–0 to 10–4, with a total of 100–23. With three cases of *yo* on this page (12–13), then, Azorín would have exceeded the average; with eight he illustrates an aspect of his style that has incurred grammarians' wrath and censure:

nuestro autor ya sea por imitación involuntaria del francés o por malsano afán de notoriedad, ha sellado toda una etapa de su carrera literaria con el sonsonete y martilleo de los pronombres (Julio Casares, *Crítica profana*. Austral, p.114).

Azorín's frequent expression of the pronoun subject is comparable to his insistent use of the demonstrative *este* (*Esta es la hora en que . . .*, p.4; *Esta es la villa de Argamasilla de Alba*, p.12; *Esta es la mujer española*, p.25, etc.) and, like the demonstrative, it serves to emphasize the physical presence, here and now, of the subject he is presenting. But that subject is most frequently Azorín himself, and what Casares imputes to somewhat superficial motives should perhaps rather be seen as a manifestation of Azorín's fundamental reaction to life at the period when *La ruta de Don Quijote* was written:

lo que a mí me importa es mi propio yo, que es *el Unico*, como decía Max Stirner, mi propia vida, que está antes que todas las vidas presentes y futuras (*La voluntad*; *OC* 1, 935)

¡El progreso! ¡Qué nos importan las generaciones futuras! Lo importante es nuestra vida, nuestra sensación momentánea y actual, nuestro *yo*, que es un relampagueo fugaz (*La voluntad*; *OC* 1, 940).

Is this not the real explanation of Azorín's 'desenfrenado *yoísmo*' (Casares, op. cit., p.137)? Pronoun and verb; man and his destiny. Azorín exalts the *yo* because it is this above all that matters to him. *La ruta de Don Quijote* must be one of the most self-centred books in Spanish literature.[1]

---

[1] There are two notable examples in *La ruta de Don Quijote* of the insistent use of third-person pronoun subjects: one referring to Don Rafael (p.25) and the other to Don José Antonio (p.36). It may be significant that in both cases life's 'relampagueo fugaz' is threatened with extinction. Azorín's broken characters cling dearly to their fading *yo*.

Reality in its variety

And yet, for all the obsessive self-projection that one finds in *La ruta de Don Quijote*, the book is notable, too, for what appears at first sight to be the very antithesis of self-projection: for its varied and sensitive portrayal of physical reality. There is no fuzziness in Azorín's descriptions, no general envelopment of people and places in mists of grey gloom. Lines are clear and details abound. Whether it be real-life Manchegans whom Azorín has actually met in his travels, or a person merely named in an old document (Don Luis de Córdoba el Viejo), or a purely fictitious character (Don Alonso Quijano el Bueno), they are brought to life for us by the detail and the vividness of the author's presentation. Similarly, with the different places described: now by visual recreation (Don Cándido's dining-room, for example, as an interior, p.18; the view from the castle of Peñarroya as an exterior, p.39), now by auditory sensations (the awakening inn at Argamasilla, p.13), we are made to live them with the vividness and intensity of unusually sensitive immediate experience. How is it done?

The starting-point, says Azorín, lies in close and careful observation:

La observación fina es la base del estilo, como lo es de la ciencia [. . .]. Empecemos por el principio; apliquemos nuestra atención —y nuestro fervor— a la observación minuciosa y veraz (*OC* VIII, 672).

Again and again in *La ruta de Don Quijote* Azorín invites his reader to join him in his probings: to note, for example, *todos los detalles, todos los matices, todos los más insignificantes gestos y los movimientos más ligeros* of Don Alonso Quijano as he sits reading a novel of chivalry (p.8); to find in the 1575 *relación* on Argamasilla *pormenores, detalles, hechos, al parecer insignificantes, que vendrán a ser la contraprueba de lo que acabamos de exponer* (p.12); to observe the gestures and movements of ladies at a social gathering: *sus gestos* [. . .], *sus movimientos*; [. . .] *cómo se sientan, cómo se levantan, cómo abren una puerta, cómo tocan un mueble* (p.24).

But observation is only the first step. How are the author's observations—real or imagined—then communicated to the reader? Azorín himself gives us a pointer:

todos es Juan, Ricardo, Pedro, Roque, Alberto, Luis, Antonio, Rafael, Tomás, es decir, el pequeño labriego, el carpintero, el herrero, el comerciante, el industrial, el artesano (p.6).

Azorín dislikes collective terms that mask the individualities beneath them. It is not 'people' that he meets in his travels through La Mancha, but individuals, *estos buenos hidalgos don Cándido, don Luis, don Francisco, don Juan Alfonso y don Carlos* (pp.17–18), and it is as individuals that he invites his reader to think of them:

¿Os imagináis a don Silverio? ¿Y a don Vicente? ¿Y a don Emilio? ¿Y a don Jesús? ¿Y a don Diego? (p.60).

And what different types of people Cervantes must have met in the inn at Puerto Lápice! But notice how Azorín says it:

¡Y cuánta casta de pintorescos tipos, de gentes varias, de sujetos miserables y altos no debió de encontrar Cervantes en esta venta de Puerto Lápice [. . .]: pícaros, mozas del partido, cuadrilleros, gitanos, oidores, soldados, clérigos, mercaderes, titiriteros, trashumantes, actores (p.36).

And as with Azorín's evocation of 'people' so also with his presentation of scenes: not simply a 'variegated' dawn sky, but *los resplandores rojizos, nacarados, violetas, áureos, de la aurora* (p.5); not simply 'kitchen utensils', but *los cazos, las sartenes, las cazuelas* (p.13); not simply 'a scent of herbs', but *un grato olor de romero, de tomillo y de salvia* (p.31); not simply a broad street with 'different types of house', but *una calle ancha, de casas altas, bajas, que entran, que salen, que forman recodos, esquinazos, rincones* (p.33); not simply 'carved names and dates', but *'Miguel Yáñez, 1854', 'Enrique Alcázar, 1861', podemos leer en una parte. 'Domingo Carranza, 1870', 'Mariano Merlo, 1883', vemos más lejos* (p.44). Azorín communicates to his reader the details and the variety of observed reality. Similarly again, with his presentation of actions and sounds: not mere generic statements of the type 'hay movimiento' or 'se oyen ruidos', but the evocation of movement or sound through the abundance and agility and animation of the words used: *los faroles de los mozos que pasan, cruzan, giran, tornan, marchan de un lado para otro* (p.5); *los habitantes huyen, corren, se dispersan y se van reuniendo* (p.11); *suenan roncas bocinas, golpazos en las puertas, pasos precipitados* [. . .]; *a la luz de candiles, velas, hachones, distingo un numeroso tropel de hidalgos que grita, ríe, salta, gesticula y toca unas enormes caracolas que atruenan con estentóreos alaridos la casa toda* (p.51). And if the author has to make his way amidst twists and turns from one place to another, again his reader must share his experience:

Y caminábamos, caminábamos, caminábamos. Nuestras cabalgaduras tuercen, tornan a torcer, a la derecha, a la izquierda, entre encinas, entre chaparros, sobre las lomas negras (p.43)

La [habitación] de dentro está bien adentro; atravesamos el patizuelo; penetramos por una puertecilla enigmática; torcemos a la derecha; torcemos a la izquierda; recorremos un pasillito angosto; subimos por unos escalones; bajamos por otros. Y al fin ponemos nuestras plantas en una estancia pequeñita, con una cama. Y después en otro cuartito angosto, con el techo que puede tocarse con las manos, con una puerta vidriera colocada en un muro de un metro de espesor y una ventana diminuta abierta en otro paredón del mismo ancho (p.48).

How many of the noted—and notorious—characteristics of Azorín's style we find recurring in these descriptions! Notice especially, in the examples quoted—and in countless other examples in the text itself—his listing of names, of occupations (notably the trades of old Castile), of implements, of trees and herbs, of colours, of sounds, of actions. Notice, too, how details are made to stand out by the use of verbs such as *destacar* or *aparecer* or *erguirse* (for example, in the description of Don Cándido's dining-room, p.18), or by the non-repetition of a verb (*¿Os imagináis a don Silverio? ¿Y a don Vicente? ¿Y a don*

Emilio? ¿Y a don Jesús? ¿Y a don Diego? p.60),[1] or by the juxta-position of elements in contrast (*casas altas, bajas, que entran, que salen*, p.33). Notice, also, Azorín's frequent series of short paratactic main clauses, usually separated from one another by a semi-colon or by a full stop muted by a following *Y*, to present details of a scene or to urge upon the reader a succes-sion or complex of actions. Notice finally, in page after page of the text, Azorín's attempts to reproduce the fragmentary manner in which people express themselves, 'con pausas, con párrafos breves, incorrectos, naturales', so different from the long, eloquent, 'diálogos insoportables, falsos' of traditional literature (*OC* I, 864). One cannot encompass life in a book, says Azorín; one can only give 'fragmentos, sensaciones se-paradas' (ibid.). Observe closely, then; jot down observations in a note-book—as Azorín himself does (*OC* VI, 121-2)—and then write simply, placing one thing after another. This, says Azorín, is the secret of good style: '*colocad una cosa después de otra. Nada más; esto es todo*' (*OC* III, 546). Writers and orators tend to place things within each other and their style is there-fore complex and involved. 'Pues bien', continues Azorín, 'lo contrario es colocar las cosas —ideas, sensaciones— *unas después de otras*' (ibid.). In fact, there is much more to style—and notably to Azorín's style—than this, but the lines are none the less revealing. Azorín dislikes intellectualizing observed reality by the use of generic terms or complicated syntax. He seeks to present aspects of reality in the detail and the vivid-ness of their component parts. We have no impression of receiving predigested experience. It is not in the author's mind but in the reader's that the different elements come together to produce their over-all effect.[2]

---

[1] See also, on p.5, the seven lines beginning *Y son primero los faroles de los mozos* and, more impressive, on p.3, the twenty-seven lines of the author's evocation of the details of Spanish village life, throughout which the verb *recuerda* (p.2) is understood but not expressed. There are many other examples.

[2] It is this characteristic of Azorín's writing especially that has caused many critics to describe him—perhaps with undue disregard of some of

Reality in its depth

We turn now to another aspect of Azorín's style and it is important to distinguish it from the one just examined. A single example will serve as a pointer to the difference:

Y caminábamos, caminábamos, caminábamos. Nuestras cabalgaduras tuercen, tornan a torcer, a la derecha, a la izquierda, entre encinas, entre chaparros, sobre las lomas negras (p.43).

With the first words Azorín insists, by repetition, on the relentless continuity of his journey; in the rest of the quotation he insists, by listing the component parts, on the twists and turns of that journey. In the first part, there are successive waves of sameness superimposed upon one another without indication of limit; in the second, we find a series of details, each one complete in itself. In the first part, we can say, the presentation is imperfective; in the second, it is perfective. This is an important distinction to which we shall return. For the moment, however, it is sufficient to understand the difference and to observe that in the preceding paragraphs we have been concerned with Azorín's perfective presentation and that now we are to consider his imperfective presentation. Here are pairs of quotations to illustrate the difference further:

las cabras negras, rojas, blancas (p.43)
los poblados anchurosos, libres, espaciados (p.14)

sus patios, sus cuartos, su zaguán, su cocina (p.35)
una bondad, una ingenuidad, una sencillez, un ansia de agradar (p.34)

Las tiendecillas [. . .] de merceros, de cereros, de talabarteros, de pañeros (p.3)
este aire de vetustez, de inmovilidad, de reposo profundo, de resignación secular (p.14)

Y la senda [. . .] desaparece, aparece, torna a esfumarse (p.42)
brillan, refulgen, irradian las paredes nítidas de una casa (p.42)

the characteristics of his style that we studied in the previous chapter—as an Impressionist and even as a Pointillist.

hemos de doblar un eminente cerro que se yergue ante nuestra
vista; luego hemos de descender por un recuesto; después hemos de
atravesar una hondonada. Y al fin, ya realizadas todas estas operaciones [. . .] (p.43)
todo nos va sugestionando poco a poco, enervándonos, desatando
nuestra fantasía, haciéndonos correr por las regiones del ensueño
(p.49).

In the first quotation of each pair there is a series of elements
used perfectively, as separate details, component parts, of an
aspect of reality; in the second there is a corresponding series
of elements used imperfectively, as successive waves of conceptual and emotive overlapping. In the first, the principal
impression is that of variety; in the second, the principal impression is that of depth and intensity. In both cases we feel
that the author is communicating vivid experience.

We are concerned now, then, with Azorín's insistence on
imperfective overlapping or, to express the same notion in less
technical terms, we are concerned with the author's means of
pressing upon us the background against which details such
as we studied earlier are made to stand out. Repetition is an
obvious starting-point, for by repetition we emphasize the recurrence or continuance of something unchanging. An example has already been quoted: *Y caminábamos, caminábamos,
caminábamos* (p.43). Such examples are frequent in *La ruta de
Don Quijote*, notably with verbs:

Y las estaciones van pasando, pasando (p.7)
otros molinos vetustos, épicos, giran y giran (p.7)

with adjectives:

van lentas, lentas por el llano inmenso las yuntas que arrastran el
arado (p.7)
Y hemos vuelto a caminar, a caminar [verbs again!] a través de
oteros negros, de lomas negras, de vertientes negras (p.45)

and with nouns:

este suspiro que yo he oído tantas veces, tantas veces (p.2)
este sucederse perdurable de cosas y de cosas (p.3).

Nor is repetition—and sameness—confined to the moment of narration: it stretches out behind and in front, into the past and into the future:

Y las estaciones van pasando, pasando; todo el paisaje que ahora vemos es igual que el paisaje pasado; todo el paisaje pasado es el mismo que el que contemplaremos dentro de un par de horas (p.7)

Ya es media mañana; las horas van pasando lentas; nada ocurre en el pueblo; nada ha ocurrido ayer; nada ocurrirá mañana (p.26).

Azorín is obsessed by the monotonous sameness of reality. Repetition is one of the means by which he communicates his obsession to his reader.

In the last paragraph we have been considering cases of the type 'I am sad, sad, sad', in which there is repetition of a given word and a consequent highlighting of its emotive potentialities. Now we pass to examples of the type 'I am sad, abandoned, alone', in which words from a similar area of human experience are listed, with a corresponding highlighting of their common range of emotive potentialities. One can safely affirm, without checking, that no page of *La ruta de Don Quijote* is without examples. Here are but a few, with various grammatical elements:

¿Dónde iré yo, una vez más, como siempre, sin remedio ninguno? (p.1)

esta llanura solitaria, monótona, yerma, desesperante (p.7)

¿Veis cómo el pánico, la inquietud nerviosa, la exasperación, las angustias que han padecido las madres de estos nuevos hombres se ha comunicado a ellos y ha formado en la nueva ciudad un ambiente de hiperestesia sensitiva, de desasosiego, de anhelo perdurable por algo desconocido y lejano? (p.11)

los informantes nos advierten [. . .] que el señor Cepeda también pleitea; que el señor Rubián litiga asimismo con la villa; que los hermanos Baldolivias no se escapan tampoco de mantener sus contiendas (p.12)

Era ésta una hora en que la insigne ciudad manchega aún estaba medio dormida; pero yo amo esta hora, fuerte, clara, fresca, fecunda, en que el cielo está transparente, en que el aire es diáfano, en que parece que hay en la atmósfera una alegría, una voluptuosidad, una fortaleza que no existe en las restantes horas diurnas (pp.28-9)

No os esperancéis; no hagáis que vuestro ánimo se regocije; la llanura es la misma; el horizonte es idéntico; el cielo es el propio cielo radiante; el horizonte es el horizonte de siempre, con su montaña zarca (p.30)

El paisaje se hace más amplio, se dilata, se pierde en una sucesión inacabable de altibajos plomizos (p.42).

Furthermore, the emotional crescendo effect of conceptual overlapping may be further intensified by an accompanying gradation of words from the more to the less physical or from the less to the more emphatic:

este aire de vetustez, de inmovilidad, de reposo profundo, de resignación secular (p.14; with syllabic crescendo, too, in this case)

Y de nuevo el llano se ofrece a nuestros ojos, inmenso, desmantelado, infinito, en la lejanía (p.16)

la llanura ancha, la llanura inmensa, la llanura infinita, la llanura desesperante, se ha extendido ante nuestra vista (p.29; with syllabic crescendo again)

un cielo ceniciento, lívido, tenebroso, hosco, trágico (p.57).

Conceptual overlapping, then, like repetition, serves to emphasize a given area of experience and to communicate it emotively to the reader, thereby raising him from a level of mere logical comprehension to a level of emotional involvement. Where the two phenomena appear together, as they do so frequently in *La ruta de Don Quijote*, Azorín produces some of his most powerful and most characteristic effects. A single, short example must suffice as an illustration:

Y entonces volvéis a salir; volvéis a caminar por la inmensa vía desierta, azotado por el viento, cegado por el polvo; volvéis a entrar en la fonda —donde tampoco hay lumbre—; tornáis a entrar en vuestro cuarto, os sentáis, os entristecéis, sentís sobre vuestros cráneos, pesando formidables, todo el tedio, toda la soledad, todo el silencio, toda la angustia de la campiña y del poblado (pp.65–6).[1]

So far in this section I have confined myself to cases of repetition and conceptual overlapping that appear within a single sentence or paragraph. I conclude with a reminder that in fact both devices are frequently spread out over several pages or through a whole chapter. Thus, in Chapter I it is not only the repetition noted in *este sucederse perdurable de cosas y de cosas* and the conceptual overlapping in *una vez más, como siempre, sin remedio ninguno* that presses upon us the feeling of life's inexorable cycle; it is also the overlapping and/or repetition, through the chapter, of such elements as *vuelvo a, resignación, repetición monótona, inexorable, torna a, otra vez, mismo,* etc. Similarly on p.13–14, the spaciousness of Argamasilla is emphasized not only by the overlapping of juxtaposed words (as in *los poblados anchurosos, libres, espaciados*) and by the repeated *inmensa, infinita* applied to both plain and sky; it is emphasized also by the presence in the same two pages of the words *grande* and *alargado* and *espaciosidad extraordinaria* and *inconmensurable,* and by the *ancho corral,* the *ancho zócalo,* the

---

[1] The attentive reader of the preceding pages may have objected to two examples quoted on p.184 *tantas veces, tantas veces* (p.2) and *este sucederse perdurable de cosas y de cosas* (p.3). *Veces* and *cosas,* he might have observed, are perfective, each 'time' or 'thing' being complete in itself. But the difficulty is only apparent. Life, for Azorín, is *una repetición monótona, inexorable, de las mismas cosas con distintas apariencias* (p.1). Fundamentally, there is no real difference between events. Life is monotonously the same. Different events and different objects—perfective in themselves—tend to be enveloped in a common atmosphere, like the *oteros negros, lomas negras, vertientes negras* (p.45), like the different elements of ruin in El Toboso (the *paredes agrietadas,* the *esquinazos desmoronados,* the *techos hundidos,* etc. p.57). Even sameness, then, is pressed upon us in its component parts. Three centuries ago in Argamasilla, says Azorín, the inhabitants began to build a church, but their energies flagged. *Otro día, en el siglo XVIII,* it was a canal; *otro día, en el siglo XIX,* it was a railway; *otro día, más tarde,* another canal (p.26). The change of date may change the object of the people's attention but it changes nothing essential (compare the persistent *caminábamos* despite the twists and turns). The same recurring *otro día* prepares us for the same recurring appearance and loss of energy.

ancha campana, the *anchas y luminosas vías*, the *casas bajas, anchas y blancas* and the *anchas vías* again. Moreover, in the presentation of certain areas of the author's experience (including relentless monotony and spaciousness that I have here taken as my examples) repetition and overlapping are not confined to any one chapter; they run like leit-motivs through the whole book. But here we touch again on the question of Azorín's personal obsessions. The previous chapter offered pointers enough.

Contrast

At times in the preceding paragraphs it has been difficult to avoid mentioning Azorín's use of contrast. For it is not only repetition and overlapping that presses upon us the spaciousness of Argamasilla, for example, in Chapter IV; it is also the author's contrasting evocation of the *pueblecitos moriscos de Levante, todo recogidos, todo íntimos* (p.14). And it is not only overlapping that makes us feel the *aire de vetustez, de inmovilidad, de reposo profundo, de resignación secular* of Manchegan houses; it is also the contrasting presence on the page of *la veleidad, la movilidad y el estruendo* of Levantine houses (ibid.). Similarly— though by less purely conceptual means—insistence on the slow passing of the oxen highlights the vastness of the plain that makes their passing seem so slow (p.7), and insistence on the spaciousness of Argamasilla serves to emphasize the smallness and the solitude of man who lives there (pp.13–14). Contrast is one of Azorín's most frequent and most effective devices.

But we must be wary in using the term 'device'. It might seem to imply a conscious trick on the part of the writer. This is not my intention. On the contrary, I believe that no amount of purely intellectual premeditation and juggling with words could produce the remarkable synthesis that we find in Azorín's *La ruta de Don Quijote*. 'Devices' in a great writer are the manifestation of his own particular response to reality and his means of communicating that response to his reader. With this in mind, let us consider Azorín's use of contrast. Basically, contrast is a juxtaposition of elements that are in some way opposed to one another, their differences being emphasized by their juxtaposition. Thus, when a white object is presented against a black background, the object appears especially white and the background especially black:

allá a lo lejos, entre la fronda terrera y negra, brillan, refulgen, irradian las paredes nítidas de una casa (p.42).

Contrast, then, serves to highlight fragments of experience. Take, for example, the passage where Azorín and his guide, Miguel, set out from the castle of Peñarroya (*Mas es preciso . . . callada*, pp.39–40). Dreams and reality, vastness and smallness, sameness and novelty, earth-coloured and green, sound and silence. So many contrasts in so few lines! And consider the author's presentation of utterances and fragments of conversation, almost half of which stand out against a declared background of silence or are interspersed with pregnant pauses.[1] And one cannot overlook the frequent use of such words as *destacar, aparecer, asomar, surgir, perfilarse*, words that one immediately associates with Azorín and which likewise introduce a form of contrast, highlighting a given element by setting it off from its background. Nor is Azorín's contrast only spatial; it is temporal as well. Thus, it is not only a patio entrance that suddenly breaks (*rompe, de pronto*, p.14) the sameness of a wall; there is also something in the Manchegan environment, he claims, that suddenly breaks (*rompe en un punto*, p.27) the stoutest of human wills. In the one case as in the other, the verb *rompe* is a pivot of contrasting planes.

The above cases are obvious and examples abound. Elements

[1] Moreover, in many cases where silence is not explicitly declared, it is implied by the train of actions or the description that leads up to an utterance, or by the use of a phrase such as *al fin* or *al cabo* to introduce the conversation, or by the presence of an immediately preceding reflection that the conversation, in some cases, appears to break into, or by the absence of a reply to a question. And, of course, an utterance may stand out heavy with meaning against a sigh. All these cases are too obvious to merit the space that illustration would require. Chapters I, IV and VI offer an abundance of examples.

stand out more vividly because they are presented to us in contrast. But there is a frequent characteristic of Azorín's use of contrast that is perhaps less obvious and which will serve to bring together three sections of this chapter: 'Reality in its variety', 'Reality in its depth' and 'Contrast'. For contrast in Azorín consists most frequently in the interplay of what I have called perfective and imperfective elements (above, pp.183–4), that is, in the interplay between reality in its variety and reality in its depth. A study of cases referred to in the previous paragraph will offer ample evidence. I confine myself here to a few further and perhaps less obvious cases:

Puerto Lápice está formado sólo por una calle ancha, de casas altas, bajas, que entran, que salen, que forman recodos, esquinazos, rincones. La carretera, espaciosa, blanca, cruza por en medio (p.33).

First, the profusion of perfective elements (like a musical *agitato*); then the intensive, imperfective overlapping (*maestoso*) in the presentation of the road. And consider Azorín's first visit to the casino in Argamasilla:

El Casino está en la misma plaza; traspasáis los umbrales de un vetusto caserón; ascendéis por una escalerilla empinada; torcéis después a la derecha y entráis al cabo en un salón ancho, con las paredes pintadas de azul claro y el piso de madera. En este ancho salón hay cuatro o seis personas, silenciosas, inmóviles, sentadas en torno de una estufa (p.15).

A succession of perfective actions by the author (and his reader) is stemmed by the imperfective superposition of vagueness and silence and immobility within the casino. But it is not only in his portrayal of the Manchegan present that Azorín is conscious of such contrasts; it is in his review of the history of the region, too (the temporal contrast referred to in my last paragraph):

Otro día, más tarde, en el correr de los años, la fantasía manchega ideó otro canal; todos los espíritus vibraron de entusiasmo; vinieron extranjeros; tocaron las músicas en el pueblo; tronaron los cohetes; celebróse un ágape magnífico; se inauguraron soberbiamente las

obras, mas los entusiasmos, paulatinamente, se apagaron, se disgregaron, desaparecieron en la inacción y en el olvido . . . (pp.26–7).

A series of events that recreates for us the enthusiasm and
excitement of the people of Argamasilla ('Reality in its variety')
is stemmed by the conjunction *mas* and by the ensuing waves
of fading and extinction ('Reality in its depth').

Contrast plays an important part in *La ruta de Don Quijote*,
and it is one of the most notable means by which Azorín
recreates for his reader the vividness of his Manchegan experiences. But those experiences, as we saw in the previous
chapter, are extremely personal. What, then, is the particular
relevance of contrast to Azorín's view of La Mancha? As a
basis for discussion I take examples referred to in an earlier
paragraph (above, p.189). And first, a fragment of conversation
that has been made to stand out against a background of
silence:

Al llegar aquí me detengo un momento; don Cándido —este
clérigo tan limpio, tan afable— me mira con una vaga ansia. Yo
continúo:
—Pero respecto de esta prisión dicen ahora los eruditos que . . .
Otra vez me vuelvo a detener en una breve pausa; las miradas de
don Cándido son más ansiosas, más angustiosas (pp.18–19).

The lines give us a delightful glimpse of Don Cándido in his
alarm at the author's doubts, and the background of silence
serves clearly to emphasize that alarm. But Azorín, we have
seen, does not describe simply what he finds in his travels.
He selects and distorts and converts Manchegan reality into
creative literature. Why, then, has he emphasized this particular fragment of experience? Of course, these lines epitomize
the reaction of the *académicos* to doubts about Argamasilla's
Cervantine associations. But still we have not gone far enough.
The underlying explanation, I suggest, is that at this particular moment Azorín has been able to forget his own obsessions
in the sheer delight of observing and communicating to us the
reactions of another person. Don Cándido's alarm offers him,
as it were, an oasis of delight, a momentary distraction from

life's monotony. Similarly, with elements that are made to stand out by the use of a word such as *destacar* or *surgir*. The end of Chapter IX (p.41) will serve as an example. The journey from Argamasilla, amidst harsh, vast, unchanging scenery, has been long and tiring, broken only by the visit to the castle of Peñarroya and by the delight of the fulling-mills. But notice, in the last nine lines of the chapter, the appearance (*comienzan a descubrir*) of the lakes of Ruidera, the sudden sight (from a bend in the road) of flowering trees, the view (*aparecen*) of the village houses, the discovery (*surge*) of the protective *caserón vetusto*. And notice, very especially, Azorín's reaction to these elements:

Paz de la aldea, paz amiga, paz que consuelas al caminante fatigado; ¡ven a mi espíritu! (p.41).

The lakes, the flowering trees, the houses—together they offer Azorín an oasis of peace at the end of his day.

Azorín, then, seizes upon details of the physical world around him as though to convince himself—and his reader— that here is something real, firm, sure, something significant, perhaps, on which to focus attention amidst life's vast monotony and emptiness. They are like those *cañadas silenciosas, desiertas, que encontramos tras largo caminar* (p.43). But details press themselves upon the author, also, in their frightening obsessiveness. It is not only the *maleta* that stands out (*destaca*) in his room in Madrid, with its offer of escape, but also the *blancas cuartillas*, with their insistent reminder to him of his lack of inspiration amidst life's everlasting sameness (p.1); not only a windmill that rises up (*surge*) with its promise of adventure (p.7), but also a dark laurel or a silent cypress (*asoma*) to remind him of the swiftness of man's passing (p.3); and—to return to fragments of conversation—it is not only the delight of Don Cándido's alarm, making the author forget his troubles for a moment, or the cry of ¡*Argamasilla, dos minutos!* that sets up excited reverberations within him (p.7); it is also La Xantipa's ¡*Ay, Jesús!* (pp.16, 22) and Juana María's ¡*Ea, todas las cosas vienen por sus cabales!* (p.24), which press upon him the need for resignation to the endless monotony of existence. And if we now look back at the description of the journey from Peñarroya (pp.39–40), we see that the contrasting planes there also suggest a similar duality: on the one hand the sameness of plain and sky, and on the other the thrilling discovery of something *extraordinario*, *memorable*, *grandioso*; on the one hand obsessive vastness, and on the other the delightful smallness and intimacy of the *casilla baja*, nestling amidst elms and poplars (a physical oasis that is also an emotional oasis); on the one hand the cheerful sound of gushing water, and on the other the silence caused by man's abandonment.

Illusion and despair—these are, ultimately, what Azorín finds in the details of reality: elements of illusion in which he hopes to find satisfied that *deseo de algo mejor que no sé lo que es* (p.3) and elements of despair that epitomize for him his constant, underlying obsession with life's *repetición monótona, inexorable, de las mismas cosas con distintas apariencias* (p.1). Nor is it only in the insistence on contrasting details that these obsessions reveal themselves. It is also in the contrast of whole scenes and of whole situations, as the author seeks to lift himself up from present despair to the remembrance of past happiness or the hope of future satisfaction. Thus, nowhere in *La ruta de Don Quijote* is village life presented more attractively than in Chapter I, where it is recalled against the background of life's monotonous sameness in Madrid; at no time, perhaps, does the plain around Argamasilla seem so enticing as when it is viewed from amidst the oppressiveness of the village itself (Chapter IV); on no occasion, certainly, is the outside world of nature described more idyllically than when the author is urging upon his reader the darkness and the depths of the Montesinos cave (p.45). In all these cases, and in many more that the student will have noted for himself, Azorín presses upon us, by contrast, his feeling—or his desperate hope—that what is beyond him is better than what he is now experiencing. The repeated juxtaposition of the dynamic Manchegan past and the stagnant Manchegan present (in Argamasilla, in Puerto Lápice, in Campo de Criptana, in El

Toboso) is itself a projection on to the history of the region of the author's own personal conflict.

In these last pages we have evolved gradually from a study of contrast as an instrument of vivid communication to a study of contrast as a manifestation of the author's own particular response to reality. We are back, then, with the personal obsessions studied in the previous chapter (compare especially the duality of anguish and delight examined in the final section). A few pages back I suggested that 'Reality in its variety', 'Reality in its depth' and 'Contrast' in fact complement one another in Azorín's writing. Now we can include also the section that I then left aside: 'Azorín's *yo*'. We are beginning to see that ultimately it is this *yo* that underlies the various stylistic features of Azorín's writing and that it is this *yo* that gives his work its real unity. Language, says Azorín, is the expression of our being (*OC* VIII, 631); 'el estilo es la psicología' (*OC* VIII, 637):

El estilo de un artista no puede ser diferente de como se produce; es la resultante fatal, lógica, de una sensibilidad (*Lecturas españolas*; *OC* II, 641).

Grammatical categories

So far, in examining Azorín's use of words, we have considered such characteristic phenomena as listing, repetition, conceptual overlapping and contrast, and in doing so tried to ignore grammatical categories. But each grammatical category has also its own particular expressive potentialities that are not revealed in this type of blanket treatment and call for separate consideration. Three such grammatical categories are exploited with particular effectiveness by Azorín: the demonstrative, the qualifying adjective, and the verb. In studying them, we shall be studying also three fundamental and mutually complementary aspects of Azorín's style: his insistence on present reality as the justification of personal reflection (the demonstrative), his envelopment of physical reality in atmosphere and feeling (the qualifying adjective), and his characteristic surveys, from the present moment, of time's passing (the verb).

(i) The demonstrative

The frequent use of the demonstrative *este* is one of the most immediately apparent characteristics of Azorín's writing; the almost total absence of *ese* and *aquel* (except in fragments of conversation) is another. Azorín insists constantly on the physical reality, here and now, of his Manchegan experiences. *En este punto, en este momento, precisamente aquí, por esta misma parte* are characteristic expressions.

But it is not present reality for its own sake that concerns Azorín; it is present reality as the starting-point or the confirmation of his own reflections and daydreams and feelings: *Esta es la mujer española*, he concludes, in his 'silhouette' of Juana María (p.25); *aquí en estas aguas torvas, condenadas, está toda la sugestión, toda la poesía inquietadora de esta cueva de Montesinos* (p.45); *he aquí explicadas la diversidad y la oposición de todas las éticas* (p.7); *¿No veis en esto el culto que el pueblo más idealista de la tierra profesa al más famoso y alto de todos los idealistas?* (p.39). Of course, *este* is not alone in its effects, and in the examples just listed I have included intentionally an example with *aquí* to remind us of the fact. The sections 'Reality in its variety' and 'Reality in its depth' are there with their own evidence. Azorín delights in his reflections, but he seeks to justify them always by the here and now of physical reality.

Let us examine a few rather longer examples to illustrate the point further:

Por este camino, a través de estos llanos, a estas horas precisamente, caminaba una mañana ardorosa de julio el gran Caballero de la Triste Figura; sólo recorriendo estas llanuras, empapándose de este silencio, gozando de la austeridad de este paisaje, es como se acaba de amar del todo íntimamente, profundamente, esta figura dolorosa. ¿En qué pensaba don Alonso Quijano el Bueno [etc.]? (p.30).

First, insistence on Azorín's own personal contact with the Manchegan countryside; then a series of reflections on Don

Quixote who likewise travelled along this route. The two elements are intermingled throughout the following page, and the author's conclusion especially is to be noted:

Y *ahora* es cuando comprendemos cómo Alonso Quijano había de nacer en *estas* tierras, y cómo su espíritu, sin trabas, libre, había de volar frenético por las regiones del ensueño y de la quimera. ¿De qué manera no sentirnos *aquí* desligados de todo? [etc.] (p.31; my italics).

From emphasis on his own personal experience of the Manchegan countryside Azorín has arrived at his notion of Don Alonso Quijano as a sharer of that experience and, thence also, as the necessary product of that countryside. We noted the same progression in my previous chapter, but now it is the author's starting-point rather than his conclusion that concerns us. By his frequent use of the demonstrative *este* Azorín emphasizes the physical justification of his determinist reflection.

Now I turn to real-life Manchegans. Azorín has just been handed the record of La Xantipa's legal misfortunes:

Y yo no leo, no me doy cuenta de lo que esta prosa curialesca expresa, pero siento que pasa por el aire, vagamente, *en este momento, en esta casa, entre estas figuras* vestidas de negro que miran ansiosamente a un desconocido que puede traerles la esperanza, siento que pasa un soplo de lo Trágico (p.23; my italics).

The here and now has been emphasized not for itself, but as a pointer to something more general and at the same time to something more personal. Azorín's closing comment on the *académicos* of Argamasilla reveals a similar progression:

Un hálito de arte, de patriotismo, se cierne *en esta clara estancia, en esta hora, entre estas viejas figuras* de hidalgos castellanos (p.21; my italics).[1]

In the last two examples Azorín emphasizes the physical presence, here and now, of people and generalizes from them

[1] More general, obviously; but also more personal because the *hálito de arte, de patriotismo* lies in the *académicos'* boundless enthusiasm for Don Quixote, Azorín's symbol and mirror.

to atmosphere. At other times the process is reversed and people appear as the physical expression of an atmosphere:

Y parece que *todo este silencio*, que *todo este reposo*, que *toda esta estaticidad formidable* se concentra, *en estos momentos*, en el salón del Casino y pesa sobre las figuras fantásticas, quiméricas, que vienen y se tornan a marchar lentas y mudas (p.17; my italics)

Y es un espectáculo de una sugestión honda ver *a estas horas, en este reposo inquebrantable, en este ambiente de abandono y de decadencia*, cómo se desliza de tarde en tarde, entre las penumbras del crepúsculo, la figura lenta de un viejo hidalgo con su capa (p.60; my italics).

From the particular to the general and from the general to the particular. There is no conflict between one procedure and the other. The individual here and now attracts Azorín for the feelings it prompts in him and is selected in his writings for its relevance to those feelings; inversely, Azorín's feelings seek expression in physical form, incarnation in individual persons, scenes and events, and reality is again selected—and even recreated—to give support to those feelings. The invented reality of Chapter III, it will be remembered, is as vividly *present* as the apparently real-life description of Chapter IV. For Azorín, physical reality, like Don Quixote, is *símbolo* and *espejo*.

(ii) The qualifying adjective

Azorín's prose is characterized by its intense adjectivization. In few Spanish prose styles—if in any—does the adjective play such an important part. We have already seen adjectives listed to communicate detail and variety (as in *los resplandores rojizos, nacarados, violetas, áureos, de la aurora*), emphasized by repetition (as in *lentas, lentas* and in *ancho corral, ancho zócalo*, etc.), laid one upon another in layers of increasing intensity (as in *la población toda, conmovida, exasperada, enervada, frenética*), and highlighted by contrast (as in *allá a lo lejos, entre la fronda terrera y negra, brillan, refulgen, irradian las paredes nítidas de una casa*). The list of such expressive uses could be extended, but here we shall confine ourselves to a single further question: that of adjectival position.

Adjectival position in Spanish is a complicated problem that logic, psychology and syntactical and rhythmic factors have all been invoked to explain (S. Gili y Gaya, *Curso superior de sintaxis española*, §§164–5). Briefly, determining adjectives usually precede the noun (as in *esta casa*, *sus hermanos*, *muchos hombres*, *otro día*) and qualifying adjectives usually follow (as in *un edificio hermoso*, *torres altas*, *una cara asustada*). But cases of pre-substantival qualifying adjectives are frequent in *La ruta de Don Quijote* and it is with these that we are here initially concerned:

esta extraña, amada y dolorosa figura (p.9)

lanzando de rato en rato súbitas y relampagueantes miradas (p.12)

los prosaicos, vulgares, pacientes pactos (p.17)

Las lagunas de Ruidera comienzan a descubrir, entre las vertientes negras, sus claros, azules, sosegados, limpios espejos (p.41).

Why are such adjectives used so abundantly by Azorín in the relatively unusual pre-substantival position?

In general, says Gili y Gaya (op. cit., §164), where a qualifying adjective follows the noun it is a subordinate element, descriptive or analytical, tending to limit the range of the more important noun; where it precedes, it presupposes greater attention and a more affective attitude on the part of the user and tends to envelop the following noun in its own adjectival quality. Azorín's frequent use of the pre-substantival adjective, then, is consistent with the other aspects of his style that we have studied: it is a means of emphasizing the adjectival quality and of enveloping the scene presented in the author's own emotive attitude. Significantly, of the six occurrences of *ancho* quoted earlier to illustrate the author's use of repetition, five precede the noun (above, pp.187–8). Repetition, conceptual overlapping, contrast, pre-substantival adjectives—all come together to produce the intensely subjective, emotive manner of writing that we recognize immediately as Azorín's.

But with a post-substantival adjective also, says Gili y Gaya, one can highlight the quality presented, 'separándolo del substantivo por una ligera pausa: *El jardín, abandonado, evocaba otros tiempos*' (ibid.). Again *La ruta* offers abundant examples, at times with only the slight pause indicated by a comma:

hay cuatro o seis personas, silenciosas, inmóviles, sentadas en torno de una estufa (p.15)

La carretera, espaciosa, blanca, cruza por en medio (p.33)

at other times by the interpolation of words between the noun and the adjective:

Y de nuevo el llano se ofrece a nuestros ojos, inmenso, desmantelado, infinito, en la lejanía (p.16)

la transparencia del aire, extraordinaria, maravillosa, nos deja ver las casitas blancas remotas; el llano continúa monótono, yermo (p.31).

And here we can consider also examples in which a separated— and therefore highlighted—adjective precedes the noun:

Y encima de nosotros, a toda hora limpia, como atrayendo todos nuestros anhelos, se abre también inmensa, infinita, la bóveda radiante (p.14)

pináculos de cantos grises, desde los cuales, inmóvil, misterioso, irónico, tal vez un cuclillo [. . .] nos mira con sus anchos y gualdos ojos (p.30).

It requires little feeling for the Spanish language to appreciate the loss involved in the above examples if the adjectives are placed immediately after their nouns, without a pause and with the insertion of *y* in the case of listed adjectives to destroy the pause effect of the comma: 'La carretera espaciosa y blanca cruza por en medio', 'Y de nuevo el llano inmenso, desmantelado e infinito se ofrece a nuestros ojos en la lejanía', 'pináculos de cantos grises, desde los cuales tal vez un cuclillo inmóvil, misterioso e irónico nos mira . . .' The sentences are flat; even the conceptual overlapping of the adjectives does not save them.[1]

_____

[1] It is relevant to recall here Azorín's frequent use of the adjective where an adverb would be more usual:

[Don Alonso] se remueve nervioso y afanoso en el ancho asiento. Y sus

(iii) The verb

In previous sections we have seen verbs listed (alone or in short paratactic clauses), repeated, and set against one another in contrast. We have seen them used for their own expressiveness (as in *pasan, cruzan, giran, marchan de un lado para otro*, p.5, or *van pasando, pasando*, p.7) and we have seen them used—or omitted—as foils to other elements (as in *Y son primero los faroles* [. . .] *Y son luego* [. . .]. *Y después* [. . .]. *Y luego* [. . .], p.5). In the present section we shall confine ourselves to one further problem, that of verb tense, and consider the relevance of what we find to other stylistic features of Azorín's writing and to the author's view of life.

As our starting-point we can take the chapter from which I have just quoted. The author has reached Argamasilla de Alba and he reviews his day's journey: from being awakened in the morning in Madrid to his installation in the inn at Argamasilla, some one hundred and twenty miles away to the south. In characteristic fashion, then, Azorín looks back on his day, on people, scenes and events. One would expect the preterite and imperfect tenses to predominate;[1] in fact, one finds principally the perfect and the present.

> miradas, de las blancas hojas del libro pasan súbitas y llameantes a la vieja y mohosa espada que pende en la pared (pp.8–9).

> Los minutos transcurren lentos; pasa ligero, indolente, el galgo gris, o el galgo negro, o el galgo rojo (p.16).

Instead of merely describing the manner of the action Azorín envelops the subject in the corresponding adjectival quality. The expression is more dynamic and as befits dynamic expression the adjective is used in one of the ways indicated above.

[1] As evidence consider the following passages from Galdós' *Miau* (1888):

> Hoy no te supiste la lección de Gramática. Dijiste tantos disparates, que la clase toda se reía, y con muchísima razón. ¿Qué vena te dio de decir que el *participio expresa la idea del verbo en abstracto*? Lo confundiste con el *gerundio*, y luego hiciste una ensalada de los *modos* con los *tiempos* (Ch. III)

Gili y Gaya's comments on these tenses are extremely relevant: first on the present tense used to indicate past events:

El empleo del presente en sustitución del pretérito recibe el nombre de presente *histórico*. Al actualizar la acción pasada, la presenta con más viveza el interlocutor: el que habla se traslada mentalmente al pasado. (Gili y Gaya, *Curso superior de sintaxis española*, §121)

then on the perfect tense:

En español moderno [the perfect tense] significa acción pasada y perfecta que guarda relación con el momento presente [. . .]. A veces la relación es afectiva: *Mi padre ha muerto hace tres años* repercute sentimentalmente en el momento en que hablamos; *Mi padre murió hace tres años* no es más que una noticia desprovista de emotividad. Por esto se ha dicho con razón que *canté* es la forma objetiva del pasado, en tanto que *he cantado* es su forma subjetiva (op. cit., §123).

Both the historic present and the perfect tense serve to bring past actions closer to us, to make us experience them more vividly. And about the perfect tense Gili y Gaya has made a further point: it is more emotive and subjective than the preterite. Vividness, then, and subjectivity. It is difficult to think of two words that better describe Azorín's writing.

[Esta mañana] no he tenido más remedio que dirigirme a Carolina Lantigua, la de Pez. He pasado una vergüenza horrible. Hube de cerrar los ojos y lanzarme, como quien se tira al agua. ¡Ay, qué trago! Le pinté nuestra situación de una manera tal, que la hice llorar. Es muy buena. Me dio diez duros, que prometí devolverle pronto (Ch. VII)

Llegué esta mañana en el tren de las ocho, y me metí en una casa de huéspedes de la calle del Fúcar. Allí pensaba quedarme (Ch. X).

Notice, however, that to indicate a recent past event a perfect is often used in Spanish where in English we should use a preterite and it is this that justifies Azorín's own use of the perfect (compare *he tenido* and *he pasado* in the second passage above; similarly, *no te has sabido* and *He llegado* would be possible—and even usual—in the first and third passages respectively). Nevertheless, to indicate successive events within that recent past, the preterite tense is normally used (as in the second passage above). The imperfect is of course used as the corresponding descriptive tense.

Nevertheless, it is not simply—or even principally—the frequent use of the present and perfect tenses that characterizes Azorín's writing; it is much more the manner in which these tenses interact with one another on almost every page of the the text. For there is little narrative continuity in Azorín's chronicles. He does not simply look back from the moment of writing and place the day's events in the perfect tense. Instead, he takes his stand in successive moments of his day, evokes each one by means of the present tense and, via the perfect, looks back to his previous standpoint or reviews the time that has since elapsed. His narration is characterized, then, by its oscillations between the present and the perfect.

For evidence we can now look more closely at Chapter II. The perfects in the first paragraph are apparently related to the moment of writing and are accompanied by descriptive imperfects. Then there is a shift to the historic present and this tense continues through most of the following paragraph as the author describes his journey to the station and evokes the noise and bustle of the station's awakening. A momentary return to the perfect indicates a characteristic glance back in time (*Los redondos focos eléctricos, que han parpadeado toda la noche, acaban de ser apagados*). But now there is another change of standpoint and Azorín is at the booking-office (with *es llegado* rather than *ha llegado* to emphasize it as a present moment) and the scene that he described in the present a moment before is now past (*he contemplado*). So is the moment of his meeting with the affable Manchegan (*¿Cómo he hecho . . .?*; contrast *está a par de mí*). But there is yet another shift of time, apparently to the present of the train compartment, before Azorín reviews their conversation (*le he preguntado yo*; *me ha contestado él*; etc.) and from the train compartment also Azorín looks forward to the train's imminent departure (*el tren va a partir ya en este momento*). The evocation of the train journey, via the historic present, is interrupted as the train approaches the station of Argamasilla by a return to the perfect tense (*el cansancio ha ganado ya vuestros miembros*). There has been another shift in time, then, and we are approaching the end of the journey.

Pero una voz acaba de gritar:

—¡Argamasilla, dos minutos!

Una sacudida nerviosa nos conmueve. Hemos llegado al término de nuestro viaje. Yo contemplo en la estación una enorme diligencia [. . .] (p.7).

First there is the moment of the *sacudida nerviosa*, then the moment of seeing the diligence, each of them in the present tense and each of them with a glance back in time (*acaba de gritar*; *Hemos llegado*). The appearance of La Pacheca prompts yet another glance back (*¿No os ha desatado la fantasía . . .?*), and via a pointer to wild imaginings, and via perfect tenses—glances back again—to remind us of the journey from the station, we find ourselves in the inn at Argamasilla.

Azorín's use of the historic present and the perfect, then, does not serve only to bring the past closer to the moment of writing. Nor does it serve merely to make the narration more subjective. It serves also to communicate the author's own particular reaction to time's passing. For Azorín does not submit himself to a purely chronological narration of events. Amidst the flux of time he seizes upon successive present moments, emphasizes them in their here-and-now-ness and uses them, as it were, as observation posts from which to survey present, past and future:

Ya es media mañana; las horas van pasando lentas; nada ocurre en el pueblo; nada ha ocurrido ayer; nada ocurrirá mañana (p.26)

Hasta hace un momento he estado leyendo en el *Quijote*; ahora la vela que está en la palmatoria se acaba, me deja en las tinieblas. Y yo quiero escribir unas cuartillas (p.46).

Nor does this attitude reveal itself only in Azorín's system of verb tenses:

después de los afanes del día [past], las casas recogen su espíritu sobre sí mismas, y nos muestran en esta fugaz pausa [present], antes de que llegue otra vez el inminente tráfago diario [future], toda la frialdad [. . .] (p.5)

todo el paisaje que ahora vemos [present] es igual que el paisaje

pasado [past]; todo el paisaje pasado es el mismo que el que contemplaremos dentro de un par de horas [future] (p.7)

Y de nuevo, después de esta rápida tregua [past], comienza el
silencio más profundo, más denso [present], que ha de pesar
durante la noche sobre el pueblo [future] (p.16).

Azorín places himself—and his reader—at a given point in
time, describes the scene, looks behind him or in front of him
or both, and then moves to another point of time and repeats
his survey. And each of these different moments of time—
present, past and future—is pressed upon us by stylistic
features that we associate immediately with Azorín. Thus, his
insistence on the present moment is revealed not only in his
use of the present tense but also in his characteristic use of
progressives (e.g. *va poniendo*), of the demonstrative *este*, of
ya and of expressions of the type *precisamente aquí, en este punto,
en un punto, en este momento*.[1] And his glances back in time reveal
themselves not only in his use of the perfect tense but also in
the much used *acabar de* and in expressions of the type *al llegar
aquí* (p.18), *después de suspirar otra vez* (p.22), *cuando ha hablado
durante un largo rato* (p.23), *ya realizadas todas estas operaciones*
(p.43).[2] Finally, his probings into the future manifest themselves not only in his use of the future tense, but also, and
most characteristically, in the frequent use of *ir a* and *haber de*
and *querer*.

[1] In fact a distinction is to be made here. At times the present is seen as a
significant *fugaz pausa* and is associated with corresponding expressions
(*ya*; *este*; *en un punto*; etc.); at other times it appears to stretch out into the
past and into the future without promise of change and is then associated
with different expressions (*va poniendo*; *giran y giran*; *otra vez*; *vuelvo a* and
torno a; etc.). In the former case Azorín finds momentary delight in the
present; in the latter case he is oppressed by its sameness. Recall, in this
respect, the duality of illusion and despair that we have noted also in
Azorín's reaction to objects and to fragments of conversation (above,
pp.191–3).

[2] Temporal phrases and clauses of this type constitute one of the two
main classes of exception to the general lack of subordination in Azorín's
apparently simple paratactic style. The other class is that of adjectival
clauses (above, pp.185–6). Both exceptions are extremely significant.

But Azorin's successive standpoints in time do not serve only as a basis for the survey of past, present and future scenes and events. They serve also as starting-points for probings and reflections and daydreams.

Una dama fina, elegante, majestuosa, enlutada, sale de la estación y sube en este coche. Ya estamos en pleno ensueño. ¿No os ha desatado la fantasía la figura esbelta y silenciosa de esta dama, tan española, tan castiza, a quien tan española y castizamente se le acaba de llamar la Pacheca?

Ya vuestra imaginación corre desvariada. Y cuando tras largo caminar [. . .] (p.8).

During his survey or his reflections time passes unnoticed and we find ourselves transported to another moment in time, established, as it were, on another observation post, looking around at the present scene, and looking back on what has happened since the last survey, or looking forward to what awaits us, or lifting ourselves up to another plane of dreams and reflections.

In the present section of my study I have depended for my evidence principally on the main temporal transitions that are to be found in a single chapter. It must be emphasized, however, that in this respect as in others the chapter is characteristic. In some chapters the main emphasis is on temporal progression; in others it is on surveys of Azorín's evoked present moments. But in all chapters one finds all the characteristics that I have here examined. Moreover, these characteristics are to be found not only in the broad outline of successive chapters. They are to be found also, on a smaller scale, within the details of a single paragraph and, on a larger scale, in the structure of the whole book. See, for example, the opening paragraph of Chapter II, which we passed over too quickly in my earlier review, and notice the same oscillations—description, glances back, glances forward, reflection—that we then noted in the general structure of the chapter:

[glance back] he abierto el balcón; / [description] aún el cielo estabe negro y las estrellas titileaban sobre la ciudad dormida. / [glanca back from a later moment] Yo me he vestido. Yo he bajado a la calle; / [description of that later moment] un coche pasaba con un ruido lento, rítmico, sonoro. / [reflection] Esta es la hora en que las grandes urbes nos muestran todo lo que tienen de extrañas, de anormales, tal vez de antihumanas. / [description intermingled with other elements] Las calles aparecen desiertas, mudas; [with reflection] parece que durante un momento, [with glances back] después de la agitación del trasnocheo, después de los afanes del día, las casas recogen su espíritu sobre sí mismas, y nos muestran en esta fugaz pausa, [and with a glance forward] antes de que llegue otra vez el inminente tráfago diario, toda la frialdad, la impasibilidad de sus fachadas altas, simétricas, de sus hileras de balcones cerrados, de sus esquinazos y sus ángulos que destacan en un cielo que comienza poco a poco, imperceptiblemente, a clarear en lo alto . . . (pp.4-5).

As for the structure of the book as a whole, it is sufficient to recall that each chapter presents people and places seen by the author at successive stages of his journey and that in four chapters he expressly draws attention to the moment of writing from which he makes his survey. The following lines will serve as an example:

Ahora, aquí en la posada del buen Higinio Mascaraque, yo he entrado en un cuartito pequeño, sin ventanas, y me he puesto a escribir, a la luz de una bujía, estas cuartillas (p.32).

The successive present moments in which Azorín takes his stand, I have suggested, are like so many observation posts from which he surveys the present, the past and the future, and gives himself up to reflections and imaginings. We can appropriately end this section, then, with a reference to his corresponding emphasis on spatial survey. Whether it be from the train (p.7) or from Miguel's donkey-cart (p.29) or from the castle of Peñarroya (p.39) or from a windmill in Campo de Criptana (p.50) or from the hermitage of Cristo de Villajos (pp.54-5), Azorín clearly delights in surveying the country-side around him as though from a look-out tower (cf. *se atalaya el paisaje*, p.50; *es preciso* [. . .] *atalayar el paisaje —ya cien veces atalayado*, p.54); delights in observing what appears and what disappears, what presses itself upon us and what recedes into the distance:

De cuando en cuando *se divisan* las paredes blancas, refulgentes, de una casa; *se ve perderse* a lo lejos, rectos, inacabables, los caminos (p.7; my italics)

En el fondo, allá en la línea remota del horizonte, *aparecía* una pincelada larga, azul, de un azul claro, tenue, suave; acá y allá, refulgiendo al sol, *destacaban* las paredes blancas, nítidas, de las casas diseminadas en la campiña; el camino, estrecho, amarillento, *se perdía* ante nosotros, y de una banda y de otra, a derecha e izquierda, *partían* centenares y centenares de surcos, rectos, interminables, simétricos (p.29; my italics)

Y desde lo alto, desde encima de la techumbre, la vista *descubre* un panorama adusto, luminoso. La cañada *se pierde* a lo lejos en amplios culebreos (p.39; my italics)

Yo *columbro* por una de estas ventanas la llanura inmensa, infinita, roja, a trechos verdeante; los caminos *se pierden* amarillentos en culebreos largos; *refulgen* paredes blancas en la lejanía; el cielo *se ha cubierto* de nubes grises (p.50; my italics).

Appearance and disappearance, arrival and departure, discovery and loss. In space as in time Azorín finds ultimately pointers to his ever-present sense of illusion and disillusion. He expresses warm approval of Martín's insistence on present enjoyment. *¿Qué importan nuestros recuerdos del pasado?*, he asks, *ni ¿qué valen nuestras esperanzas en lo futuro?* (p.28). But Martín's attitude to life, we know, is not Azorín's.

Sounds, rhythms and silence

We have seen in the various sections of this chapter that the division between 'Personal obsessions' and the 'Communication of personal experience' is artificial. They are two aspects of the same thing and I have been obliged in section after section of this chapter to refer back to the evidence of the previous one. There is a similarly artificial division between the earlier sections of this chapter and the present section, for the characteristics of Azorín's style that we have so far studied are clearly inseparable from the sounds, rhythms and silences of the language used. For example, when Azorín writes of *los faroles de los mozos que pasan, cruzan, giran, tornan, marchan de un lado para otro* (p.5), it is not only the listing of the verbs that serves to press upon us the animation of the newly awakened station; it is also the accompanying animation of their different sounds (notably in the variety of initial consonant and stressed vowel), and it is the intervening pauses which make the verbs stand out as component parts of the scene. Similarly, when Azorín presents *un galgo negro, o un galgo gris, o un galgo rojo* (p.15), it is not only the repetition of the words *un galgo* that envelops them, despite their different colours, in the author's impression of monotonous sameness; it is also the accompanying insistent, repeated rhythm (the *o*, of course, being elided). And where variety and sameness come together in contrast to one another, again the rhythm is there to press the point, as in the following two passages that were quoted earlier, the first presenting action and the second describing a scene:

Y caminábamos, caminábamos, caminábamos. Nuestras cabalgaduras tuercen, tornan a torcer, a la derecha, a la izquierda, entre encinas, entre chaparros, sobre las lomas negras (p.43)

Puerto Lápice está formado sólo por una calle ancha, de casas altas bajas, que entran, que salen, que forman recodos, esquinazos, rincones. La carretera, espaciosa, blanca, cruza por en medio (p.33).

Azorín, then, is a master in the handling of sounds, rhythms and silence, and we have seen evidence in the preceding sections. Here I seek merely to supplement what we have noted with a few further cases, some of them intimately bound up with earlier sections, and others not.

I start with Azorín's use of sounds. But there is a danger. In considering the evocative effect of mere sound, one may be tempted to over-emphasize the relevance of sound to meaning or be misled by purely fortuitous correspondences. I therefore confine myself to a few representative examples where I believe the correspondence to be significant. Consider, for instance, the sounds of the awakening inn at Argamasilla (p.13): *una bandada de gorriones salta, corre, va, viene, trina chillando furiosa-mente* (with movement that the author cannot see contributing to the auditory effect of *trina chillando*), and the repeated *k* sound in the cock's *canta con metálicos cacareos*, and the *rastrear de las trébedes* and the *crepitación de los sarmientos*. There is a similar auditory effect in the *chirriar y gritar* of the carts in the station at Madrid (p.5), and in the *formidable estrépito de hierros, de cadenas, de chirridos y de golpazos* of the fulling-mills (p.40), and in the words *se aleja graznando* used to describe the flock of choughs (p.31). In all these cases, it seems, the sounds of the words help to recreate for us the grating or cawing or creaking or screeching indicated in the sense of the words. And against these examples we can set others in which Azorín evokes gentleness, calmness and repose: *una luz suave, sedante* (p.1), *unos pasos lentos, suaves* (p.1), *un silencio sedante, profundo* (p.43), *el noble Guadiana se desliza manso, callado, transparente* (p.21).

In *La ruta de Don Quijote*, then, sounds serve frequently to reinforce meaning. Similarly, in Azorín's much-used pairs of related words (*todas estas idas y venidas*, p.10; *todas estas causas y concausas*, p.12; *unas escaleras, fregadas y refregadas por la aljofifa*, p.18; *Don Carlos lee y relee*, p.21, etc.), and in the presentation of contrasts (*La casa es de techos bajitos, de puertas chiquitas y de estancias hondas*, p.22; compare the description of Puerto Lápice quoted earlier), and in the author's use of onomatopoeic words such as *tic-tac* (pp.47, 50), *ronroneando* (p.16), *tumbos y retumbos* (p.53), *tintinear* (p.33).[1] But having mentioned Azorín's

[1] The last example calls for a note. The usual form of the word is *tintinar*. Azorín has changed this to *tintinear* (*el tintinear de los cencerros*) in the same way that he changes the corresponding visual word *titilar* to *titilear* (*las estrellas titileaban*, p.4; cf. *OC* I, 866). In both cases Azorín has apparently made the change for purely phonic reasons: to emphasize the tremor effect of the words (the tinkling of the bells, the twinkling of the stars). Indeed, he appears to delight in *-ear*, *-eo* and *-eante* endings for just such an effect: *callejuelas estrechas, serpenteantes . . . mantas que flamean al aire* (p.3); *las estrellas parpadean* (p.17; cf. also p.5); *sus ojos llamean, relampaguean* (p.20; cf. *llameante*, p.9, and *relampagueante*, p.12); *el abaniqueo súbito y ruidoso de una perdiz* (p.42). It is probably his delight in such words that caused him to use *hormigueo* for *hormiguero* (p.50; cf. 'un negro hormigueo de devotos', *OC* I, 866).

skill in the use of sounds, it is fair to point also to an unusual lapse: *botas rotas* (p.46) must be the ugliest juxtaposition of sounds in the book. Even the ugliness of the boots does not save it.

We pass now to Azorín's exploitation of rhythms. After meaning, it is perhaps in rhythms more than in sounds that we feel, for example, the difference between the *sones joviales y claros* of the smithies and the *campanadas lentas, sonoras, largas* of the village clock (p.3), between the excitement of the people of Argamasilla at a moment of energy and their subsequent relapse into apathy (p.27), between the variety of the houses in Puerto Lápice and the stately sameness of the road that runs through the village (p.33). Rhythms play an extremely important part in Azorín's style. Here the two most important cases must suffice as an illustration. The first is syllabic crescendo, which serves to strengthen the intensifying effect of adjectival listing and—especially—to aid the reader in his transition from the physical here and now to an emotive realm of dreams or despair (cf. above, p.186):

la llanura ancha, la llanura inmensa, la llanura infinita, la llanura desesperante (p.29)

todo el campo que abarca nuestra vista es una extensión gris, negruzca, desolada (p.29)

caída la noble, la pensativa, la ensoñadora cabeza sobre el pecho (p.30)

la llanura es la misma; el horizonte es idéntico; el cielo es el propio cielo radiante; el horizonte es el horizonte de siempre, con su montaña zarca (p.30).

The other feature is the frequent holding back of a key element in a sentence to impress upon us the immensity of a scene in time or place:

y encima de nosotros, a toda hora limpia, como atrayendo todos nuestros anhelos, se abre también inmensa, infinita, la bóveda radiante (p.14)

Pasa de rato en rato, ligero, indolente, un galgo negro, o un galgo gris, o un galgo rojo. Y la llanura, en la lejanía, allá dentro, en la

línea remota del horizonte, se confunde imperceptible con la inmensa planicie azul del cielo. Y el viejo reloj lanza despacio, grave,
de hora en hora, sus campanadas (p.15; there are three examples in
these lines).

As in previous sections substitution is a good test: '(y encima
de nosotros, a toda hora limpia), la bóveda radiante también
se abre inmensa, infinita, como atrayendo todos nuestros
anhelos.' Despite the evocative power of *inmensa, infinita*,
which we have not attempted to destroy (separation from the
noun and overlapping), the sentence is flat.

Finally, I consider Azorín's use of pauses, and here especially it is difficult to distinguish this section of my study from
previous ones. Take, for example, the effect of the pause in
cases like the following:

hay cuatro o seis personas, silenciosas, inmóviles, sentadas en torno
de una estufa (p.15).

In the section on adjectival position we accepted, without
probing, Gili y Gaya's observation that adjectives such as
these are highlighted by the intervening pause and we noted
this to be a characteristic of Azorín's writing. But now let us
notice why. Because of the pauses the noun is made to stand
alone and the adjectives follow in apposition. Azorín is almost
saying 'hay cuatro o seis personas; están silenciosas, están
inmóviles; están sentadas en torno de una estufa'. And of
course we recognize this also as a characteristic of his writing
(*estaba contento*; *estaba satisfecho*; *se sentía fuerte*; *se sentía animoso*,
p.31). Azorín's frequent use of the comma with series of
adjectives corresponds closely to his frequent use of short
paratactic main clauses.

But it is not only with adjectives that the pause is used so
effectively, and examples quoted in earlier sections offer
evidence enough. The pause serves primarily to isolate the
different details of a given scene or action, and in isolating
them to make them stand out more vividly. It serves, then,
both to fragment and to intensify. Reality in its variety, and
reality in its depth. Here are but a few examples in which the

effect of the punctuation is reinforced by some other element: by a repeated preposition:

se divisa un montón de casuchas pardas, terrosas, negras, con paredes agrietadas, con esquinazos desmoronados, con techos hundidos, con chimeneas desplomadas, con solanas que se bombean y doblan para caer, con tapiales de patios anchamente desportillados (p.57)

by a repeated *ya*:

¿Qué misterio puede haber en tan repetidos siniestros? Ya el interés y la curiosidad están despiertos. Ya el recelo sucede a la indiferencia. Ya el temor va apuntando en los ánimos (p.66)

by a characteristic series of the type *primero . . ., luego . . ., después . . ., al fin . . .*

Y de aquí, continuando en nuestra marcha, encontramos un zaguán diminuto; luego una puerta; después otro zaguán; al fin la salida a la calle (p.14)

by the non-repetition of a verb:

¿Os imagináis a don Silverio? ¿Y a don Vicente? ¿Y a don Emilio? ¿Y a don Jesús? ¿Y a don Diego? (p.60)

by a repeated relative pronoun:

pero yo amo esta hora, fuerte, clara, fresca, fecunda, en que el cielo está transparente, en que el aire es diáfano, en que parece que hay en la atmósfera una alegría, una voluptuosidad, una fortaleza que no existe en las restantes horas diurnas (p.29).

And one must recall also Azorín's frequent use of exclamations (*¡Ay, Jesús!*, pp.16, 22) and interrogations (*¿Dos, tres, cuatro, seis años?*, p.13) which likewise set elements in relief by means of punctuation. And in considering Azorín's use of the pause, one remembers again that almost half the utterances and fragments of conversation in *La ruta de Don Quijote* are interspersed with pauses or made to stand out against a background of silence. Stylistically, silence is one of the most effective features of Azorín's style. Perhaps this is one of the reasons why he notes it so insistently in people and places during his travels through La Mancha.

Azorín and his reader

We have been concerned in this chapter with Azorín's style, that is to say, with the way in which, by means of mere words, the author communicates the experience of his Manchegan journey. In the present, final section we shall consider briefly the most obvious case of all: the author's repeated and insistent invitations to us to share his experiences, to join him, for example, in his exploration of a Manchegan town or in a conversation with the inhabitants, and to feel the emotion that he himself feels on such occasions. *Bajad por una callejuela . . .; reparad en unos murallones . . .; torced después a la derecha* [etc.] (p.59); *ella os cuenta que tiene muchas penas* (p.22); *todo nos va sugestionando* (p.49); *¿No sentís vosotros una profunda atracción?* (p.26)—these are all characteristic expressions.

But Azorín does not only invite participation in what he actually sees in his travels. We are invited also to share his experience of social gatherings attended elsewhere and to compare the outcome with what we find in La Mancha (p.24), and we are as vividly present in Don Alonso Quijano's room as we are in Don Cándido's (*Penetramos en la sencilla estancia; acércate, lector* [etc.], p.8). Furthermore, we are urged repeatedly to interpret facts and characters of the past in the light of our present experience (facts on pp.26–7; characters on p.14).

In short, reality and fantasy are alike part of the author's experiences and alike Azorín insists on the reader's participation in them. He asks him questions, seeks his advice, probes his experience; he invites him, escorts him, exhorts him; sometimes a single reader (*tú*), more often a plural one (*vosotros*) and frequently with the apparent assumption that the reader is actually there with the author, accompanying him in his travels (*nosotros*). In the following passage the reader even becomes a collaborator in the writing of the book:

Después de las veinte horas de carro que la ida y vuelta a Puerto Lápice suponen, hétenos aquí ya en la aldea de Ruidera —célebre por las lagunas próximas—, aposentados en el mesón de Juan, escribiendo estas cuartillas (p.37) and at another moment the confusion of personal experience and the reader's participation leads the author into grammatical error:

Y entonces volvéis a salir; volvéis a caminar por la inmensa vía desierta, *azotado* por el viento, *cegado* por el polvo; volvéis a entrar en la fonda —donde tampoco hay lumbre—; tornáis a entrar en vuestro cuarto, os sentáis, os entristecéis, sentís sobre vuestros cráneos, pesando formidables, todo el tedio, toda la soledad, todo el silencio, toda la angustia de la campiña y del poblado (pp.65–6; my italics).[1]

It is a significant error, for we can see in it the epitome of everything we have been studying in this chapter: the author's means of involving a varied (plural) reading public in what is essentially his own personal (singular) experience of his Manchegan journey.

*   *   *   *

In Chapter II of this study I outlined what I believe to be the basic characteristics of Azorín's own personal response to reality as it reveals itself in *La ruta de Don Quijote*, and in the present chapter I have outlined what I find to be the principal means by which that response manifests itself in his account of his Manchegan travels. But Azorín's instrument of expression is language, and language is basically social, a storehouse of words and syntactical relationships available to a given community. What I have been trying to show, then, in this chapter, is how Azorín exploits the potentialities of a social system of expression, the Spanish language, to create his own immediately recognizable, personal system of expression. 'Le style est l'homme même', said Buffon; 'el estilo', says Azorín,

---

[1] Were it merely a question of a singular adjective with the *vosotros* form of the verb (as it is in the passage quoted on p.102: 'permanecéis absorto, inmóvil'), one might think of the possible influence of Golden-Age syntax with its singular *vos*. But here the plural *vuestros cráneos* shows the explanation to be inadequate. Azorín has clearly been misled by his desire for the reader's participation in what is essentially his own personal experience.

'es la psicología'. But style is something more than the manifestation of a personality. It is also the means by which that
personality is communicated to others. When Azorín writes
of life as *este sucederse perdurable de cosas y de cosas* he is not
merely revealing an obsession with life's monotonous repetitiveness; he is also seeking to make his reader share that
obsession. It is not only personal expression that we have been
concerned with in this chapter, then; it is also personal communication, the means by which the author urges upon his
reader the 'willing suspension of disbelief' that is the sign of
all great art.

But in *La ruta de Don Quijote* Azorín is wary of confessing
his art lest the reader should be too conscious of it. His experiences of La Mancha are real, whatever their justification
or lack of justification in physical reality, and it is as reality that
they must be communicated to the reader. He must not allow
them to be dismissed as 'mere literature'. Whether it be in his
use of the *información puntual, minuciosa, exacta* of the 1575
relación on Argamasilla (p.9) or in his declared resolve to
narrate, *punto por punto, sin omisiones, sin efectos, sin lirismos*, the
events of his first Quixotic sally (p.28), Azorín insists on the
faithfulness of his account. He himself is merely the *cronista*
(pp.37, 41, 56), *un pobre hombre que, en los ratos de vanidad, quiere
aparentar que sabe algo, pero que en realidad no sabe nada* (p.4). It is
perhaps a tribute to his art that readers have taken him so
seriously and been convinced by the reality of his account:
La ruta de Don Quijote, 'libro sencillo, una especie de diario de
viaje'; 'fundamentalmente, se trata de la atmósfera general de
los pueblos y aldeas'; Azorín, 'el agudo, crítico observador, el
que procura [. . .] tan sólo pintar lo que sus ojos ven y lo que
sus oídos oyen' (above, p.158 n.). But Azorín himself, now in
his nineties, is disturbed; *se azora levemente*; he feels he has been
misinterpreted. In an interview on his ninety-first birthday he
was asked '¿Por qué no escribió usted principalmente libros
de poesía?'. His reply constitutes the epigraph and the theme
of my study: 'El día que me lean atentamente no me harán
esa pregunta.'

A SHORT BIBLIOGRAPHY

Mariano BAQUERO GOYANES, *Prosistas españoles contemporáneos.* Rialp, Madrid, 1956.

'Elementos rítmicos en la prosa de Azorín' (pp.253–84; published also as an article in *Clavileño* No. 15, 1952, pp.25–32): The author finds abundant evidence of Spanish verse metres—notably of 11- and 7-syllable lines—in Azorín's prose, and infers from this the need to look into the rhythmic quality of Azorín's language 'a despecho de su aparente sencillez y de la repulsión del autor por toda clase de efectismos' (p.280).

César BARJA, *Libros y autores españoles contemporáneos.* Victoriano Suárez, Madrid, 1935.

'Azorín' (pp.264–98): A fine essay on fundamental characteristics of Azorín's writings.

Julio CASARES, *Crítica profana.* Austral, Buenos Aires, 1944.

'Azorín (José Martínez Ruiz)' (pp.85–150), notably Chapter IV (pp.109–17): On Azorín's style, with special reference to *La voluntad* and *La ruta de Don Quijote;* a more 'academic' and generally less enthusiastic view than mine of Azorín's departures from normal Spanish syntactical usage. Certain of Azorín's stylistic characteristics that I have tried to show as mutually complementary manifestations of the author's own particular view of life, Casares criticizes as mere *tranquillos* ('Tranquillo es, a mi ver, todo artificio de índole puramente mecánica, ajeno al arte, asequible a los ineptos, y que se puede aprender y emplear según receta', p.109). Invaluable as devil's advocate to the third chapter of my own critical study ('The communication of personal experience').

Heinrich DENNER, *Das Stilproblem bei Azorín.* Rascher, Zürich, 1932.

The most serious attempt that has yet been made to assemble evidence for a comprehensive study of Azorín's style. The author, however, is modest in the exploitation of his material

and does not always show the significance of the characteristics
he notes, nor establish clearly the relationship of one characteristic to another, nor study the different characteristics as
manifestations of Azorín's own particular individuality. I find
these to be common failings in stylistic studies on Azorín.

Luis S. GRANJEL, *Retrato de Azorín*. Guadarrama, Madrid,
  1958.

A general review of Azorín's life and works, with extensive
reference both to Azorín's own writings and to critical opinion
on the different points surveyed. Chapters IX ('La faz de España'),
XI ('Sobre el estilo') and XII ('Las ideas centrales') are the most
relevant to *La ruta*.

Werner MULERTT, *Azorín (José Martínez Ruiz)*. Biblioteca
  Nueva, Madrid, 1930.

On *La ruta de Don Quijote* (pp.114–25): largely a résumé of the
book but with emphasis on Azorín's faithful description of
physical reality.

Marguerite C. RAND, *Castilla en Azorín*. Revista de Occidente,
  Madrid, 1956.

A long and extremely valuable synthesis, with extensive references to *La ruta* (see the author's index). A reading of these
pages and of Chapter XIII ('Conclusión', pp.703–29) would
prompt thought and discussion on important points relevant to
La ruta.

Santiago RIOPÉREZ Y MILÁ, 'España en Azorín'. In *Azorín,
  Homenaje al maestro en su XC aniversario*. Editorial Prensa
  Española. Madrid, 1964, pp.101–91.

The author emphasizes the essential unity of Azorín's view of
Spain and notes the influence on that view of Azorín's own
melancholy. Like Rand, however, he accepts that the view is
justified basically by physical and spiritual realities existing
outside Azorín.

José María VALVERDE, 'Economía e ironía en el lenguaje de
  Azorín'. *Revista* No. 68 (Barcelona, 5 August 1953).

A short but valuable article.

APPENDIX

ARGAMASILLA DE ALBA IN THE 'RELACIONES TOPOGRÁFICAS'

As with other towns and villages, the report on Argamasilla takes the form of a reply to an extensive questionnaire prepared by order of Philip II. It is approximately 10,000 words long (the equivalent of about twenty-seven pages of Azorín's text) and the following is a brief summary, with emphasis on the passages referred to by Azorín (Chapter III, pp.9–12).

The report begins with a preamble of some 1,000 words in which the *escribano público* acknowledges receipt of the royal decree and describes the steps taken to comply with it. The first entry is dated 25 November 1575:

> yo Juan Martinez Patiño, escrivano publico desta villa, lei y notifiqué el mandamiento del Sr. Gobernador desta orden a los Sres. Christoval de Mercadillo y Francisco Garcia de Tembleque, alcaldes ordinarios, è Andres de Peroalonso y Alonso de la Osa, regidores, en sus personas.

All expressed their willingness to cooperate and on the following day,

> estando juntos los dichos Sres. Christoval de Mercadillo y Francisco Garcia, alcaldes, y Alonso de la Osa y Andres de Peroalonso, regidores, susodichos, para el efecto referido en el dicho mandamiento, dixeron que para las averiguaciones è informaciones referidas en la instrucción de su Magestad que con el dicho mandamiento se hace mencion, nombraban y nombraron à Francisco Lopez Toledo y Luis de Cordova el viejo y Andres de Anaya, personas antiguas en esta dicha villa, à los quales mandaron se les notifique lo acepten so pena de prision. Y los que supieron lo firmaron, y los demas lo rubricaron = Christoval de Mercadillo, Francisco Garcia, Juan Martinez Patiño, escrivano.

On 27 November those concerned were notified of their appointment:

> Yo Martinez Patiño, escrivano, notifiqué el nombramiento de suso

contenido al dicho Luis de Cordova el viejo en su persona, el qual
dijo que él es hombre enfermo de una enfermedad secreta, por lo
qual no puede estar sentado quarto de media hora, atento à lo qual
pide y suplica sus mercedes nombren otra persona que el dicho
oficio cumpla, pues las hay en esta villa, y de lo hacer ansi pues les
consta harán justicia, y lo firmo = Juan Martinez Pacheco, escri-
vano.

Francisco López Toledo and Andrés de Anaya accepted nom-
ination, and the *regidores* and *alcaldes ordinarios* met again and
named Diego de Oropesa in place of Luis de Córdoba. On
31 December 1575, we are told, the three appointed men met
to give their answers to the royal questionnaire.
    At this point the report itself begins:

§1. The *villa* is called Argamasilla de Alba because it was founded
in a place called Argamasilla when Don Diego de Toledo, of the
house of Alba, was Prior of the Order of Saint John.
    §2. Y en quanto al segundo capitulo dixeron que la dicha villa es
poblacion nueva de quarenta y quatro años a esta parte, un año mas
o menos, y que el fundador fue el Prior Don Diego de Toledo por
que está en tierra de la orden de San Juan de que era Prior, y que
esta poblacion se fundó primero en la Moraleja, que es termino de
dicha villa, habrá sesenta años poco más o menos, y que por enfermedad se despobló, y despues se pobló en el cerro boñigal cerca
de los molinos que dicen de Santa María, termino desta villa, y se
descia la dicha poblacion de villa de Santa María de Alba, y por enfermedades se trasladó a donde al presente está fundada, que es en la
dicha villa de Argamasilla de Alba, habrá los dichos quarenta y
quatro años, como está dicho.
    §§3–16. Details of the town's administrative and geographical
position in relation to other towns in the area.
    §17. The land is cold in winter and too hot in summer, flat for a
league around but, further to the east, uneven and craggy 'y algo
áspera',
    . . . y [se dice] que es pueblo enfermo por que acerca de esta villa
se suele derramar la madre del Rio de Guadiana, y que pasa por esta
villa y hace remanso el agua, y de causa del dicho remanso y
detenimiento del agua salen malos vapores que acuden al pueblo con
el ayre moriscote, y esto causa enfermedades los años que susceden
crescer las aguas, y que de causa de suceder las dichas enfermedades

por lo suso dicho y no tenerse por vana esta dicha villa, se ha querido mudar del dicho sitio y asiento que tiene.

§§18–39. Information about the economy of the area: abundant wood, game, the River Guadiana that is never short of water, eleven flour-mills and six fulling-mills, ample cereals and meat, but wine is brought from outside. The houses of Argamasilla usually have stone foundations and earthen walls. There are 600 houses and about 700 households (*vecinos*). Some twenty-seven years ago locusts ruined the crops.

§40. In this section, one of the longest in the report, information is given about the inhabitants, with special reference to those who are, or claim to be, *hidalgos*. The rambling account of law-suits and litigation is summed up by Azorín in his penultimate paragraph (p.12). As a sample of the original, the following lines will serve:

... y en quanto a lo que toca a los hijos dalgo se disce que al presente está aquí y vive en esta villa Don Rodrigo Pacheco, y tiene executoria de su padre, y otros sobrinos suyos, hijos de Mosen Juan Pacheco, hermano del dicho Don Rodrigo, que estos estan en el libro de repartimiento de los pecheros, por que no tienen probada la filiacion, y tambien por que su padre estubo puesto en el dicho libro, y que estos son nietos de Hernando Pacheco, de quien es la executoria que tiene Rodrigo Pacheco, y tambien hay dos hijos mancebos de Pedro Prieto de Barcena, que su Padre les dejó executoria litigada con esta villa, y tambien hay otros tres hermanos que. ...

§§41–57. Information about coats of arms, about local government, about the administration of justice, about churches and hermitages, village *fiestas*, and the situation of the town in relation to routes and nearby towns.

The report was signed and witnessed on 16 January 1576.